고향

고향

강경희 소설집

도서출판 북인

마음 조아리며 불효의 죄책감 풀어낸다

누군가 나에게 소설 쓰는 법을 정식으로 배운 적이 있느냐고 물었다.

생각해보니 소설 쓰는 법 같은 것은 한번도 정식으로 배워본 적이 없다. 어렸을 때부터 책을 좋아했고 책을 읽다보니 어느새 나도 뭔가를 쓰고 싶어졌고, 그 욕심들은 짧은 글에서 시작하여 점점 긴 글로 이어졌다. 여러 작가 중에서 특히 박완서 작가와 신경숙 작가의 책을 공부 삼아 필사를 했는데 나도 그분들처럼 내 가족 이야기를 쓰고 싶은 욕심이 생겼다. 근동에 미인으로 소문났던 할머니와 그 할머니에게 모진 시집살이를 했다는 엄마, 그리고 우리 다섯 자매들의 이야기를.

할머니의 장례식 풍경을 배경으로 쓴 글이 나를 정식 작가로 인정받게 해주면서 그때부터 다섯 자매와 엄마 이야기를 썼다. 소설이니 물론 허구적인 모티브가 대부분이다.

어쩌면 나는 부모에게 불효했던 그 죄책감을 이렇게 글로 풀어내고 있는지도 모르겠다. 그렇다고 그 죄책감이 사라지는 것은 아니지만 글을 쓰는 동안에는 마음으로 조아리며 글을 쓴다. 그래서 내 글 속의 이야기들은 어쩌면 사실일 수도, 어쩌면 내 바람일 수도 있다. 지나간 것은 아무리 사소한 일이라도 돌이킬 수 없다는 것이 가끔 나를 우울하게 한다.

나는 태어나서 지금까지 예쁘다고 생각해본 적이 한번도 없다.

그저 어디에나 존재하는 갑남을녀甲男乙女, 필부필부匹夫匹婦 중 한 명인 평범한 얼굴이라고 단정짓고 살았다. 이번에 소설집 『고향』을 내면서 옛날 사진이 필요하여 정말로 오랜만에 사진첩을 뒤적였다. 그리고 거기에서 이십대 초반인, 아직 결혼 전인 내 모습을 보았다. 젊음이 눈부셨다.

젊음이 제일 예쁜 것이라 하던 어른들의 말을 이제야 확실하게 알겠다. 정말 좋았던 시간들은 언제나 지나고 난 뒤에야 좋았음을 깨달는 이 모순을 진즉에 알았더라면 내 인생은 조금은 달라졌을까?

모든 작가가 글 한 줄인들 어찌 허투루 쓰랴.

나 자신도 그렇게 썼다고 여겼건만 이제 소설집을 내려고 하니 어느 작품 하나 눈에 차는 게 없다. 몇몇 작품은 영구 삭제하고 싶을 만큼 부끄럽다. 쓰고 싶은 이야기만 쓰다보니 전부 내 신변잡기들이다. 세상에 눈 돌리지 않고 내 안만 들여다본 이기심도 새삼 부끄럽다.

이제 세상에 나가면 내 글이면서 온전히 내 글이 아닐 터.

부디 너그러운 마음으로 읽어주기를 바랄 뿐이다.

오래 함께 늙어가고픈 자매들에게 이 책을 바친다.

2021년 늦가을

강경희

Contents

고향

고향

"할무니가 돌아가셨다. 오늘 새벽녘에."

부음을 전하는 사람답지 않게 엄마의 목소리는 터무니없이 생기가 넘쳤다.

"하여간 대단한 양반이라 가시는 마당까지 일을 꼽새짐으로 지워놓고 가시질 않냐? 두어 시각 전만 돌아가셨어도 하루는 그냥 가는 것인디 꼬박 사흘을 손님을 받게 생겼으니 평생을 나를 진절머리나게 하더니 끝까지 그런다."

엄마 말을 건성으로 들으며 나는 발가락들을 힘주어 꼼지락거렸다. 이제나저제나 기다렸던 일이었건만 막상 닥치니 그다지 실감이 나지 않은 게 이상했다. 슬픈 느낌도 없었다. 햇수로 4년째, 정신까지 오락가락하며 누워 지내던 할머니였던지라 식구들 모두 기다리던 죽음이었다. 작년 이맘때쯤 동생의 일기에도 그렇게 쓰여 있었다. 우리 모두는 죽음을 기다린다고.

"언제쯤 올 수 있냐?"

말없이 듣고 있는 딸이 조금은 민망스러웠던지 엄마는 그제야 조금 가라앉은 목소리로 그렇게 물었다.

"바로 내려가기는 힘들 것 같아요."

"설마, 저번처럼 또 안 내려오는 건 아니겄지?"

"안 그래요. 걱정하지 마세요."

뭐라고 더 말을 할 듯하다가 엄마는 그만 한숨을 쉬셨다.

"하긴 서둘러 올 것 없다. 내려와봤자 잠자리도 불편하고, 일이야 동네 사람들이 죄다 몰려와 거드니께."

알아서 가겠다 하고 전화를 끊었다. 그제야 손을 더듬어 머리맡에 두었던 시계를 찾았다. 일곱 시 사십오 분을 조금 지나 있다. 직장이든 동료에게든 전화를 하기에는 너무 이른 시간이다. 내가 오늘 꼭 해야 할 일이 무엇이었더라. 생각나지 않는다. 몸은 여기 있는데 생각하는 머리는 멀리 떨어져 있는 것만 같다. 계속 발가락만 꼼지락거린다. 달력을 쳐다본다. 조모사망이면 휴가가 오 일이다. 오늘이 화요일이나 월요일에 출근해야 하는 건지 하지 않아도 되는 건지 애매하다. 물어보자니 너무 얌체 같다고 할까봐 그냥 월요일에 출근하자고 맘먹는다. 내가 자리를 비우면 가장 힘들어지는 사람이 누구더라. 아무래도 바로 옆에 앉아 있는 김진주 씨일 테지만 별로 마음이 쓰이지 않는다. 어차피 실장님이 알아서 할 터이고 진주 씨의 잦은 결근 때마다 두 몫의 일을 해야 했던 그 고달픔을 이제야 갚는다고 생각하니 조금은 후련하기까지 하다.

시계 한번 쳐다보고 발가락을 서너 번 꼼지락거리고 또 시계를 쳐다보고, 마침내 여덟 시가 되자 실장님께 전화를 건다. 할머니가 돌아가셨다는데도 그는 마지못한 목소리로 알았다고 잘 다녀오라고 한다. 왈칵 서운함이 치민다. 그동안 군소리 한번 안 하고 남의 몫까지 열심히 일했던 게 너무 억울하다. 걸핏하면 들통날 거짓말을 예사로

하면서 결근을 일삼는 진주 씨와 똑같이 취급하는 것 같아 더 분통이 터진다. 한참을 망설이다가 이번에는 진주 씨에게 전화를 한다.

"어쩌면 좋아, 나 이번 금요일에 꼭 휴가를 내야 하는데."

짐작했던 대로의 반응이다. 더 이상 듣고 싶지도 않고 대꾸하고 싶지도 않아서 전화를 끊어버린다. 이불을 걷어차고 막 일어서려는데 전화벨이 울린다. 진주 씨다. 미안하다고, 그렇지 않아도 심란할 터인데 자기가 괜한 말을 했다고 한다.

"멀어서 가지는 못하고 나오면 부조금 줄게."

말로 한몫하는 데 뭐 있는 여자다. 온갖 얌체짓을 다하면서 말로써 그 모든 행동을 그럴싸하게 포장을 해버린다. 진주 씨와 맞닥뜨릴 때마다 나는 늘 손해를 보는 기분이다. 때로는 내가 저능아 같다는 생각이 들기도 한다. 계속 수다를 떨 기미가 보여 지금 출발해야 한다고 잘라 말하고 전화를 끊었다.

차를 가지고 가자고 맘을 먹는다. 여러 번 갈아타는 번거로움을 생각하면 아무래도 차를 가져가는 것이 백 번 나을 것 같다. 그렇게 먼 길을 가는 건 처음이지만 어떻게 되겠지 싶다. 출발하기 전에 기름을 넣고 간다면 도착하기까지는 다른 번거로움이 없으리라.

한참을 더 뭉그적거리다가 일어나 냉장고부터 살펴본다. 사람은 왜 이다지 번거로운 존재일까? 그런 생각을 하면서 내가 없을 동안 어차피 상하겠다 싶은 물건들은 가차없이 버린다. 문득 이상한 기분이 든다. 내가 다시는 이 집에 못 돌아올 것만 같은 불길한 예감이 나를 감싼다. 다시 한번 찬찬히 집안을 둘러본다. 열세 평 임대 아파트는 새삼스러울 것 없다는 뚱한 표정으로 마주 서 있다. 이제 오 일 후면 나는 이곳에 여전히 서 있을 것이라고 자신을 위로하면서 불길한 생각들을 애써 누른다.

휴대폰을 챙기다가 다시 한번 망설인다. 전화를 해야 할 사람이 또한 사람 있긴 하다. 그러나 마음속에서 느낌표와 물음표가 동시에 교차한다. 아직도 그 사람과 나를 연결지을 수 있는 끈이 남아 있기는 하는 걸까? 마음이 암담하다. 그는 분명히 끝이라고 했다. 그리고 두 달 동안 전화 한 통 없다. 혼자 간다면 식구들에게 구차하게 변명해야 하고 함께 간다면 동네 사람들의 시선이 부담스럽다. 결국 휴대폰을 아예 꺼서 방구석에 던져버린다. 그러고 나니 이제 정말 떠날 일밖에 남지 않은 것 같다.

지랄같이 좋은 날씨구나. 큰소리로 그렇게 혼잣말을 하다가 얼른 뒤를 돌아본다. 텅빈 아파트 주차장엔 햇살만 어지럽다. 함께 가자고 했으면 함께 가주었을까. 얼른 고개를 젓는다. 내가 지쳤듯이 그 사람도 지쳤을 것이다. 더 이상의 관계는 서로에게 상처만 더할 뿐이다.

오월의 햇살은 온갖 피어나는 꽃들로 향기를 가득 머금은 듯 싱그럽다. 절로 심호흡을 하게 한다. 엄마의 기분이야 어쨌든 할머니는 복 있는 분이다. 이렇게 좋은 철에 돌아가시기도 쉽지 않다. 더워도 싫고 너무 추워도 싫다고 하더니 소원대로 되셨다.

고속도로를 탈까하다가 남원 쪽으로 새로 난 길을 택한다. 아무래도 그쪽 길이 한산할 것 같아서다. 철쭉도 벌써 바랬고 영산홍도 마찬가지다. 그 대신 유난히 흰 꽃이 많이 눈에 띈다. 찔레꽃일까. 가까이 가서 보지 못하는 게 영 아쉽다. 이차선으로만 천천히 달린다. 자꾸만 마음이 조급해지는 것을 경계하려고 가속 페달에서 자주 발을 뗀다.

"우리 다섯 중에 하나만이라도 할매를 닮았으면 미스코리아쯤은 문제도 없었을 텐데. 딸이 많으면 그 중 하나는 인물이 있다는데 우리는 어째 이리 똑같은가 몰라."

엄마를 닮아서 둥글넙적한 얼굴에 낮은 코가 특징인 얼굴들을 둘러보며 셋째 언니가 한마디 했다.

"야, 얼굴 이쁘면 꼭 얼굴값 하지 않더냐? 할매도 그렇고." — 큰언니.

"얼굴값 해도 좋응께 이뻐봤으면 소원이 없겠다." — 둘째언니.

"할매가 얼굴값을 어떻게 했는데?" — 막내.

"애들은 몰라도 돼." — 성질 급한 둘째언니의 면박.

"어찌냐? 한식군디. 내가 나중에 이야기해줄게." — 맘씨 좋은 큰언니.

"하여간 큰언니는 못말려." — 셋째 언니.

나도 그 얘기를 큰언니에게 들었다. 근동에서 소문난 미인이었다는 우리 할머니. 문안과 문밖의 경계가 엄중하기 이를 데 없던 시기에 감히 문밖의 상놈 집안 출신의 여자가 문안의 양반집으로 시집왔대서 온 삼동네를 떠들썩하게 했다는 우리 할머니.

낯익은 풍경들이 하나둘 나타나기 시작하는데 못 보던 돌팻말이 하나 서 있다.

'여기서부터 고흥입니다. 가장 살기 편안한 곳입니다'

자신의 탯자리가 편하지 않은 사람이 어디 있겠는가. 그럼에도 살기 편안한 곳이라는 구절이 마음에 들어 한번 더 뒤돌아본다. 참으로 오랜만에 오는 고향이다. 작년에 할머니가 위독하시다는 전화를 받고도 오지 못했었다. 할머니께서 쓰러졌을 때 와보고 처음이니까 근 사 년 만에 오는 셈이다. 의식적으로 안 오려고 했었던 것은 아니지만 마음 한쪽에서는 아직도 이곳에서 보낸 한 시절을 외면하고자 하는 마음이 남아 있었는지도 모른다.

사 년 전엔 혼자가 아니었다. 함께 마음 아파하면서 고흥까지 바래다주던, 모랫바람 서걱이던 내 일상에 한 줄기 소나기처럼 위안을 주던 사람이 있었다. 그러나 모든 마음은 너무나 빨리 변한다. 세월보다도 더 쉽사리 변한다.

고흥 읍내를 막 지나치려는데 아는 얼굴이 보인다. 시장을 본 듯 종이 박스가 두어 개, 검정 비닐봉투가 대파 등을 비죽이 내보이면서 발아래 놓여 있다. 보나마나 할머니 장례식에 쓰일 물건들일 터였다.

"영동아지매!"

"지금 내려오는 길인갑네. 하여간 내가 사람 덕은 있어."

물건을 뒷자리에 욱여넣고 내 옆에 철버덕 앉은 영동댁은 창문부터 쭈욱 내린다.

"고생이 많지요?"

말로라도 노고를 치하하지 않으면 나중에 무슨 말을 들을지 뻔하다. 아니나 다를까 내 말을 기다렸다는 듯이 영동댁 얼굴이 발그레해지면서 자랑스러움이 물결처럼 일렁인다.

"고생은 무슨. 다 내 일이나 한가진데."

그러고는 기어코 내가 걱정했던 일들이 일어나고야 만다.

"왜 이번에도 혼자 오는겨? 안직도 사귀는 사람이 없는겨?"

다른 사람은 모르지만 영동댁은 아직 만만하다.

"아따 영동아지매. 언제는 시집가지 말고 혼자 살라고 하더니. 나는 그 말만 꽉 믿고 있었는데."

영동댁은 금방 고개를 끄덕여 수긍한다. 그네의 고단한 삶이, 술주정뱅이 남편과 치러내는 전쟁 같은 하루하루가 나보다 겨우 열서너 살 위일 그녀의 얼굴을 오십대로 보이게 한다.

영동댁과 짐을 나누어 이고 들고 들어가니 마당 가득 모인 사람들이 너도 나도 아는 체를 한다. 일일이 아는 체를 하며 빈소를 올라서자 아버지 옆에 서 있던 큰집 오빠가 (말이 오빠지 항렬로 따진 친척이기 때문에 사실상 아버지보다 한 살이 더 많은 분이다) 큰절로 두 번하라고 알려준다. 곡을 해야 하나 말아야 하나 망설이며 어정쩡하게 서 있는데 마루 문이 열리면서 엄마가 내다본다.

"호상이니 울 것 없다."

셋째언니 시집보낼 때보다 엄마는 더 활기차 보인다. 절을 두 번하고 밖으로 나왔다. 여든일곱에 돌아가신 것이 호상은 호상인지 집안 분위기는 초상집 분위기가 아니라 완전히 잔칫집 분위기이다. 뒤안 오동나무 밑 평상에 앉아 있던 큰언니와 셋째언니가 손짓을 한다. 마당에 앉아 초상집 분위기를 잔칫집 분위기로 만드는 데 일조를 하고 있는 동네 어르신들께 두세 번 너부죽 고개를 숙이는 것으로 인사를 대신하고 마당을 빙 돌아 뒤안으로 간다.

가슴이 뭉클하다. 세상에, 한 세월이 거기 다 모여 있다. 불과 얼마 전만 해도 부엌에서 활기차게 일하던 가동댁, 금성댁, 병기엄마, 미원댁 아주머니들이 이제 늙은이 대접을 받으며 상을 받고 앉아 있다. 한결같이 눈물과 눈곱으로 짓물러진 눈을 연방 닦으면서. 동네 일이 생기면 제일 먼저 달려가고 제일 신명이 나서 일하던 이들이, 자신들의 자식과 한동갑이라는 이유로 보이기만 하면 한쪽 구석으로 데려가 맛있는 것 챙겨 먹이지 못해 안달이던 이들이 벌써 허리들이 조금씩 구부러져서 부엌에서 물러나 상이나 받고 있는 처지가 되어 있는 것이다. 오랜만에 만난 친지를 반기듯 진하게 아는 체를 해도 그들은 그저 고개만 끄덕인다. 코끝이 찡해져 고개를 돌려 언니들에게 아는 체를 하며 둘째언니는 왜 안 보이느냐고 묻는다.

"소가 새끼를 낳는다고 내일 아침에나 온단다."

나서기 좋아하는 셋째언니가 얼른 알려준다.

"느그 엄마 인제 날개 달았다."

큰언니가 마치 남의 이야기를 하듯 그렇게 이야기하는 바람에 잠깐 어리둥절하다가 금성댁이 뭐라고 한마디 거드는 바람에 금세 알아챈다.

"딸년들 앉아서 엄마 숭보는 것 좀 봐. 느그 엄마 여태 문서 없는 종살이였지 그것이 어디 사는 거이었냐?"

마른 음식들은 부지런히 싸면서, 젓가락도 쉬지 않고 놀리고 있던 미원댁이 뭐라고 한마디 보탤 기색이 보이자 셋째언니가 얼른 나선다.

"미원아지매, 요즘은 미원 안 끓여 드신다요?"

"젊은 것들이 기억력도 좋다. 언제쩍 이야기라고 안직도 하고 있냐?"

어디서 신경통에 좋다는 이야기를 듣고 와서 미원댁은 미원을 몽땅 넣고 푹푹 고아서 먹었다. 혀가 말려올라가서 병원에 갔다가 의사에게 혼나고 그 뒤부터 화섬댁이었던 그녀의 택호가 미원댁으로 변해버렸다. 그랬으니 아무리 세월이 흐른들 미원사건이 잊힐 리가 없다.

몸빠른 셋째언니가 금세 쟁반에다 몇 가지 음식을 담아온다. 늙어버린 아지매들도 이제 더 이상 우리를 상관하지 않고 자기들끼리의 화제로 돌아간다. 술독이 뒤안에 있는지 어디선가 막걸리 냄새가 솔솔 풍겨온다. 셋째언니와 내가 동시에 큰언니를 쳐다보며 말한다.

"막걸리 보니 할매 생각나네."

날씨가 흐리면 할머니는 속이 뒤집힌다며 막걸리에 밥을 말아드셨다. 그래야 울렁거리는 속이 가라앉는다고 했다. 문밖에서 문안으로 시집와서 아직 새댁 때깔도 벗기 전에 동네에 전염병이 돌았다. 많은 사람들이 죽어나갔다. 장례식도 치를 수 없었다. 전염병이 계속 번지는 것을 막기 위해 시신을 태우는 수밖에 없었다. 남편과 꽃같이 곱던 시동생 둘을 맨 먼저 태웠다. 그 냄새가 채 가시기도 전에 시부모님을 한꺼번에 또 태웠다. 그때부터 할머니는 날이 궂으려고 하면 코끝에서 시신 태우던 냄새가 되살아나서 아무것도 드시지 못한다고 하셨다. 나는 가끔 할머니에게 그분이 생각나느냐고 물었다가 쌔똥빠진 소리한다고 혼이 나곤 했다. 언젠가 그날도 날씨가 잔뜩 흐려 있었고 예외없이 막걸리에 밥을 말아드시고 있던 할머니께서 지나가는 말처럼 이렇게 말씀하신 게 그분에 대한 전부이다.

"남자가 각시처럼 고우면 박명한다더니…."

소문난 미녀였던 할머니와 새 각시처럼 고왔다던 그분을 나는 가끔 상상했다. 비극적인 과거였지만 내 상상 속에서 두 분은 늘 웃고 계셨다. 그러나 한 사람은 내 기억 속에서 늘 울고 있다. 여자처럼 보조개가 예쁘게 패여 늘 웃고 있는 것처럼 보였던 아이가 고개를 돌리고 울면서 걸어간다.

"느그 할매가 얼마나 이뻤으면 첫 제사가 끝나기가 바쁘게 느그 하네가 뺏다시피 데려왔겄냐?"

여전히 남의 이야기하듯이 큰언니는 심드렁하게 말한다.

"긍께 하네가 유부남이었을 때부터 점찍어놨다는 소린가. 시방?"

이미 익숙해진 이야기임에도 셋째언니는 처음 듣는 이야기처럼 장단을 맞춘다.

"설마 그러기야 했겄냐? 인물이 곱다고 소문이 자자하니까 눈여겨야 봤겄지. 그러다가 큰할매도 그 전염병에 돌아가시니까 남들이 채가기 전에 얼른 손을 썼겄지. 하여간 인물이 고우면 팔자가 사나워. 할매는 개가를 하지 않을라고 사흘을 울고 버티었다고 하더라만 가난한 살림살이에 한 재물 뚝 띠어준다지. 하네가 연세가 좀 많긴 했어도 인물 괜찮지, 재산 많지, 어차피 두 사람 다 초혼은 아니었으니께 장성한 아들들 있다는 게 무슨 흠이 되었겠냐?”

“할매도 못할 짓 많이 하셨재. 결국 부자 사이를 갈라놓았잖어.”

“어뜬 사람이든 자기 자식 생기면 욕심이 생기는 법이지. 할매도 처음부터 그렇게 모질고 독한 사람은 아니었다드라.”

“근디 언니들은 어디서 그런 이야기들을 다 얻어들었어?”

결국 내가 끼어든다. 언제 들었는지 모르지만 나도 조금씩 들은 이야기들이다.

“연동할매가 아니면 누가 그런 이야기를 알고 있겄냐?”

연동할매는 할머니가 처음 시집을 왔던 이씨집안에서 유일하게 살아남은 시누이뻘 되는 사람이다. 돌림병에 혼자가 되어 개가를 했다가, 아들 하나를 데리고 일가붙이 하나 남지 않은 친정으로 찾아들었는데 온갖 고생을 하며 혼잣몸으로 아이를 키울 때 할머니의 도움을 많이 받았고 할머니와는 친 동기간처럼 서로 의지하며 지냈던 분이다.

갑자기 마당이 왁자지껄 시끄러워진다. 가만히 들어보니 연우신샌과 옆집 서샌이 서로 앞소리를 해야 한다고 우기는 소리다. 아니 더 정확하게 말하자면 두 사람은 가만히 있는데 옆 사람들이 서로 옳다고 야단이다. 연우신샌은 나이가 많아 소리가 너무 처져서 이제 서샌한테 물려줘야 한다고 하는 패거리와 그래도 늙은 생강이 매웁다고 연우신샌만 한 소리가 없다고 하는 패거리의 떠들썩함이 쉽게 가라앉을 성싶지 않은데 의외로 아버지의 한마디에 조용해진다.

"우리 어무니가 평소에 연우신샌 소리를 따라올 사람이 없다고 했으니께 여러 소리할 것 없이 연우신샌이 하씨요."

"잘하시는 처사다. 요새 젊은것들은 도대체 즈그들만 잘났다고 도시더니 아이고 속이 다 시원하다."

병기엄마가 한마디하며 일어서자, 다들 따라 일어선다.

"왜 그새 가시오? 더 잡수다 가시제."

셋째언니가 얼른 말대접을 한다.

'많이 묵었다, 이제 가야제' 하며 신발을 찾아 신는데 유독 미원댁만 '뭘 줘야 묵제?' 하고 한소리를 한다. 그 입 때문에 어디 가서 대접 못받는다고 하더니 나이가 들어도 그 버릇은 여전하다.

"여그 있어 봤자 괜히 걸리적거리기만 할 것인게 일찌감치 저녁 먹고 큰집이나 갑시다."

항상 실리적인 셋째언니가 이렇게 안을 내놓는다. 반대할 까닭이 없는 큰언니와 내가 따라나선다. 막 나서는데 얼굴이 불쾌한 서샌과 마주친다.

"암마 이 딸네들 다 어디로 갈라꼬? 가만있어라, 야가 누구다냐? 갱희가 오랜만에 왔네."

내 이름 경희는 이렇게 집에만 오면 갱희가 되어버린다. 저 서샌도 딸이 일곱이나 되어 맨날 한두 명씩은 빠뜨리고 헤아린다는 소문의 소유자이면서 남의 딸들 이름은 용케도 외운다.

"아따 가만있으면 껄끄랍지요."

재빨리 대꾸한 셋째언니가 옆구리를 쿡쿡 찌르면서 얼른 가자고 눈총을 준다. 아닌 게 아니라 술 취한 서생한테 붙잡혔다간 그 잔소리가 끝이 없다. 옆으로 빠져나와 뛰다시피 큰집으로 간다. 종가를 여기서는 큰집이라고 부른다. 아흔이 넘은 큰어머니가 내다보시지만 눈이 멀어 그저 멀거니 소리나는 쪽을 쳐다볼 뿐이다. 방에 들어오기가 바쁘게 언니들은 피곤하다며 눕는다. 나도 따라 누워서 막 잠이 들려는데 어떻게 알고 막내가 들어선다. 마치 한편이 당도한 것처럼 갑자기 든든하다. 한 형제인데도 서로 친한 사람들이 있다. 둘째언니와 셋째언니가 그렇고 나와 막내가 그렇다. 큰언니는 그런 우리들을 사이에 둔 버팀목과도 같다.

"작은언니는?"

막내도 들어서자마자 나하고 똑같은 질문을 한다. 이번에는 내가 대답을 해준다.

"딸 다섯이 오랜만에 모여보겠네."

내 옆에 다리를 길게 뻗고 앉으면서 막내가 기대에 찬 목소리로 한마디 한다. 둘째와 셋째만 고향에 남아 있고 다들 흩어져 있는 탓인지 정말 다섯 명이 다 모이기가 참 힘들다.

"우리 할매 맨날 쓰잘데기없는 딸년들이라고 구박하더니만…."

"아무렴 나만큼 구박당한 사람 있으면 나와봐라."

막내 말이 채 끝나기도 전에 셋째언니가 갑자기 열을 내며 끼어든다.

"아따, 누가 그것 몰르냐? 새삼 열을 내고 그러냐?"

큰언니가 말려보지만 셋째언니는 막무가내다.

"나가 진짜 할매 돌아가서도 절대 안 올라고 했는디."

연거푸 딸만 내리 셋이 태어나자 할머니는 삼시랑 밥도 안 올리고 엄마에게는 미역국도 끓여주지 않았다. 할머니의 눈총이 얼마나 무서웠던지 열일곱에 시집와서 숨도 크게 쉬지 못하고 살았던 엄마는 씻지도 못하고 누워 있는 셋째딸이 가여워 차라리 죽어버리라고 두꺼운 솜이불로 덮어놓았다. 한참 있다 죽었겠지 하고 이불을 걷어보니 주먹을 꼭 쥐고 땀을 뻘뻘 흘리면서 색색 자고 있더란다. 그만 목이 메인 엄마는 갓난애를 꼭 끌어안고 그제야 젖을 물렸고 할머니의 눈치를 알았던지 울지도 않던 갓난애는 그제야 큰소리로 첫 울음을 터트리더라고 한다.

식식대는 셋째언니를 보자 갑자기 한 가지 생각이 떠올라 웃음이 터진다. 한번 터진 웃음은 걷잡을 수 없이 계속되고 영문을 모르는 큰언니와 막내는 웬일인가 하는 표정이고 셋째언니만 눈이 온통 돌아가도록 흘겨본다.

"언니가 말이야, 어렸을 때 다리만 보면 혹시 저기에 우리 엄마가 있나 하고 맨날 들여다보았단다. 할머니가 다리 밑에서 주워왔다고 하니까 진짜 다리 밑에서 주워온 줄 알고 다리만 보면 눈물이 나더란다."

셋째언니에게 그 말을 들은 다음부터 나는 다리만 보면 셋째언니가 생각났었다.

"그렇게 엄마한테랑 독하게 했으니까 젖값은 젖값대로 받고 돌아가실 때까지 고생고생 하셨지.”

여전히 심통난 목소리로 셋째언니는 그렇게 악담을 한다.

“죗값, 죗값하지 마라. 너나 나나 자식 키우고 있으면서 자식 잃은 일을 죗값이라고 악담하면 못쓴다.”

“오죽하면 그러겄는가?”

말은 그렇게 하면서도 셋째언니는 슬그머니 수그러드는 눈치다.

할아버지와 큰할머니 사이에는 그때 이미 장성한 아들이 둘이나 있었다. 할머니는 아들 하나와 딸 하나를 낳으셨는데 고명딸이 할머니를 닮아 그렇게 예뻤다고 한다. 할아버지께서도 막내딸을 얼마나 예뻐하셨는지 다섯 살 때까지 땅에 내려놓지 않고 손수 업어 키우셨다고 했다. 그 따님이 여섯 살 때 큰아드님이 장가를 드셨단다. 새 색시가 저녁에 샘물을 길러가는데 생전 잘 따라다니지 않던 막내딸이 치마꼬리를 붙잡고 따라나섰다. 어둑어둑해진 샘터에서 물을 다 길은 새 색시가 ‘애기씨!’ 하고 부르니 분명히 앞에서 대답이 들려서 새 색시는 떨어지는 물방울을 바삐 훔치면서 집으로 왔는데 막내딸이 보이지 않았다. 가슴이 철렁해진 새 색시와 할머니가 샘터로 갔을 때는 이미 늦어서 막내딸은 마치 빨래처럼 네모난 샘을 꽉 채우며 둥실 떠 있었다. 사람이 빠질 만큼 깊지도 않은 샘이었고, 죽은 아이가 꼭 잠이라도 자고 있는 것처럼 너무도 생생하여 아무래도 밤귀신이 아이의 미모를 해코지를 한 것 같다고 연동할매는 몇 번이나 이야기했었다. 그 자리에서 기절한 할머니는 닷새 동안 깨어나지 못했고, 그 전부터 앙숙처럼 지내던 큰아버지 부부를 얼마나 혹독하게 몰아세웠는지, 참다못한 큰아버지는 마침내 살아 생전에는 만나지 않겠다는 말로 의절을 하고 집을 나갔다. 그때부터 사람이 독해진 할머니는 아무리 좋은 굿을 봐도 웃지 않았다고 한다.

언니들은 이내 잠이 든다. 나도 슬며시 잠이 들었나 싶었는데 또다시 꿈을 꾼다. 그 사람이 울고 간다. 열여덟살 소년의 모습을 한 그는 비죽비죽 울며 동네 어귀를 돌아나간다.

"할매는 나빠. 죽으면 지옥갈 거야."

내 소리에 놀라 잠이 깬다. 가슴이 벌렁벌렁 뛴다. 다행히 아무도 깬 사람이 없다. 꿈속에서도 울었는지 눈가가 축축하다. 자기가 제일 서럽게 컸다는 셋째언니보다, 혹독한 시집살이를 했다는 엄마보다 할머니의 잔인하리 만큼 냉정한 성품에 깊이 찔린 사람은 바로 내가 아닐까. 할머니가 돌아가셨다 해도 결코 오고 싶지 않았던 사람은 누구보다도 나였으니까. 애써 다독인 상처에서 다시금 피가 솟구치는 기분이다.

다음날은 아침부터 바쁘다. 셋째언니와 나는 고흥으로 장을 보러 간다. 바지 위에다 광목치마를 입고 간다. 개시 손님이 상갓집 손님이면 그날 하루가 재수가 있다고 장사꾼들이 서로 오라고 잡아끌고 그래서 물건값도 쉽게 깎을 수 있다고 셋째언니가 알려준다. 엄마가 일러준 대로 한 차 가득 장을 봐오니 그새 둘째언니가 와 있다. 양푼으로 한가득 밥을 비벼 큰언니와 함께 먹고 있던 둘째언니는 부사리가 태어나서 기분이 좋다고 한다. 하루 종일 손님이 끊이질 않는다. 게다가 저녁에는 새알 팥죽도 쑤어야 한다. 한쪽 마당에 큰 가마솥이

걸리고 우리한테는 새알심을 만들라고 반죽이 주어진다. 새알심을 만들면서 언니들은 계속 소근댄다. 나도 막내랑 작은 목소리로 이야기한다.

해질 무렵 상여가 도착한다. 다들 곱다고 찬탄을 한다. 저녁바람에 너울대는 상여는 때마침 하늘 가득 번지는 노을빛을 받아 더욱 선명한 빛으로 사람들의 눈길을 끈다. 마침내 날이 저물고 팥죽도 다 끓여진다. 아직 관이 들어 있지 않는 상여를 만지며 연동할매랑 몇몇 동네 사람들이 운다. 당군들이 각자 위치에 서고 연우신샌의 앞소리에 맞춰서 연습을 한다. 정식으로 삼베옷을 차려입은 큰아버지와 큰어머니와 아버지가 아이고, 아이고 하며 곡을 한다. 전혀 눈물이 섞이지 않은 메마른 목소리들이다. 저녁 잘 먹고 걸쭉하게 술까지 걸친 당군들은 우렁차게 소리를 메긴다.

"과아아아나암 보오오사알, 나하무이히 타아부울."

갑자기 어디선가 엄마가 이 대열에 끼어든다. 다들 아이고, 아이고 하고 우는데 엄마는 이힝이힝 하고 익살스럽게 운다. 억지로 짜내는 엄마의 울음소리는 뭐라고 표현하기가 힘들다. 도저히 사람의 울음소리 같지가 않다. 아무리 참으려고 해도 웃음을 주체할 수 없다. 뒤안으로 달려가 허리가 끊어지도록 웃고 또 웃는다. 남들이 보면 미쳤다고 할까봐 참으려고 해도 웃음이 그치지를 않는다. 간신히 웃음을 그치고 앞마당으로 나가니 엄마는 그때까지 곡을 하고 계신다. 그러나 더 이상 웃음은 나오지 않고 슬픈 감정이 스민다.

내리 셋이나 딸을 낳자 할머니는 아예 돌아앉아 아는 체도 하지 않았다. 미역국도 끓여주지 않는 시어머니 눈치가 보여 삼 일 만에 자리에서 일어났다. 마당에는 한가득 콩이 널려 있었고 엄마는 콩타작을 시작했다. 남자도 하기 힘든 도리깨질을 한참 하다보니 신발이 찌걱찌걱 하더란다. 내려다보니 피가 다리를 타고 흘러 신발에 고이고 있는 참이었다. 마침 들어서던 연동할매가 깜짝 놀라 이게 뭔 짓이냐고 말려도 할머니는 눈 하나 깜짝 안 하고 엄마 하는 양만 쳐다보고 있더라고, 느그 할매처럼 독한 사람은 조선에도 없다고, 산후조리를 잘못한 탓에 여기저기가 결리면 엄마는 늘상 말하곤 했다.

팥죽이 나누어진다. 어렸을 때부터 나는 상갓집에서 먹는 이 팥죽이 가장 맛있었다. 얼른 한 그릇을 받아 한쪽으로 간다. 마당에 장작불은 불티를 하늘 높이 올리면서 타오르고 취하고 지친 사람들이 멍석 여기저기에 쓰러져 잔다.

"오랜만이다."

어둠 속에서 누가 아는 체를 한다. 친척도 아니고 남도 아닌 사람이 어둠 속에서 웃고 서 있다. 중학교 동창이기도 한 그는 할머니의 그분의 양손자이다. 얼떨결에 죽그릇을 내민다. 그가 손사레를 치며 앉으라는 시늉을 한다.

"언제 왔어?"

"와봐야지."

동문서답이다. 그를 쳐다본다. 어둠 속이어서 얼마나 변했는지 알 수 없다. 그를 처음 봤던 날을 기억한다. 남자애가 어른처럼 단정한 차림새를 하고 있어서 꼭 애늙은이 같았다. 그의 아버지는 할머니의 그분의 양자였다. 대전에선가 살다가 이번에 면 소재지로 내려왔다고 했다. 할머니가 돌아가시면 그분과 나란히 묘를 했으면 좋겠다고 아버지께 의향을 떠보려고 온 것이었다. 이야기가 길어질수록 아버지의 얼굴은 술을 드신 것처럼 벌겋게 달아올랐다. 그의 아버지의 간곡한 부탁에도 불구하고 아버지는 한마디로 일축하셨다.

"미친 소리!"

아버지가 벌떡 일어나 나가신 다음 어깨를 축 늘어뜨리고 가는 소년과 소년의 아버지를 보이지 않을 때까지 쳐다보면서 나는 생각했다. 할머니는 어디에 묻히고 싶으실까 하고. 할머니는 절대 할아버지 곁에는 가고 싶지 않다고 진즉부터 말씀하셨다. 왜냐하면 그곳에는 이미 큰할머니가 자리잡고 계셨기 때문이었다.

며칠 후에 술이 거나한 아버지께서 할머니께 물으셨다.

"어무이, 그 양반 곁으로 가고 싶소?"

"그 사람하고 자식 낳고 산 것도 아니고 내가 어떻게 그 사람 곁으로 갈 생각을 하겄냐. 그냥 나 혼자 아무 데나 묻어주라."

여러 날 지난 다음에 이번엔 내가 할머니께 불쑥 물었다.

"할매 혼자 있으면 심심하고 무섭잖어?"

뜻밖에도 할머니는 금방 알아들으셨다.

"한번 끝난 연은 끝난 연잉께."

"그래도 나 같으면 혼자 있기 싫겄다."

할머니가 아무 말이 없어 쳐다보았더니 할머니의 시선은 나를 지나 더 먼 곳을 바라보고 있었다. 초여름 뭉게구름이 탐스러운 하늘을 할머니도 나도 한참동안 쳐다보았다.

"얼른 먹어라, 죽 다 식는다."

그가 재촉하지만 이미 죽을 먹고 싶은 마음은 사라진 지 오래다. 어둠속에서 손을 들여다본다. 거기 지나간 세월이 숨어 있는 것 같다. 긴긴 시오리 길을 가노라면 늘 소년이 기다리고 있다. 소녀가 보이면 기다리지 않은 것처럼 앞서서 걸어간다. 때때로 가방을 들어준다. 먹을 것을 꺼내줄 때도 있다. 홀어머니의 외동아들인 그는 늘 우울한 표정이다.

그러나 소녀를 보면 한쪽 볼에 보조개를 지으며 웃는다. 그렇게 육년 동안 오누이처럼 함께 다닌다.

처음으로 맥주를 마시고 다방에도 가본다. 온갖 어른 흉내를 다 내본다. 그때마다 그가 함께 있다. 슬그머니 손도 잡아보고 어두운 곳에서는 어깨에 손도 둘러준다. 그러면서 서로가 이게 사랑이라고 느낀다. 읍내에 서커스가 들어온다. 함께 서커스를 보고 나오다가 할머니를 만난다. 순간 굳어지는 할머니의 얼굴. 그렇게 무서운 할머니의 얼굴은 처음 본다.

"아직도 혼자냐?"

"…."

"설마 인섭이 때문은 아니겠지?"

그는 인섭이가 비틀거릴 때, 그리고 내가 상처입고 울부짖을 때 곁에 있어준 유일한 사람이다. 그렇지만 그와는 인섭의 이야기를 하고 싶지 않다.

한참을 앉아 있다가 내가 먼저 털고 일어선다. 그도 따라 일어서며 손을 내민다.

"잘 지내라. 빨리 짝을 찾고."

그에게만은 이미 짝을 찾았다고, 그러나 제대로 찾았는지 자신이 없다고 털어놓고 싶다. 그러나 입이 열리지 않는다. 가슴이 아리다. 할머니의 말씀이 생각난다. 한번 끝난 연은 끝난 연. 그와의 인연도 이미 끝났을까.

출상 날이다.

아침부터 부산하다. 아홉 시가 조금 넘어 비로소 관이 방에서 나온다. 할머니가 평소에 쓰던 물건들은 태우기 위해 한곳에 모아진다. 마지막이라고 생각하니 그때야 눈물이 나온다. 할머니의 옷가지들을 붙잡고 울다가 방에서 나가는 관을 붙잡고 운다. 옷가지를 챙기던 큰언니와 막내도 덩달아 관을 붙잡고 운다. 문지방을 넘어서고 마루를 내려와 토방으로 관이 내려오는 도중인데 맨 뒤에서 관을 들고 있던 덕재아재가 가만히 말한다.

"야, 무거운께 눌르지 말고 울어."

얼마나 머쓱하던지 순간 눈물이 쏙 들어간다. 아무리 울려고 해도 다시는 눈물이 나오지 않는다. 슬그머니 관에서 물러나온다. 할머니의 옷을 태우려고 가는 큰언니의 뒤를 따라가며 아무래도 내가 덕재아재의 말을 현실에서 들었나 싶다. 세상에, 아무리 무겁기로 한창 울고 있는 사람한테 어떻게 그런 말을 한담. 덕재아재답다. 일곱 살까지 말을 못해 벙어리인 줄 알았더니 어느 날 밭에서 김을 매고 있는 엄마에게 헐레벌떡 뛰어와서 말은 못하고 가슴을 쿵쿵 쳤다. 보다 못한 엄마가 "야, 이 썩을놈아. 말을 해. 말을" 하고 호미를 냅다 집어 던지니 그제야 "아부지…, 진치… 패딱" 하더란다. 아무래도 무슨 일이 있나보다 하고 집으로 쫓아 내려가니 김치를 안주삼아 한 잔 두 잔 마신 막걸리에 취한 덕재아버지가 토방을 올라가다 넘어져서 납작 엎어져 있었다. 그 일로 덕재아버지는 일 년 넘게 자리보전을 했고 그때부터 덕재아재는 말문이 트였다는 것이다. 말문이 트이는 것까지는 좋았는데 덕재아재는 어느 자리에서건 해야 할 말이 있으면 참지를 못한다. 그래서 별명이 시한폭탄이다.

노제를 지낸다. 노제를 지내는 음식들은 한결같이 크고 좋다. 마지막 대접이라 그렇다고 한다. 아버지께서 큰언니를 불러 형부와 함께 절을 하라고 한다. 맏이만 절을 하라고 하자 함께 절을 하려고 곁으로 다가갔던 둘째언니의 입이 튀어나온다. 본격적으로 연동할매가 곡을 하기 시작하자, 자기 설움에 겨운 동네 사람들 몇몇도 함께 다가와 운다. 코끝이 시큰하면서 할머니가 없으니 이제 쑥버무리는 못 먹겠구나 하는 생각이 든다. 왜 하필 쑥버무리가 생각났는지 모르겠다. 아들만큼은 예뻐하지 않았지만 그래도 동네 아이들은 감히 우리 형제들을 건드리지 못했다. 잘못 건드렸다간 할머니께 그 몇 배로 혼이 날 테니까. 밤중에 오줌이 마려워 깨면 할머니부터 부른다. 언제 불러도 할머니는 또렷한 목소리로 '오냐' 하고 대답하셨고 그러면 안심하고 일어나 오줌을 싸곤 했다. 엄마하고 함께 잔 기억은 없지만 어렸을 때는 막내와 서로 할머니의 젖을 만지려고 싸웠다. 잔칫집에 가면 늘 손수건에 먹을 것을 싸오시던 할머니, 아이스케키 사달라고 조르다가 엄마한테 혼나서 울고 있을 때 마당에 널어진 보리를 퍼들고 가서 사오셨던 할머니, 늘 바쁘던 엄마 대신이었던 할머니를 이제 이 생애에서는 다시 뵐 수 없으리라.

노제가 끝나자 상여는 천천히 동네 뒤를 돌아나간다. 당군들의 노랫소리가 구성지다.

"어어노 어허노야 어나리 넘자 넘와요."

연우신샌은 아들들과 손주들을 차례로 불러 빨리 노잣돈을 걸라고 야단이다. 돈을 안 가지고 나온 나는 둘째언니에게 이만 원을 빌려 노잣돈을 건다. 좋은 데로 가시라고 마음속으로 기원한다.

집에 들어오자마자 할머니는 다짜고짜 빗자루를 들고 때리기 시작했다. 빗자루가 풀어지자 부지깽이를 들고 쫓아온다. 할머니보다 기운이 센 나는 더 이상 맞지 않고 부지깽이를 붙잡고 버틴다. 숨을 헐떡이며 할머니는 소리친다.

"그놈하고는 절대 안 돼."

왜 안 돼냐고 물어도 대답은 끝까지 무조건 안 된다고만 하신다. 결국 부지깽이가 부러진다. 할머니도 나도 지쳐서 서로 짐승처럼 노려보고 서 있다. 나는 영문도 모르는데 인섭이 먼저 나를 피하기 시작한다. 답답함과 절망감으로 반미치광이가 되어 갈 무렵 인섭은 학교를 그만두고 가출을 한다. 그리고 반 년 뒤 서울의 큰 호텔에서 보이 노릇을 했다는 그는 그 호텔의 화재로 한 줌 재가 되어 고향으로 온다.

할머니는 집하고 가까운 뽕나무밭 위쪽에 묻히신다. 나도 가고 싶은데 아버지는 이번에도 큰언니만 오라고 한다. 섭섭한 마음이 왈칵 스민다. 어쩔 수 없이 그릇들을 챙겨 들고 셋째언니와 집으로 향한다. 집에는 벌써 차일이 걷히고 마당에 널려 있던 지푸라기들이 한쪽에 모아져서 타고 있다. 아직도 많은 사람들이 있건만 휑한 게 왠지 빈집 같다.

집 안팎을 깨끗이 치우고 한쪽에서는 물을 데우고 한쪽에서는 음식을 장만한다.

저녁이 다 되어 일을 끝낸 당군들이 상주들과 함께 도착한다. 왁자지껄 아리랑 타령을 부르며 연우신샌이 앞장서고 열두 당군들이 제멋대로 노랫가락을 맞추며 따라들어온다. 한쪽에서는 웃고 한쪽에서는 그래도 초상집인데 너무 한다고 혀를 찬다. 여자들은 들어오자마자 머리들을 감는다. 남자들도 시늉이라도 머리를 감는다. 혹시 몸에 묻어왔을지도 모를 부정한 것들을 씻어내는 것이다.

저녁에는 모처럼 딸 다섯 명이 한자리에 모인다. 잠자리 핑계로 둘째언니 집으로 다들 몰려온 것이다. 둘째언니가 머루주를 꺼내온다. 다짜고짜 큰 잔에 따라서 마시라고 내민다. 한 잔에 벌써 취기가 올라온다. 큰언니가 먼저 노래를 시작하자 차례로 노래를 부른다. 큰언니의 구슬픈 노래도 처음 듣고 둘째언니의 간드러지게 넘어가는 노래도 처음 듣는다. 셋째언니는 음치였는데 노래방을 열심히 다녔는지 제법 들을 만하다. 오히려 내가 핀잔을 듣는다. 막내도 앵두나무 우물가에를 제법 맛깔나게 부른다. 큰언니의 구슬픈 노래 때문이었는지 그만 내가 참지 못하고 울어버린다.

한번 터진 울음은 술기운까지 곁들여 걷잡을 수 없이 커진다. 막내는 훌쩍이고 언니들은 말없이 내 등을 두드려준다. 불어난 강물에 둑이 터지듯 한번 솟구친 감정들은 회오리바람처럼 휘몰아친다.

"언니들은 할매가 내 가슴에 얼마나 큰 못을 박았는지 모르지?"

"니 가슴에 못이 아무리 크다고 해도 엄마 가슴에 박힌 못만큼이야 하겄냐?"

뜻밖에도 셋째언니가 그렇게 대꾸를 한다.

"그럼 다들 알고 있었어?"

세 언니가 동시에 고개를 끄덕인다. 엄마가 알까봐 혼자 삭이려고 안간힘을 쓰며 견뎠던 시간들이 너무 억울해서 또 눈물이 나온다.

"넷째야, 인자는 인섭이도 없고 할매도 없다. 아직도 가슴에 박힌 못이 있거들랑 그만 빼버려라. 엄마는 벌써 빼서 던지셨나보더라. 아까 인섭이엄마 보지 못했냐?"

큰언니가 눈물을 닦아주며 말한다. 나도 봤다. 고혈압과 당뇨로 몰라보게 추레해진 인섭엄마는 부엌 한쪽에서 밥을 먹고 있었다. 아무도 신경을 쓰지 않는데 이것저것 챙겨다주며 더 먹으라고 다독이던 사람은 다름 아닌 엄마였던 것이다.

"언니들, 뭔 소리여? 알아듣게 이야기해봐."

아까부터 눈이 휘둥그레져서 이쪽저쪽 눈치만 보던 막내가 참지 못하고 소리친다. 나서기 좋아하던 셋째언니마저 머루주를 홀짝이며 못 들은 체 앉아 있다.

"너 인섭이 기억하냐?"

결국 내가 나선다.

"인섭이 오빠? 우리 옆집 살다가 아래끝으로 이사간?"

손자 하나 더 얻을 욕심에 할머니는 아무도 몰래 인섭엄마를 아버지의 작은댁으로 삼으셨다. 인섭이 떡아기 때부터라고 한다. 엄마도 동네 사람들도 아무도 몰랐다. 인섭이 가출한 뒤 혹시 인섭의 소식을 들을까 하여 찾아갔던 그 밤에 나는 비로소 알았다. 아버지를 상대로 끝없이 이어지던 인섭엄마의 넋두리 속에서 할머니가 왜 그렇게 펄펄 뛰셨는지 알게 되었던 것이다. 할머니도 아버지도 엄마도 다들 없었으면 좋겠다는 생각이 먼저 들었다. 그리고 인섭이 불쌍했다. 참을 수 없을 만큼 불쌍했다.

"그 인섭이를 내가 좋아했거든."

막내에게는 더 이상 이야기하고 싶지 않다. 그러나 막내는 민감하게 달려든다.

"그런데 할매는 왜?"

"할매가 죽어도 안 된다고 했어, 홀시어미라고."

석연찮은 표정이지만 막내는 더 이상 묻지 않는다. 다들 각자의 상념에 빠져 말없이 술만 마신다.

자리에 눕자 셋째언니가 할머니 이야기를 꺼낸다. 다들 한마디씩 한다. 좋았던 이야기, 서운했던 이야기들이 줄줄이 쏟아져 나온다. 내가 아는 이야기들도 있고 내가 모르는 이야기들도 있다. 그런가 하면 같이 겪었던 상황이었는데도 보는 시각이 달라서였는지 내 기억과 전혀 엉뚱한 이야기도 나온다. 내가 제일 먼저 잠이 든다. 꿈을 꾼다. 흰 옷을 곱게 차려 입은 할머니가 앞장서서 길을 가고 있다. 인섭이 그 뒤를 따라간다. 그는 여전히 입을 비죽이긴 하지만 울지는 않는다. 따라가면 안 된다고 내가 소리친다. 인섭이 돌아보며 웃는다. 보조개가 예쁘다.

언뜻 잠이 깬다. 언니들의 목소리가 잠결에 아른아른 들린다.

삼우제까지 지내고 다들 떠난다. 요 며칠이 마치 딴 세상의 일인 것처럼 현실감이 느껴지지 않는다. 이제 다시 내가 서 있어야 할 곳으로 돌아가야 한다. 할머니가 돌아가셨다고 해도 위안보다 자신들에게 떠안겨질 내 몫의 일을 먼저 생각하는 메마른 곳, 그러나 이미 함께 메마른 내게 어울리는 곳으로 돌아가야 한다. 돌아가면 제일 먼저 전화를 하리라, 끝내는 게 겁나지 않으니 시작 또한 겁나지 않다고 말하리라. 내 생활이 있는 곳, 그 생활을 함께할지도 모를 사람이 있는 곳, 이제 태어날 내 자식들의 탯자리를 묻을 또 다른 고향을 향하여 간다.

고흥을 지나쳐 오는데 돌팻말이 보인다.

"또 오십시오. 살기 좋은 고흥은 여러분을 기다립니다"

그 여자의 창窓

그 여자의 창窓

눈을 떴습니다.

먹빛 어둠에 갇힌 사위는 벌레 소리 하나 없이 조용합니다.

나는 잠시 어리둥절합니다.

정전인가, 왜 이리 깜깜할까…. 늘 불이 환하게 켜 있는데….

옆 사람 깰까봐 손도 뻗지 못하고 눈만 가만히 치떠봅니다. 여전히 어둠뿐, 아무것도 보이지 않습니다. 그러다 문득 깨닫습니다. 내 옆엔 아무도 없다는 것을. 일어나 부스럭거려도, 돌아다녀도 툴툴대거나 혀를 차며 짜증을 낼 그 누구도 없다는 것을요. 그곳을 벗어난 지 벌써 석 달이 가까워오는데 내 의식은 여전히 그곳에 갇혀 있습니다.

잠이 깨면 옆 사람 깰까봐 한참 동안 숨을 죽이고 있습니다. 시계를 볼 때마다 아, 지금은 기상 음악이 울리겠구나, 찌꺽거리는 손수레가 점심을 날라오고 있겠구나….

잠이 오지 않아서 책장을 넘기다가도 소스라쳐 눕습니다. 취침시간이 훨씬 지났으니까요. 겨우 넉 달 남짓한 시간들이 아직도 내 의식을 그토록 철저히 억누르고 있다는 것이 두렵고 끔찍합니다.

머리맡을 더듬거려서 시간을 확인합니다. 두 시 사십 분. 아직도 한밤중입니다. 요즘 내내 밤중에 잠이 깹니다. 그대의 목소리가 때론 부드럽게 때론 절규로 변하여 나를 흔들어 깨웁니다. 나는 아직도 그대를 만날 용기가 나지 않습니다. 가슴이 터질 것처럼 답답해서 그만 숨쉬기를 포기하고 싶을 때조차도 나는 그대를 만날 수 없다고 고개를 흔들고 맙니다. 그대와 나 사이에 얼마나 더 긴 시간이 흘러야 할까요? 며칠 전부터 나는 그대에게 긴 편지를 씁니다. 그대의 간절한 소망을 저버리지 않고 보낼 수 있을지는 나도 모릅니다. 다만 씁니다. 쓰고 또 씁니다. 어쩌면 나는 그대에게 쓰는 편지를 통하여 나를 옭아매고 있는 살煞에서 놓여나기를 간절히 바라고 있는 것인지도 모르겠습니다.

열다섯 살 때 나는 처음으로 살煞이란 말을 들었습니다. 그 말을 듣는 순간 머리끝에서 발끝까지 순식간에 관통하던 섬뜩한 기분은 지금도 생생하게 기억할 수 있습니다. 그 기억이 남아 있는 한 나는 평생 내가 지니고 태어났다는 살煞을 뛰어넘지 못하리라는 것을 압니다. 그대에게도 결코 다가가지 못할 것입니다. 나는 이제 그대에게 아무것도 숨기지 않겠다고 작정했습니다. 모든 것을, 오랜 시간 동안 그대에게 기쁨과 번민을 동시에 주었던 내 마음까지도 전부 다 이야기하고 싶습니다. 아! 그러나 그대에게 보낼 수 있을까요?

넓은 마당에는 초가을 맑은 햇살이 구석구석 일렁이고 있습니다. 붉은 사루비아랑 진분홍 과꽃이 마지막 자태를 뽐내듯 처연하게 피어 있습니다. 이곳은 남도의 끄트머리의 끄트머리입니다. 지도에도 나와 있지 않는 작은 마을, 그 마을에서 다시 한 시간을 걸어올라가야 하는 산 속의 작은 암자입니다. 그대가 이곳을 찾지 못할 거라는 생각은 안도와 고통을 동시에 맛보게 합니다. 열세 해 전에 엄마가 계셨던 곳이고 이제는 내가 와 있습니다. 우리 모녀의 상처를 쓰다듬어 보듬는 이는 그때나 지금이나 똑같은 모습입니다. 비록 속세를 떠나 살긴 하지만 삭발을 하지 않았기에 나는 그 분을 이모라 부릅니다. 남들은 보살님이라고 부르지요. 삭발을 하지 않았다 뿐 이모는 회색 옷을 입고 지성으로 부처님을 모십니다.

이모는 자신의 사연을 굳이 숨기지 않습니다. 어려서부터 유난히 사이가 좋았던 연년생 자매가 똑같이 한 남자를 좋아했습니다. 남자는 언니를 선택했고 남은 동생은 부처님을 선택했습니다.

일찍부터 주역을 공부한 이모는 이제 제법 이름이 알려졌는지 손님이 끊이지 않습니다. 손님들은 대게 이른 새벽에 슬그머니 찾아와서는 조용히 돌아갑니다.

십일 년 전 엄마를 따라왔다가 처음으로 이모를 보았습니다. 부처님을 모신다기에 나는 부처님처럼 둥글넙적한, 웃는 얼굴의 수더분한 인상의 아주머니일 거라고 지레짐작을 했습니다. 알겠지만 지레짐작은 대부분 틀리게 마련이지요. 이모는 미인형의 갸름한 얼굴에 어울리지 않은 빠르고 거친 말투에, 그 말투만큼이나 직선적이고 성급한 성격을 지닌, 때로는 불같이 무섭다가도 한없이 다정하고 인정이 넘치는 참 난해한 분이셨지요.

무엇 때문인지 이모는 처음부터 나를 못마땅해 했습니다.

"그 애물단지를 왜 여기까지 달고 왔어?"

엄마가 질색하며 흘겨보셨지만 난 그 말을 들었고, 그 말은 뜨거운 화인으로 내 가슴에 찍혔습니다.

이미 내 자신이 애물단지라는 것을 알고 있었기에 그 말은 더 깊은 상처로 나를 후볐고 두고두고 나를 괴롭혔습니다.

그날 밤, 두 분은 밤 늦도록 마루에 앉아 있었습니다. 나도 밤 늦도록 잠들지 못했습니다. 베갯잇이 너무 축축해서 영 잠이 들 성싶지가 않았습니다.

"애한테 들어 있다는 살이 우리 부부를 갈라놓은 것일까?"

"그렇지 않아. 그렇게 가벼운 살이었으면 내가 그렇게 기를 쓰고 반대하지 않았지."

"피할 수 있는 방법이 없을까?"

"피할 수 있는 게 아니야. 처음부터 내가 그랬잖아. 얼굴에 피를 묻히고 태어난 애는 받아들이는 게 아니라고."

"그런 말하면 나 화낼 테다. 나는 저 애 엄마고, 저 앤 내 딸이야."

사람마다 주어진 운명이 있을까요? 그러면 그대를 만난 것도 이미 정해진 내 운명의 한 과정이었을까요?

그대를 처음 만난 날을 생각하면 난 늘 입가에 미소가 감돌곤 해요.

바보같이, 아무리 고등학교를 갓 졸업한 풋내기라 해도 숙직실을 어떻게 수위실로 읽고 착각할 수가 있었을까요?

교육이 끝나자마자 날아든 발령통지서를 보고 난 그만 너무 흥분했나봅니다. 내가 그곳 면사무소에 도착한 것은 채 일곱 시도 되지 않은 이른 시간이었습니다. 그 고장은 낯선 곳이었고 딱히 갈 곳이 없었던 저는 발령통지서를 꼭 쥐고 곧장 면사무소로 갈 수밖에 없었습니다. 그대를 수위로 착각했던 저는 참 아깝다는 생각을 먼저 했습니다. 물론 수위는 이래야 한다는 공식이 있는 것도 아니고 수위아저씨들이 자칫 오해를 할 수도 있겠지만, 그러나 그대는 너무 젊고 또 너무 부드러워서 시골의 작은 면사무소에서 수위를 하고 있기에는 너무 아깝다는 생각이 들었다는 거지요.

어떻게 왔느냐고 묻는 그대의 얼굴에 부드럽게 퍼지는 미소와 함께 눈가에 가로 그어지는 두 개의 주름살은 그대가 참으로 따뜻한 사람이라고 말하고 있었습니다.

나는 추위를 타는 어린애처럼 움츠리며 발령을 받았다고 했지요. 그대는 무척 반가워했습니다. 오래 기다렸노라고, 앞으로 함께 일할 파트너라고 그대는 큰손을 내밀어 악수를 청하였지요. 그 모든 것을 바로 조금 전의 일처럼 하나하나 다 기억할 수 있습니다.

그러나 기억이라는 놈은 참 불가사의하기도 합니다. 그날 아침 나는 그대가 타준 커피를 마시며 작은 소녀처럼 발을 대롱거리며 앉아 있었습니다. 그러나 나중에 보니 작은 사무실 어느 곳에도 내가 발을 대롱거리며 앉을 만한 큰 의자는 없었습니다. 그런데도 난 그날 분명히 발을 대롱거리며 커피를 마셨다고 기억하고 있으니 정말 이상하기도 하지요.

나직하면서도 힘있고 그러면서도 참으로 부드러웠던 그대의 목소리는 저에게 울고 싶을 만큼 달콤한 행복을 느끼게 했습니다. 참으로 오랜만에 나는 사람의 존재를 느끼고 있었습니다. 성격 탓도 있겠지만 나는 첫눈에 반했다는 사람을 보면 참 가소롭다고 생각했습니다.

그러나 단언컨대 나는 그대를 처음 본 순간 반했었노라고 감히 말할 수 있습니다. 아침 내내 그대는 묻고 나는 대답만 했습니다. 마침내 그대가 웃었습니다. 미주알고주알 묻고 있던 자신이 우스웠었다고 나중에 그랬던가요?

내게는 아무것도 묻지 않느냐고 그대가 그랬을 때 나는 배시시 웃고만 있었지만 사실은 그대 나이가 궁금했었습니다. 내 마음을 알았었는지 그대가 먼저 큰오빠 뻘은 될 거라고 나이를 밝혔었지요. 그대는 내가 생각한 것처럼 그렇게 많은 나이는 아니었지만 그러나 내가 오랫동안 잊고 살았던, 아니 기억하지 않으려고 늘 머리를 흔들곤 했던 어떤 사람에 대한 기억을 일깨워주었습니다. 그 기억은 단번에 나와 그대의 사이에 두터운 경계의 벽을 세웠습니다. 사회초년생답게 서투르고 수줍어하던 여자애가 갑자기 날을 세우고 그대를 경계하자 그대는 내 어깨를 가볍게 한번 두드리고는 밖으로 나갔습니다. 이른 시간, 좁은 공간에서 남자와 여자가 너무 오래 함께 있었다고 아마 그대는 그렇게 해석했겠지요.

그러나 그 후로도 내가 그대에게 보였던 그 단단한 경계를 그대는 끝내 허물지 못하고 많은 오해와 갈등과 고통을 반복해야 했습니다.

그대의 사랑이 부족해서가 아닙니다. 그대는 내게 늘 넘치던 사람이었지요. 나란히 앉아 나직한 목소리로 업무를 설명해주던 자상한 그대와 그냥 그대로 화석이 되었으면 하고 간절히 바랄 때도 참 많았었지요. 이윽고 일이 익숙해져서 더 이상 그대의 설명이 필요 없게 되었을 때 내가 얼마나 허전하고 슬펐었는지 아무리 자상한 그대였다 할지라도 반에 반도 짐작하지 못하였겠지요.

알아요, 그대가 그 후에도 늘 내 곁에 있었다는 것을. 내 어깨에 와 닿던 그대의 다정한 인기척, 이마에 느껴지던 그대의 간절한 시선. 때론 그 정겨움에 이끌려 그대에게 와락 다가간 적도 많았습니다.

그러나 내가 지니고 태어났다는 살煞이 그대에게 미칠까봐 늘 노심초사했던 나는 얼른 제자리로 돌아오곤 했습니다. 그때마다 안타까워하는 그대에게 속 시원히 설명해줄 수 없는 나는 날마다 가슴 조이며 살았습니다. 그렇게 여러 해가 지나도록 그대와 나는 평행선처럼 마주 보며 서 있었습니다.

이모가 약을 가지고 들어옵니다.

순전히 이모 식으로 제조한, 약초도 약효도 불분명한 즙입니다. 첫맛은 언제나 쓰지만, 뒷맛은 늘 다릅니다. 끝까지 쓴맛일 때도 있고 약간 들척지근한 맛이 감돌 때도 있습니다.

이모는 늘 머리를 쓰다듬으며 뭔가를 말씀할 듯하시다가 그만두곤 합니다.

나는 이모에게 묻고 싶습니다.

'이모, 내게 아직도 남아 있는 살煞이 있는지 알고 싶어요. 그렇다면 그 사람을 영원히 돌려보내야 해요. 지난 팔 년간 원죄처럼 지니고 태어났다는 내 살煞이 그 사람에게 미칠까봐, 그 사람을 똑바로 바라보지도 못했어요. 내 목숨보다도 더 그 사람을 원하면서도 한번도 그 사람에게 표현해보지도 못했어요.'

그러나 나는 끝내 아무 말도 못합니다. 두려워서 묻지 못합니다. 내게 아직도 살煞이 남아 있다고 할까봐…. 그렇다면 나는 그냥 이대로 흔적 없이 사라져야 한다고 생각합니다.

운명이 이미 정해져 있다면 최소한 어떤 암시라도 주어야 서로 공평하지 않을까요?

운명은 벌써 두 번이나 나를 흔들었지만 그때마다 나는 아무런 예감도 없었습니다. 희미한 꿈조차 꾸지 않았습니다.

다정한 엄마, 자상한 아빠, 공부 잘하고 얌전한 외동딸.

열다섯 살까지 나는 모든 친구들의 선망의 대상이었습니다. 구태여 목을 곧추세우지 않아도 어디에서나 나는 공주였습니다. 겉은 얌전했는지 모르지만 나는 한껏 교만에 젖어 있는 아이였습니다. 언제까지나 공주일 것을 믿었고, 그 모든 것은 당연하다고 생각했습니다.

아빠는 엄마에게나 내게 너무 완벽한 분이셨습니다. 아빠의 그 완벽함이 두고두고 엄마를 묶는 사슬이 되었지만 그때는 다만 너무도 행복한 울타리였지요.

행복은 예고를 함으로써 우리를 더 들뜨게 하지만 불행은 아무 예고 없이 찾아와 우리를 더 깊은 절망으로 밀어넣습니다.

너저분한 마루에 엄마와 나는 나른한 포만감에 젖어 누워 있었습니다. 게으른 평화라고 표현하면 좀 이상한가요? 길게 드리운 정원수들의 그림자를 보면서, 점점 짙어지는 어둠을 따라 사위가 깊이 가라앉는 것을 느끼는 것은 고요를 포식하는 듯한 즐거움을 안겨주지요. 엄마와 나는 가끔, 청소도 저녁도 뒤로 미룬 채 그렇게 누워 있는 것을 참 좋아했습니다. 아무 말 없이 누워 있어도 우리 모녀는 서로의 기분을 알 수 있었고, 손가락만 스쳐도 진한 일체감을 느꼈습니다.

그 평화로웠던 저녁에 아빠는 더 이상 우리 모녀와 함께 살 수 없다고 선언했습니다. 아들이 생겼다고 했습니다. 원한 건 아니었는데 어쨌든 아들이 생겼고 이제 자신은 그 아들을 위하여 모든 것을 다 포기하기로 했다고 했습니다.

"말도 안 돼!"

엄마가 비명처럼 소리를 질렀습니다. 그래요, 말도 안 되는 소리였지요. 그러나 그게 아빠와 우리 모녀의 현실이었습니다. 아빠는 미안하다고 하지 않았습니다. 변명도 하지 않았습니다. 단호한 태도로, 엄마와 내가 감히 끼어들 엄두도 낼 수 없도록, 이미 모든 것을 준비한 사람답게 하나하나 처리해나갔습니다. 살고 있는 집과, 엄마와 내가 얼마동안 생활할 수 있는 돈을 주겠다고 했습니다. 여기 생활을 정리하고 아들과 먼 곳으로 갈 거라고 했습니다. 말을 마친 아빠는 놀랍도록 빠른 솜씨로 가방을 챙기고 집을 나섰습니다.

엄마가 다시 소리를 질렀습니다.

"당신이 뭐가 부족해서?"

아빠의 차가운 시선이 먼저 내게로 그리고 엄마에게로 천천히 흘렀습니다.

"나도 내 자식을 갖고 싶었어, 언제나."

엄마의 얼굴이 창호지 빛으로 변했습니다. 엄마는 더 이상 아무 말도 하지 않았습니다. 그러나 나는 아빠가 미처 듣지 못한 말을 듣고 있었습니다.

"누구 때문인데, 누구 때문인데…."

그 모든 것이 꿈이었으면 얼마나 좋았을까요? 아니, 아빠의 마지막 말을 듣지 못했다면 차라리 나았을까요?

왕자와 거지의 동화를 아시지요? 왕자는 거지로 추락하지만 왕자라는 사실에는 변함이 없기에 그는 조금도 비참하지 않습니다. 그러나 거지는 궁 안에서 아무리 호의호식해도 자신이 거지라는 것을 항상 의식하고 있기에 늘 불안하고 위태롭습니다. 공주인 줄 알고 살았는데 사실은 거지였다는 것을 비로소 알게 된 나는 다만 끝없이 주저앉고 또 주저앉는 기분이었습니다. 엄마가 아무리 등을 떠밀어도 나는 학교를 나갈 수가 없었습니다. 나도 엄마도 너무 상처가 깊어 서로를 돌볼 틈이 없었습니다. 우리는 서로의 상처를 후벼서 더 큰 상처를 만들면서 서로를 연민하고 원망하며 그렇게 힘든 시간들을 삭였습니다.

이제 그대도 눈치를 챘겠지요. 그래요. 난 엄마 아빠의 딸이 아니었어요. 입양아였던 것이지요. 얼굴에 피를 묻히고 태어난 재수 없는 애라고 친할머니가 직접 갖다버린, 살煞을 지니고 태어난 아이였어요.

사람들이 죄다 말렸는데도 엄마는 나를 안은 체 놓지 않으셨답니다. 엄마가 아기를 처음 본 순간 아기는 빵긋 웃는 배냇짓을 했고 그때부터 엄마와 아기는 하나가 되었습니다.

자식이 어떤 존재인지 난 아직 모릅니다. 가슴으로 느껴보지 못했으니 절대 안다고 할 수가 없지요. 그러나 이해는 할 수 있습니다. 아직 그곳에 있을 때 딱 한번 아빠를 만난 적이 있습니다. 처음 두 번은 내가 만나기를 거부했으니 아빠로서는 세 번째 그곳에 오셨을 때입니다.

자식은 머리로는 절대 느낄 수도, 알 수도 없는 존재라고 아빠가 그랬습니다. 아들을 팔에 안기 전까지 아빠는 나 하나로 충분했다고, 엄마와 나와 함께했던 삶에 회의 같은 것은 느껴보지 않았노라고 하셨습니다. 그러나 갓 백 일이 지난 뽀얀 아기, 자신을 쏙 빼닮은 아들을 팔에 안자 그 순간 아빠는 오로지 그 아이밖에 보이지 않았답니다. 엄마도 나도, 아빠가 그 동안 살아온 인생도 아이와 비교하면 모두 빈껍데기 같고 하찮게 느껴졌답니다. 엄마가 친아들처럼 키우겠다고 몇 번이나 애원했지만, 충분히 그럴 수 있는 사람이라는 걸 알고 있었지만 아빠는 결국 아기엄마와 아들을 선택할 수밖에 없었다고, 그토록 아들이 소중했었다고, 또 자신이 그렇게 이기적인 사람이라는 것도 그때 비로소 알았다고 하셨습니다.

아들만 다섯인, 정말이지 찢어지게 가난한 집안의 장남이 복에 겨운 여자를 만나 자신은 물론이려니와 동생들까지 모두 뒷바라지 하고…. 그러느라고 아이가 생겨도 낳을 수가 없어서 마침내는 석녀가 되어버린 아내와 그 아내가 친자식이나 진배없이 기르던 딸아이의 가슴에 남긴 평생 씻을 수 없는 상처를 외면한 체 행복에 겨워하며 살았는데 사실은 모래를 움켜쥐고 살았던 거라고, 기어이 아빠는 딸 앞에서 눈물을 보이셨습니다. 네 잘못이 아니라고, 아비의 죄값을 치르는 거라고 오히려 아빠는 못난 딸을 위로하셨습니다.

천 마디 말이 다 무슨 소용이 있겠습니까? 아들을 잃은 불행한 아비에게, 그 아이를 잃게 한 딸자식이 무슨 말을 할 수 있겠습니까? 내 운명을, 내가 지니고 태어났다는 살煞을 저주하고 또 저주할 수밖에요.

내 자신이 너무 부담스러워 그만 죽이고 싶어졌습니다. 꽤 여러 날 헛소리를 하며 앓았습니다. 깊은 나락으로 한없이 추락해가다가 소스라쳐 일어났습니다. 천장이 내게 덮치기도 하고 바닥이 끝없이 빙글빙글 돌기도 했습니다. 세상 고통을 다 맛보며 앓았던 여러 날 동안 나는 오직 한가지 염원만을 되풀이하였습니다.

아빠! 저를 용서하지 마세요.

창이 있습니다.

서 있으면 흰 담벼락만 보이지만 앉아 있으면 손바닥만큼이긴 해도 나무가 보이고 하늘이 보입니다. 날이 밝으면 나도 모르게 하늘을 쳐다봅니다. 하늘이 파란 날은 내 마음도 덩달아 밝아집니다. 그런 날은 그대를 바라보듯 오래오래 하늘을 쳐다봅니다. 저렇게 작은 것으로도 위안을 삼을 수 있다는 것을 진작에 알았더라면 사소한 욕심 같은 것은 죄다 버리고 살았을 거라는 생각을 해봅니다.

다섯 평도 채 안 되는 작은 방에 일곱 명이 옹기종기 모여서 스물네 시간 서로의 숨소리까지 헤아리며 살아야 합니다. 선택의 여지도 없고 의지와는 더더군다나 상관이 없습니다. 각자 사연이 다르기는 해도 자신의 행동에 대하여 책임을 지기 위해 왔다는 것은 똑같습니다.

이곳에서는 가장 무서운 적이 바로 시간입니다. 하는 일이 없습니다. 하루 삼십 분씩 운동장에 나가 바람을 쐬고 나면 종일 방안에 있어야 합니다. 누군가가 면회를 오면 잠시 동안이나마 바깥 공기를 마실 수 있습니다. 하루 종일 먹고, 잡담하고 또 먹고 그렇게 시간을 죽입니다.

나는 그들 틈에 앉아서 늘 말없이 책을 봅니다. 어머니가 넣어주신 천수경을 읽고 또 읽습니다. 그러나 시선은 책을 향하고 있지만 마음은 늘 그대 곁에서 서성거립니다. 천수경 속에는 늘 그대 얼굴이, 다정하게 웃는 입매며 눈가가 살아 있습니다. 하루 종일 들여다보아도 싫증이 나지 않습니다. 손바닥만 한 하늘에도 그대는 있습니다. 그래서 나는 자주 창을 바라봅니다.

사람들은 참 끈질깁니다. 내가 왜 이곳에 왔는지, 무슨 일을 했는지, 어떻게 살아왔는지, 시시콜콜히 알고 싶어합니다. 내가 말을 하지 않을수록 그들은 더욱더 궁금해서 몸이 달아합니다. 참 대단한 사람들입니다. 날마다 지껄이고 또 지껄여도 여전히 할 말이 있다는 게 참 신기합니다.

듣고 싶지 않아도 내 의지와는 상관없이 들리는 이야기들이 나를 지치게 합니다. 아직 미혼인 내가 듣기에 낯 뜨거운 이야기도 아주 태연히 합니다. 귀를 막을 수도 도망을 갈 수도 없는 나는 그저 뚫어져라 책만 들여다봅니다.

성격도 다르고 자라온 환경도 다른 사람들이 하루 종일 얼굴을 맞대고 있어야 한다는 것은 참으로 힘든 일입니다. 시간이 지날수록 서로의 단점만 드러납니다. 밤이 되면 더 힘듭니다. 코를 골며 자는 사람이 있는가 하면 잠이 들지 않아 밤 새도록 뒤척이는 사람도 있습니다. 두 사람 혹은 세 사람씩 한 이불을 덮고 자는 처지인지라 어느 하나가 뒤척이면 다같이 힘들어집니다. 그런 까닭에 조금만 움직여도 여지없이 툴툴거리는 소리를 들어야 합니다. 내내 눈을 감고 자는 체하다가 기어이 잠이 들지 못하고 가만히 눈만 치떠봅니다. 밤에도 환히 켜 있는 불 때문에 하늘도 별도 보이지 않는 게 너무 슬퍼 그만 가슴이 먹먹해집니다. 그런 날일수록 그대가 아득히 멀게만 느껴집니다. 다시는 만나지 못할 것만 같습니다. 이곳에서 영영 나가지 못할 것만 같습니다.

토요일마다 그대가 옵니다. 나는 매번 만나지 않겠다고 거부합니다. 토요일을 빼고 날마다 오시는 엄마도 처음엔 만나지 않겠다고 고집부렸습니다. 그러나 내 의지는 엄마보다 강하지 못합니다. 세상의 그 무엇도 엄마보다 강한 것은 없습니다.

어느 날 아직 앳된 아이가 우리 방에 들어왔습니다. 열다섯이라고 합니다. 원래 성인이 아닌 아이들은 따로 작은 방에 혼자 있어야 하지만 작은 방들이 다 차서 어쩔 수 없이 우리 방으로 오게 된 것입니다. 열다섯이라는 나이가 내 가슴 한쪽을 저밉니다. 아빠를 잃고, 출생의 비밀을 알고 한없이 추락을 거듭하던 그때 엄마가 없었다면 나도 아마 저 애처럼 되었을 것입니다.

아이는 전혀 아이다운 데가 없습니다. 고분고분하지도 않고 말투도 거칩니다. 게다가 누구라고 할 것 없이 흘깃흘깃 눈치를 보는 게 아주 흉합니다. 함부로 말대꾸를 하다가 어른들에게 혼이 납니다. 그래도 수그러질 기미가 없다가 이틀쯤 따돌림을 당하자 조금 풀이 죽습니다. 그러나 아무리 영악한 체해도 아이는 아이입니다. 서로 낯이 익자 아이는 누가 시키지도 않았는데 집안 이야기를 합니다. 부끄러운 것이 무엇인지, 하지 말아야 할 이야기가 무엇인지 전혀 계산하지 않습니다. 덕분에 모두는 순식간에 그 애에 대하여 알게 됩니다.

아이의 엄마는 서른둘입니다. 꼭 아이만 한 나이에 아이를 낳은 것입니다. 아이는 아빠 얼굴도 모릅니다. 엄마는 두 번이나 결혼을 했고 그때마다 아이는 할머니에게로 보내졌습니다. 그 할머니도 마흔여섯이라는 젊은 나이에 간암으로 세상을 떴습니다. 엄마가 어렸을 적부터 하도 속을 썩여서 늘상 '너 때문에 애간장이 다 녹는다. 너도 꼭 너 같은 딸 하나만 낳아서 키워 봐라' 하고 한탄을 하셨는데 아마 그래서 간암으로 돌아가셨을 거라고 술만 취하면 엄마는 우신다고, 마치 남의 일인 양 시시덕대며 아이는 이야기합니다. 자신이 문제아가 되어 이곳까지 오게 된 것도 당연하다는 말투입니다. 듣고 있던 사람들이 모두 혀를 찹니다. 옛 말 그른 것 하나 없다고, 술담배도 모르는 양반이 얼마나 애가 탔으면 간암으로 죽었겠냐고 다들 한마디씩 합니다. 나도 모르게 눈물이 흐릅니다. 나 때문에 엄마도 애간장이 다 녹았겠지요.

한날은 면회를 갔다온 아이가 엄마 욕을 합니다. 빨리 꺼내주지 않는다고 심한 말을 막 합니다. 나도 모르게 벌떡 일어나 아이의 뺨을 때렸습니다. 그것으로 부족해서 머리카락을 잡고 흔들었습니다. 나쁜 년이라고, 어떻게 엄마를 욕할 수 있느냐고 막 소리를 질렀습니다. 세상에 태어나 그렇게 격해보기는 처음입니다. 느닷없이 맞은 아이도, 방 사람들도 놀라서 멍하니 쳐다봅니다. 보살인 줄 알았더니 성질이 아주 못됐다고 사람들이 돌아앉아 흉을 봅니다. 속이 끓지만 못들은 체하는 것 말고는 다른 방법이 없습니다.

아빠를 만나고 심하게 앓았습니다. 다른 때 같으면 그대를 절대 만나지 않았겠지만 허해진 몸과 마음이 나도 모르게 그대를 찾습니다. 그렇게 나는 회색 수의를 입은 체 그대를 만납니다. 열에 들뜬 얼굴, 쓰러질 듯 흐느적거리는 걸음으로 그대 앞에 섰습니다. 그대의 눈이 커진 것이 보입니다. 그대도 나도 아무 말도 못하고 그저 쳐다만 봅니다. 이윽고 그대 눈에 눈물이 고입니다. 내 눈에서 먼저 눈물이 흘렀는지도 모르겠습니다.

이런 곳에 다시 오지 말라고 내가 말합니다. 그 말을 하려고 나왔다고 다시는 나오지 않을 거라고 합니다. 그대는 그저 고개만 끄덕입니다. 일어나 돌아서자 그대가 나를 부릅니다. 더 이상 기다리지 않겠다고 그대가 소리를 지릅니다. 가슴 한쪽이 무너져 내리면서 무릎이 꺾여 금방 쓰러질 것만 같습니다. 그러나 금세 눈물이 차오릅니다.

"이젠 더 이상 기다리지 않아. 내가 쫓아갈 거야. 이젠 네가 날 기다릴 차례야!"

그대의 목소리가 천둥처럼 내 귀를 울립니다.

그날도 다른 날과 똑같았습니다. 아무런 예감도 없었고 희미한 꿈조차 꾸지 않았습니다. 꿈자리가 사나우니 조심하라는 엄마 말씀도 다른 날과 다름없었습니다.

일곱 시 삼십 분에 집을 나선 나는 맨 먼저 차에 시동을 걸고 뒤 트렁크에서 걸레를 꺼내 차를 꼼꼼히 닦습니다. 그 일이 끝나면 남들이 들으면 깜짝 놀랄 만큼 신경질적으로 뒷문을 닫습니다. 내가 그렇게 야무지게 문을 닫는 데는 이유가 있습니다. 몇 달 전에 뒤차가 자꾸 빵빵거리고 상향등을 켜는 바람에 놀라고 조급한 마음에 하마터면 길 옆으로 빠질 뻔했습니다. 너무 무례한 사람이라 싶어 길 옆에 차를 세우고 노려보자 상대방 운전자는 뒷문이 열렸다고 알려주며 여유 있게 웃고 지나가서 너무 약이 오른 적이 있었습니다.

차에 올라탄 다음에는 일단으로 부드럽게 출발을 합니다. 조금 후에 바로 이단으로 바꾸고 다시 삼단으로 바꾼 다음 더 이상 속력을 내지 않고 천천히 달립니다. 집에서 오 분쯤 지나면 작은 다리가 하나 있습니다. 그 다리를 지날 때면 붕 떴다가 살짝 내려가는 바람에 나는 늘 놀이기구를 타는 것처럼 어지러운 쾌감을 느끼곤 했습니다. 다리를 지난 다음 비로소 사단으로 바꾸었고 그리고 일정한 속도로 직장인 면사무소로 향했습니다.

농로를 조금 넓힌 이차선도로는 언제나 한산했지만 나는 한번도 속도를 위반해본 적이 없습니다. 농로 중간쯤에 길 양 옆으로 작은 마을이 있고 그 마을을 상대로 생필품을 파는 제법 큰 가게가 오른쪽에 있습니다. 가게를 지나 오 분쯤 더 달리면 면소재지 위쪽으로 새로 뚫린 외곽도로가 나오고 그 끝에 면사무소가 있습니다.

사 년 동안 나는 늘 같은 시간에 집을 나섰고 늘 같은 시간에 직장에 도착하곤 했습니다. 오죽하면 마을 사람들이 내가 지나가는 것을 보면서 시계를 맞춘다는 말을 할 정도였습니다.

그날도 모든 것이 다른 날과 똑같았습니다.

그런데 다리를 막 지나는 순간 느닷없이 음악이 듣고 싶어졌습니다. 음악이라니요. 믿지 않겠지만 나는 운전을 하면서 한번도 음악을 들어본 적이 없었습니다. 음악을 듣는 것보다 그대 생각을 하며 조용히 생각에 잠겨서 가는 편이 훨씬 좋았기 때문입니다. 처음에 나는 라디오를 켰습니다. 켜자마자 요란한 음악이 터져나왔으므로 이내 라디오를 껐습니다. 이상하게도 조용한 음악을 듣고 싶다는 생각이 머릿속에서 떠나지 않았습니다. 마침내 나는 길 한쪽에 차를 세우고 콘솔박스를 열어 테이프를 찾아보았습니다. 엄마가 즐겨 듣는 불경 테이프밖에 없었으므로 나는 다시 라디오 채널을 이리저리 맞추어보았습니다. 조금 잡음이 섞이기는 했지만 한 곳에서 내가 원하던 조용한 음악이 흘러나오는 채널을 잡을 수 있었고 비로소 안도하며 차를 출발시켰습니다. 그런 고로 아마 이 분이나 삼 분쯤 지체되었을 것입니다. 음악을 들으면서 나는 갑자기 울고 싶어졌습니다. 여느 때와 다른 내가 이상하다고 생각하면서 귀에 익은 음악을 따라부르며 울적한 기분을 달래려고 애를 썼습니다.

20여 미터 앞에 낯익은 가게가 보이는데 문득 그 맞은편 마을 앞에서 있는 남자가 내 시선을 끌었습니다. 그 남자가 왜 내 시선을 끌었는지 처음엔 알지 못했습니다. 그러다가 어느 순간 나는 아! 하고 낮게 소리를 질렀습니다. 아빠였던 것입니다. 십삼 년 만에 처음 보는 아빠였던 것입니다.

그러나 내 입에서는 아빠라는 말보다 비명이 먼저 터졌습니다. 무엇인가에 부딪친 듯한 둔탁한 느낌과 동시에 허공으로 솟구쳤다가 수로에 처박히는 흰 물체를 비로소 보았기 때문입니다. 나도 모르게 힘껏 브레이크를 밟았습니다. 차는 요란한 파열음을 내며 십여 미터쯤 더 나간 다음에 멈춰 섰습니다. 온몸이 와들와들 떨렸습니다. 도저히 차 밖으로 나갈 용기가 나지 않았습니다. 아빠의 처절한 울부짖음을 들으며 나는 꿈이라고, 꿈일 거라고 중얼거리며 떨고만 있었습니다. 아빠의 품에 안긴 아이는 이미 고개를 떨구고 있었습니다.

내가 무슨 짓을 한 걸까요? 나는 아빠가 열다섯 해 동안 길러주신 은혜를 그렇게 갚았습니다. 내가 지니고 태어났다는 살煞은 그렇게 내 운명을 매섭게 흔들었습니다.

아! 그러나 아빠는 나를 알아보지 못했습니다. 분노와 슬픔에 찬 아빠는 차마 나를 때리지 못하고 애꿎은 차만 두들기고 발로 찼습니다. 아빠가 나를 알아보지 못한다는 사실이 내게 용기를 주었습니다. 나는 아빠가 나를 영원히 알아보지 못했으면 하고 바랐습니다. 맨 먼저 나는 경찰서에 신고를 했습니다. 그리고 그대에게 전화를 했습니다. 다른 사람은 아무도 생각나지 않았습니다. 오로지 그대만이 그 순간 내가 의지한 전부였습니다. 운명을 받아들이겠다고 작정한

자의 모든 행동은, 나중에 일부러 그런 게 아니었냐고 조사를 받을 만큼 진정이 되어 있었습니다.

이제 내 이야기는 끝났습니다. 경찰서에서 엄마와 대면한 아빠의 경악에 찬 모습은 그대도 함께 있었으니 더 이상 얘기하지 않아도 되겠지요.

유치장에 앉아서 나는 내내 한 가지 생각에만 골몰해 있었습니다.

만약 그날 아침 내가 음악을 듣고 싶지 않았다면, 그랬다면 나는 그 살煞을 피해갈 수 있었을까요?

아니면, 음악을 듣고 싶었던 그 짧은 시간마저도, 내 운명을 쥐고 흔들며 조롱하는 이가 이미 안배해놓은 피할 수 없는 덫이었을까요?

맞은편에 서서 아들을 바라보고 서 있다가 내 시선을 끌었던 아빠도 어쩌면 모두 하나일 수밖에 없었던 운명의 작은 과정이었을까요?

이제 이 편지를 끝내려고 합니다.

그대를 당신이라고 부르고 싶다는 마지막 소망은, 그러나 차마 쓰지 못하였습니다.

이제 덧붙이는 말도 쓰지 못할 것입니다.

그대, 당, 신, 을, 사, 랑, 합, 니, 다, 영, 원, 히….

가을비는 겨울을 재촉한다

가을비는 겨울을 재촉한다

여자가 화장을 한다.

먼저 세안을 한다. 어젯밤 받아놓은 쌀뜨물을 면 보자기에 걸러서 찌꺼기를 제거한 다음 뽀독뽀독 소리가 나게 얼굴을 닦는다. 아침 세안을 할 때 비누는 사용하지 않는다. 그저 쌀뜨물로 얼굴을 여러 번 문질러준다. 세안이 끝난 다음에도 수건으로 닦지 않고 남아 있는 수분이 없어질 때까지 가만가만 얼굴을 두드려준다. 이 세안법은 여자가 친정엄마에게 배운 것이다. 살결이 유난히 희고 고왔던 친정엄마는 이 세안법이 돌아가실 때까지도 별다른 처짐 없이 고왔던 살결을 유지하는 비결이라고 굳게 믿었다.

세안이 끝나면 먼저 에센스를 바른다. 여자는 삼십여 년을 한 가지 제품만을 고집스레 사용했다. 여자가 애용하는 화장품은 에센스를 먼저 바르라고 권한다. 다음에 바르는 스킨과 로션도 꼼꼼하게 바르는 편이지만 특히 에센스를 찬찬히 꼼꼼하게 바르는 것은 여자의 오래된 습관 중 하나였다. 여름엔 로션을 생략하고 수분 크림을 바르기도 한다. 로션이나 수분 크림이 다 스며들었으면 눈 가장자리와 입술 주변, 그리고 팔자주름을 따라 아이크림을 발라준다. 아이크림을 바르기 시작한 것은 십여 년쯤 되었다. 친구들이 눈주름과 팔자주름은 생기기 전에 예방해야 한다고 하도 성화를 부려서 바르기 시작했다.

선크림을 발라야 하지만 여자는 선크림만 바르면 얼굴이 가려워서 선크림은 생략한다. 자외선차단제가 들어간 BB크림을 살짝 바르고 역시 자외선차단제가 들어간 파운데이션을 퍼프를 이용해서 엷게 펴 발라준다. 그 모든 과정이 끝나면 기름종이를 이용해 얼굴을 가만히 눌러준다. 약간 들떠보이고 윤기가 흐르는 얼굴을 차분해보이도록 하기 위해서다. 눈화장은 하지 않는다. 때때로 연한 갈색 아이섀도우를 이용해서 눈두덩이 깊어보이도록 살짝 바를 때도 있지만 시어머니를 만나러 가는 날에는 절대 눈화장은 하지 않는다.

여자가 갓 결혼했던 35년 전에는 밝은 눈화장이 유행했었다. 연한 청색과 연한 보라색을 이용하여 앞쪽은 연한 청색을 펴 바르고 뒤쪽은 연한 보라색을 펴 바르면 작은 눈이라도 생기있게 빛났었다. 처음 시댁을 찾아간 날 여자는 그런 화장을 하고 있었다. 여자가 절을 하고 물러앉자 시어머니는 말없이 며느리의 얼굴을 쳐다보았다. 무슨 말을 하실까 긴장하고 쳐다보는 여자에게 시어머니는 다시 없을 고상한 말투로 한마디했다.

"덕지덕지 바르는 게 화장이 아니다."

두 번째 시댁을 방문했을 때 여자는 기초만 바르고 눈썹만 살짝 그린 채였다. 이번에도 시어머니는 여자를 한참 동안 쳐다보았다.

"네가 민얼굴이 가당키나 하니?"

여자가 신기했던 것은 그렇게 남을 기죽이고 할퀴는 말을 매번 아무렇지도 않게 내뱉는 시어머니의 우아하고 고상한 어투와 행동이었다. 만약 그 모습을 촬영해서 목소리를 죽이고 행동만을 본다면 더

없이 고상하고 아름다운 말을 하고 있다고 누구나 생각할 만한 표정이고 행동이었다.

세 번째 시댁을 방문했을 때 여자는 당시로는 거금이었던 십만 원이나 들여서 화장을 하고 갔다. 한 듯 안 한 듯해달라고 여자는 몇 번이나 당부했다.

"얼굴에 돈 좀 들였구나!"

여자가 인사를 마치자마자 시어머니가 한 말이었다. 세 번의 방문에서 여자는 시어머니에 대한 전의를 완전히 상실했다. 처음부터 어렵고 무서운 상대였다. 시어머니 앞에 설 때마다 여자는 보이지 않은 틈을 찾아 정신없이 도망가는 방바닥의 작은 바퀴벌레 한 마리가 되는 기분이었다.

마지막으로 가루분을 사용하여 한번 더 가만가만 두드려준다. 얼굴이 비로소 차분히 정리된 느낌이다. 이제 눈썹과 입술을 그려줄 차례다. 입술은 그날 기분이나 날씨 혹은 만나는 사람에 따라서 달라진다. 여자의 그날 기분이 가장 잘 표현되는 것이 립스틱의 색상이다. 때로는 차분하게, 때로는 화사하게, 아주 가끔은 도발적으로.

그러나 무엇보다도 여자가 가장 공을 들이는 것은 눈썹이다. 여자는 그날의 운수를 눈썹으로 점친다. 눈썹이 한번에 잘 그려진 날은 모든 일이 잘 풀린다. 한번에 그려지지 않고 속을 썩이는 날은 뭔가 꼭 언짢은 일이 생긴다. 특히 한 달에 한번, 오늘처럼 시어머니를 만나러 가는 날이면 여자는 더욱 신중해진다. 눈썹으로 그날 운수를 점

치는 것이 아니라 아무 일도 없게 해달라고 마음으로 빌며 오래오래 정성스레 그린다. 여자가 만족스럽게 웃었다. 오늘은 모든 일이 잘 풀리려나보다. 눈썹이 단번에 마음에 쏙 들게 그려졌다. 왼쪽 끝이 조금 연한 것 같아 살짝 덧입히려다가 여자는 작은 비명을 지른다. 무슨 조화인지 손이 미끄러지면서 눈썹이 치켜뜬 모양새가 되고 말았다. 불안과 조바심을 억누르며 여자는 다시 조심스럽게 눈썹을 그리지만 끝내 처음의 만족스럽던 모습으로는 되돌리지 못했다.

오늘은 힘든 날이구나!

오전에는 시어머니를 찾아가야 하고 점심에는 십 년도 넘게 이어져오는 모임이 있고 오후에는, 하고 꼽아보다가 여자는 고개를 흔든다. 생각할수록 뻘쭘한 자리다. 시어머니를 한번 더 만나는 게 차라리 낫겠다는 생각이 든다. 그러나 몇 번을 생각해보아도 남편을 그 자리에 내보내는 것보다 자신이 가는 것이 맞는 일이라고 여자는 다시금 마음을 다잡는다. 남편 혼자 내보내기에는 그 여자는 지나치게 아름다웠다.

중매로 결혼하는 사람들은 살면서 정이 쌓인다는데 여자에게 남편은 처음이나 나중이나 한결같았다. 아무 맛도 느껴지지 않은 무 같은 사람이 남편이었다. 여자에게만 그러는 것이 아니라 부모에게도 자식에게도 마찬가지였으므로 지나친 기대만 하지 않는다면 그런대로 괜찮은 사람이었다. 적어도 결혼기념일이나 생일 같은 특별한 날은 챙길 줄 아는 사람이었으니. 그러나 딱 거기까지였다. 여자에게 남편은 늘 남 같았다. 이십 년이 넘은 시간 동안 남편과의 대화를 종이에 옮긴다면 열 장도 채 되지 않을 터였다. 아들이 태어나자 남편은 더 이상 여자 곁으로 오지 않았다. 여자는 아이를 더 원했지만 남편은 아들 하나로 충분하다 하였다. 그 아들도 여자의 아들이 아니었다. 아들의 모든 것은 남편, 정확하게는 시어머니가 결정했다. 여자는 그들의 결정에 따라 아이를 이리저리 데려다주고 데려오는 보모일 뿐이었다. 아들은 남편의 뜻대로 자라 일류대를 가고 회계사가 되어 원하는 회사에 취업했다. 시어머니와 남편만 어려운 사람인 줄 알았더니 다 자란 아들은 더 어려운 상대였다. 아들의 무심한 눈빛을 마주할 때마다 여자는 오금이 저리는 기분이었다. 남편은 아들이 강하게 크기를 바랐기에 늘 아들을 동등한 관계로 대하려고 노력했다. 두 사람은 운동을 할 때도, 시국를 토론할 때도 한 치의 양보 없이 싸웠다. 그러나 끝나고 나면 가장 뜻이 잘 통하는 사람들이 짓는 표정으로 술자리를 갖곤 하였다.

그러나 사람 일은 알 수가 없구나. 여자는 한숨을 쉬었다. 며칠 전 처음으로 집안에서 큰소리가 났다. 아들이 결혼하겠다고 데려온 아가씨 때문이었다. 아가씨를 처음 본 순간 남편의 얼굴은 돌처럼 굳었다. 인사도 받지 않고 그대로 안방으로 들어가버렸다. 무안해 어쩔 줄 몰라 하는 아들을 두고 아가씨는 여자에게만 애매한 고갯짓을 한 다음 그대로 돌아섰다. 아침이슬을 머금고 갓 피어난 꽃봉오리처럼 예쁜 아가씨였다. 누구나 한번쯤 돌아볼 만큼 예쁜 것 말고는 흠잡을 곳이 없어 보이는데 남편은 무엇이 못마땅한지 알 수 없었다. 아가씨가 돌아간 다음 남편은 아들에게 어떻게 여자 보는 눈이 그렇게 없냐고 냉랭한 어투로 한마디 했다. 아들도 지지 않고 내 손님에게 어떻게 그렇게 무례할 수가 있느냐고, 아버지답지 않다고 큰소리로 말하였다.

"손님? 그 여자가 고급 술집에서 일했다는 것은 알고 사귄 거냐?"

남편이 비웃었다. 아들은 놀란 기색이 역력했지만 그 사실을 아버지가 어떻게 알았을까 하는 놀라움이지, 아가씨가 술집에서 일했다는 것은 이미 알고 있는 눈치였다. 두 사람은 끝까지 목소리를 높이지는 않았으나 그야말로 심장을 후벼파는 듯한 독한 말을 아무렇지도 않게 내뱉었다. 여자는 부자를 보면서 그 시어머니의 아들이고 손자가 확실하구나 하고 혼자 고개를 끄덕였다.

그날 이후 내내 집안은 살얼음판이었다. 아들은 새벽에 나가 밤 늦게 들어왔다. 딱 한번 술에 취해 들어온 아들은 걱정스러운 표정으로 마중나온 여자에게 엄마만이라도 자신의 편이 되어달라고 혼잣말처럼 얘기했다. 태어나서 처음 하는 부탁이었지만 여자는 들어줄 힘이 없었다. 남편을 이길 자신도 없었지만 여자도 술집에 다녔다는 아가씨가 내키지 않기는 마찬가지였다. 무기력한 눈으로 자신을 바라보는 엄마가 가엾다는 것인지 한심하다는 것인지 알 수 없는 한숨을 푹 쉬고 방으로 들어간 아들은 이후 다시는 여자와는 눈도 마주치지 않았다.

시어머니는 결혼 초부터 여자와 함께 살지 않았다. 서로 불편하다는 이유에서였다. 일주일에 한번 여자는 시댁으로 가서 도우미 아주머니와 함께 일주일 동안 먹을 반찬을 만들고 청소를 하고 세탁기를 돌렸다. 새벽부터 시작한 일은 저녁 식사 시간이 되어야 끝이 났다. 도우미 아주머니를 먼저 보내고 잠시 시어머니와 이야기를 나누다 집으로 돌아갈 시간이 되면 시어머니는 늘 고생했다면서 봉투를 내밀었다. 도우미 아주머니보다 훨씬 더 두툼한 봉투였다. 봉투를 받을 때마다 여자는 자신의 처지를 자각했다. 조금 더 비싼 수고료를 받는 도우미, 그 이상도 그 이하도 아닌 자신의 처지를 자각할 때마다 여자는 '나는 바퀴벌레야' 하고 속으로 되뇌며 자존심을 눌렀다.

20년 동안 한 주도 빠지지 않고 되풀이된 일상이었다. 오 년 전 시어머니는 황혼향기라는 노인공동체마을로 입주했다. 혼자된 할머니들이 모여 텃밭을 가꾸고 산책을 했다. 상주하는 의사와 간호사도 있었고 식사를 담당하는 영양사와 청소 도우미가 있는 고급 요양원이었다. 그때부터 여자는 한 달에 한번 그 마을을 찾았다. 반찬을 만들 일도, 청소할 일도 없었지만 힘들기는 마찬가지였다. 두어 시간가량 여자는 시어머니와 산책을 했다. 시어머니는 여자에게 한 달 동안 있었던 일들을 시시콜콜 얘기했다. 주로 다른 할머니들의 흉이었다. 공동체마을로 오기 전에는 없었던 버릇이었다. 여자는 맞장구쳐 줄 때를 놓치지 않으려고 바짝 긴장하며 들었다. 처음에 건성 듣고 있다가 한 시간 내내 힐난의 말을 들었던 때문이었다. 그렇게 두 시간을 보내고 나면 여자는 파김치가 되었다. 차라리 고된 일을 했던 때가 나았다.

처음 시어머니 쪽에서 혼담이 들어왔을 때 부모님 모두 내켜하지 않았다. 홀시어미에 외아들이라서가 아니라 여자에게는 너무 버거운 상대였던 때문이었다. 여자의 친정은 근동에서 알아주는 명문가의 종가였다. 조상들부터 초등학교 교장을 지냈던 아버지까지 한결같이 근동 사람들의 존경을 받았다. 숨쉬는 것조차 조심스러웠던 집안 분위기 속에서 여자는 늘 기가 죽어지냈다. 오빠와 언니, 남동생까지 모두 수재 소리를 들으며 명문대를 갔지만 여자는 성적도 외모도 그다지 튀는 편이 아니었다. 학교도 지방대를 다녔다. 도시로 나가 공부하는 형제들 때문에 쪼그라드는 살림을 직접 실감하면서, 종가의 그 많은 일들을 묵묵히 도우며 여자는 그렇게 살았다. 그 삶에 만족한 것은 절대 아니었다. 단지 언니 오빠처럼 빠져나갈 능력이 없었을 뿐이었다.

학교를 졸업하고도 마땅한 직업이 없어서 집안일을 거들고 있던 여자에게 혼담은 하늘에서 내려온 동아줄이나 다름없었다. 아무리 좋은 옷도 몸에 맞지 않으면 불편해서 결국은 힘들어진다고 말리는 엄마에게 여자는 몸에 맞는 옷 입고 가난하게 사느니 불편한 옷 입고 넉넉하게 살겠다고, 후회할 것을 안다고 해도 꼭 가야겠다고 결연히 말했다. 늘 좋은 게 좋은 거지 하면서 남의 의견에 묻어가던 여자가 처음으로 자기 목소리를 낸 순간이었다.

살면서 여자는 후회할 것이라고 말리던 엄마를 수십 번도 더 생각했다. 참고 참다가 더 이상 참을 수가 없구나 싶을 때마다 엄마에게 했던 말들을 생각했다. 여자의 선택이었다. 같은 상황이라면 백 번을 되돌아간다고 해도 여자는 같은 선택을 할 것이었다. 그러니 후회 같은 것은 하지 말자고 여자는 자신을 달랬다. 그러나 좋은 옷도 좋은 환경도 결혼만 하면 자신의 것이 되리라고 착각했던 어리석음을 생각할 때마다 치밀어오르는 울화는 아무리 시간이 흘러도 다스려지지가 않았다.

시어머니가 공동체마을로 입주한 지 삼 년쯤 되던 때였다. 여자가 화장실에 앉아 있는데 할머니 여럿이 들어왔다. 볼일을 보러 온 게 아니라 수근거릴 장소가 필요했던지 굼뜨게 손을 씻으면서 낮은 목소리로 키득거렸다. 정 여사네 며느리 오늘도 어김없이 왔대? 시어미 무서워서 안 올 수가 있나? 어떻게 그렇게 며느리를 평생 오금도 못 펴게 잡도리를 하나? 몰랐어? 아들이 그랬다잖아. 어머니! 제 처 들이지 마시고 어머니 며느리를 들이세요. 뭔 소리야? 아들도 지 어미 성격을 알고 자기 맘에 드는 여자를 얻었다가는 평생 고부간에 시끄럽게 생겼으니까 시어미 말이면 죽는 시늉까지 할 고분고분한 며느리를 얻어라 그런 소리지. 인물로나 학벌로나 아들하고 한참 격이 지는데 집안 하나 보고 데려왔대. 자기가 아니면 가당키나한 혼사냐고, 평생 고마워하며 살아도 모자라다고 아주 자랑스럽게 얘기하던데? 며느리가 그토록 기가 죽어 시어미 눈치만 보더니 그래서 그랬구먼?

할머니들이 나간 다음에도 여자는 화장실에서 나오지 못했다. 가슴이 미어진다는 말이 무슨 말인지 실감이 났다. 몰랐던 것은 아니었다. 단지 깊이 알고 싶지 않았을 뿐이었다. 그렇지만 시어머니가 그런 말을 남들에게 했다는 것도 충격이었고 남편에게 자신이 처가 아니라 단지 어머니의 며느리였다는 사실은 더 충격이었다. 쓰라린 가슴을 문지르며 한참을 앉아 있다가 여자는 밖으로 나왔다. 평상시와 다름없는 심상한 표정이었다. 시간은 그냥 흘러간 것이 아니었다. 오랫동안 참았던 여자의 인내는 그날도 평상시와 다름없이, 아니 그날 이후도 시어머니를 아무렇지도 않게 대할 수 있게 했다. 그렇지만 남편은 달랐다. 겉모습이야 평상시와 다름없이 보였겠지만 여자의 마음속 깊은 곳에서는 남편이 진짜 남 같아서 가슴으로 모래바람이 불었다.

전화로 미리 주문한 물건들을 찾기 쉬운 장소에 가지런히 정리하는 여자를 시어머니는 찬찬히 살폈다. 평상시와는 좀 다른 모습이었다. 다른 때 같으면 혹시 주문한 물건이 빠지지 않았나 하나하나 점검하고 있을 거였다. 여자는 속으로 가만히 한숨을 쉬었다. 간혹 여자는 시어머니가 신기가 있지 않나 하고 의심할 때가 있었다. 여자는 숨기느라고 숨기건만 여자의 표정만 보고도 시어머니는 무슨 일이 있는지 금방 알아챘다. 시어머니가 알아챈 사실은 잡아뗄 수도 없었다. 설사 시어머니가 넘겨짚고 물어본다는 것을 알아도 여자는 거짓말을 하지 못했다. 아니, 할 수가 없었다. 곧이곧대로 이야기하고는 남편에게 아이큐 두 자리 취급을 받는 것이 낫지 시어머니의 등쌀은 견디기 힘들었다. 그렇지만 오늘은 정말 아무 이야기도 하고 싶지 않았다. 할 이야기도 없었다. 오늘 여자가 그 아가씨를 만나는 것은 여자와 남편만 알아야 할 극비사항이었다.

다행히 시어머니는 여자에게 아무것도 묻지 않았다. 그 대신 함께 살고 있는 할머니들의 일상생활을 하나하나 흉보기 시작했다. 더 없이 우아하고 고상한 어투와 몸짓으로. 시어머니의 진지한 표정은 흉을 보는 것이 아니라 마치 인물 심사라도 하고 있는 것 같았다. 오늘은 유달리 길었다. 보통 두 시간이면 끝날 대화가 두 시간 반이 넘게 이어졌다. 약속 시간에 늦을까봐 여자는 속이 탔지만 감히 시계를 보는 짓 같은 것은 하지 못했다. 마침내 시어머니가 만족한 얼굴로 '가 보렴' 하고 얘기했을 때 여자는 정말 재미있는 얘기였는데 아쉽다는 표정을 지으며 너부죽하게 인사를 하고는 조심스럽게 물러나왔다. 언젠가 그때도 이런 때가 있었다. 하필 그날도 약속이 있었는데 시어머니의 얘기가 길었다. 여자는 허겁지겁 일어났다가 다시 시어머니에게 붙잡혀 한 시간도 넘게 교양이 어떻고 하는 잔소리를 들어야 했었다. 약속은 물론 지키지 못했다. 그날 이후로 여자는 아무리 바빠도 시어머니 앞에서는 조바심치지 않았다. 그것이 가장 빨리 시어머니를 보지 않는 방법이라는 것을 터득한 것이다.

마음이 아무리 급해도 시골길에서는 빨리 달릴 수가 없다. 여자는 길 한쪽에 차를 세우고 오 여사에게 조금 늦겠다고 전화를 했다. 평소보다 차를 빨리 몰면서 여자는 문득 우습다는 생각이 들었다. 무엇을 위해서 이렇게 조바심을 치면서 가는가? 벌써 마음이 식은 지 오래인데. 습관일까, 미운 정일까? 한때는 그 사람들이 너무 좋아서 헤어지기가 아쉽고, 매일 만나도 반갑고 즐거웠다. 여자의 삭막한 마음에 단비가 되어주고 위안이 되어주고 하루하루가 행복하다고 느끼게 해주었던 이들이었는데.

세월은 거저 가는 법이 없구나. 이상하게 사람의 마음을 걷어가는 것 같아. 문득 친정엄마가 했던 말이 떠오르면서 저절로 고개가 끄덕여졌다.

여자가 오 여사를 처음 만난 곳은 수영장이었다.

마흔이 넘어서 배운 수영은 여자에게 늘 좌절감을 안겨주었다. 본래도 그다지 운동에 소질이 있는 편은 아니었다. 같은 시기에 배운 골프도 여자를 힘들게 했지만 수영만큼은 아니었다. 함께 시작했던 사람들이 대부분 월반을 하고 몇몇이 남아 있었는데 그 사람들 중에 오 여사가 있었다. 그날 여자가 왜 그녀에게 말을 걸었는지는 나중에 생각해도 이상한 일이었다. 원래 여자는 누구와 쉽게 안면을 트지 못했다. 수영을 시작한 지 사 개월이 지났지만 시선이 마주치면 겨우 고개만 끄덕여서 아는 체를 했을 뿐 함께 말을 나눈 사람은 없었다. 개구리반이라고 불렸던 그 반은 따로 모임도 하는 눈치였는데 여자에게는 누가 함께 하자고 권하지도 않았고 설사 권했다 하더라도 여자가 사양했을 터였다.

여자만큼이나 혼자 겉돌던 사람이 바로 오 여사였다. 그녀는 지나치게 도도해보여서 사람들과 어울리지 못하는 듯싶었다. 잡티 하나 없는 매끄러운 피부는 생전 고생이란 것을 해본 적이 없는 부잣집 마나님처럼 보였고, 가만히 있어도 사람을 찍어누르는 것 같은 위압감이 풍겨서 한번도 남의 지시를 받아본 적이 없는 사람 같았다. 늘 손가락 하나로 사람을 부리고 살아온 것 같은 거만함이 오 여사가 풍기는 첫인상이었다. 여자도 오 여사를 처음 본 순간 속으로 '재수 없게 생겼네!' 했을 정도였다. 그런 생김새와는 달리 여자보다 더 수영을 배우는 것이 더뎠고, 특히 배영을 하지 못해서 강습 시간마다 강사에게 핀잔을 들었다. 그래서 아마 여자가 말을 걸었을 것이다. 여자도 배영을 배우는 것이 더뎌서 월반을 하지 못한 동병상련의 공감이 있었던 터여서.

'힘들죠?' 하고 쭈뼛거리며 여자가 말을 걸자, 정식으로 배워본 운동만 열 손가락이 다 찰 정도여서 운동에 소질이 있는 줄 알았는데 이 나이에 비로소 내가 몸치인 줄 알았다며 의외로 수다스럽게 여자의 대화를 받아주었던 이가 바로 오 여사였다. 여자도 자기가 얼마나 배영을 어렵게 배웠는지를 길게 얘기하였고 오 여사도 맞장구를 치면서 두 사람은 오래 전부터 친했던 사람들처럼 수영이 끝난 다음에도 헤어지지 못하고 자리를 옮겨가며 이야기를 나눴다. 그렇게 말을 트게 된 두 사람은 그 뒤로 수영강습 시간마다 아는 체를 하면서 평생지기처럼 친해졌다. 사귀고 보니 오 여사는 인상처럼 넉넉한 집에 태어나 부유한 집으로 시집을 가서 평생 고생이라고는 모르고 살아온 사람이었다. 그러나 전혀 거만하지는 않았다. 오히려 큰언니처럼 감싸주고 베풀려고 하는 면이 많았는데 여자는 그때마다 곳간에서 인심난다는 속담이 떠올라 고개를 끄덕였다. 오 여사 덕분에 여자는 지금까지와는 다른 세상을 구경할 수 있었다. 남편과 아들이 즐기니 혼자 외톨이가 된 것 같아서 배우기는 했지만 아들도 남편도 데리고 가주지를 않아서 연습장 사람들과 가뭄에 콩 나듯이 어울리던 골프장도 오 여사를 따라 한 달에 서너 번은 나가게 되었다. 오 여사가 회원권이 있어서 부담스럽지 않았고 여자가 다니던 골프장과는 차원이 다른 환경 또한 여자를 설레게 했다.

오 여사를 따라서 복지관이나 어린이집으로 봉사활동을 나가는 일도 즐거웠다. 노년기에는 특히 유연해야 한다고 데려간 요가원도, 스트레스 푸는 데는 최고라는 노래교실도 여자에게는 전부 색다른 경험이었다. 가는 곳마다 오 여사는 한두 명씩 친한 사람이 있었다. 그렇게 오 여사를 중심으로 알음알음 친해진 사람들이 만든 모임이 바로 오인방이었다. 여자가 한 씨였고, 이 씨, 사 씨, 오 씨, 구 씨까지 숫자가 연상되는 성씨들이 함께한 것도 특이하여 여자들은 두고두고 재미있어 하였다. 모임 이름도 숫자를 써서 오인방이라고 부르기로 한번에 결정되었다. 한 달에 한번 골프를 치고 점심을 먹는 정기적인 모임 외에 오인방밴드를 만들어서 수시로 수다를 떨었다. 비슷한 연령대여서 경험한 일들도, 자식들이 커가는 과정도 비슷해서 누가 한마디만 툭 던져도 금방 공감대가 형성되었다. 여자가 처음으로 경험해본 감정의 교류였다.

여자는 사랑을 해본 적이 없었다. 물론 학교 다닐 때 짝사랑은 수없이 해봤다. 초등학교 때도 좋아했던 상대가 있었고 중학교 때도 고등학교 때도 심지어 대학에 다닐 때조차 좋아했던 사람이 늘 있었다. 그러나 그뿐이었다. 한번도 그들에게 다가가지 못한 여자는 사랑하고 사랑받는다는 것이 어떤 느낌인지 알 수가 없었다. 결혼을 해도 마찬가지였다. 여자는 남편을 사랑했지만 되돌아오는 사랑은 없었다. 아무리 사랑에 미숙하여도 상대가 나에게 어떤 마음인지는 아는 법이다.

여자는 특히 오 여사하고 친했는데 남자처럼 시원시원한 성격이 좋았고 무엇보다도 여자를 잘 챙겨주었다. 한 살 위라고 믿을 수 없을 만큼 믿음직하고 의젓해서 여자는 내가 혹 동성애적인 경향이 있었나 하고 잠깐 꺼림칙했을 만큼 오 여사의 모든 것이 좋다고 느껴졌다. 며칠만 보지 않아도 까마득한 시간이 흐른 것처럼 좀이 쑤실 만큼 보고 싶었고, 헤어지고 돌아서면 벌써 다음 만남이 기다려질 정도였다. 여자는 자신의 그런 마음상태를 '감정의 유희'라고 명명했다.

그러나 나머지 사람들은 오 여사가 아니었으면 여자의 성격으로는 친하기 힘든 사람들이었다. 특히 이 여사가 여자의 눈에 제일 거슬렸다. 처음 다같이 모여 온천에 갔을 때였다. 이 여사는 약간 뚱뚱하긴 하지만 다리가 날씬하고 예뻐 그다지 보기 싫진 않았다. 그런데 그날 온천 목욕탕에서 옷을 벗는 이 여사를 보고 여자는 자신도 모르게 실소를 하고 말았다. 바로 옆에서 옷을 벗고 있던 이 여사는 속에 꽉 끼는 코르셋을 입고 있었는데 힘겹게 코르셋 지퍼를 열자마자 갑자기 엄청난 뱃살이 출렁하고 나왔다. 그 좁은 코르셋 안에 어떻게 저런 뱃살이 들어갈 수 있는지 신기할 지경이었다. 다른 사람들은 이미 익숙한 듯 심상한 표정이었지만, 처음 본 여자는 아무리 참으려 해도 이 여사가 사나운 눈길을 보낼 때까지 실소를 멈출 수가 없었다.

평소 이 여사는 좀 과하다 싶을 만큼 인색한 면이 있었다. 좋게 보면 낭비를 싫어하고 절약하는 듯 보이는 모습이었다. 그러나 목욕탕에서 이 여사는 여자의 그런 선입견을 완전히 깨버렸다. 도대체가 물을 잠글 줄을 몰랐다. 돌려 잠그는 것도 아니고 그냥 손잡이만 올려주면 되는 건데도 한번 물을 틀면 끝날 때까지 잠그는 법이 없었다. 여자는 물이 아까워 속이 탔다. 참지 못한 여자가 이 여사가 물을 안 쓰는 틈을 이용해 얼른 잠갔지만 이 여사는 그런 여자를 못마땅한 눈으로 한번 흘겨보고 곧바로 다시 틀었다. 집에서도 저렇게 물을 틀어놓고 사는지 한번 가보고 싶다고 여자는 생각했다. 공동화장실에서도 마찬가지였다. 이 여사는 화장지 한 통을 다 쓸 것처럼 돌돌 감아서 안으로 갖고 들어갔다. 친정엄마는 남의 것일수록 함부로 쓰면 안 된다고 늘 얘기했다. 친정엄마 얘기가 아니더라도 내 것이 아니라고 함부로 낭비하는 것은 여자의 성정에 맞지 않았다.

사 여사는 지나치게 꼬장꼬장했다. 모든 것이 원칙에 딱딱 맞아야 했다. 음식점에 들어가서 사 여사 때문에 민망했던 적이 한두 번이 아니었다. 왜 잡티는 꼭 그렇게 사 여사 음식에만 들어가 있는 것인지, 아니면 여자나 다른 사람들은 건성이어서 못 보고 지나가는지도 모르지만 매번 사 여사는 음식에서 타박거리를 잡아냈다. 종업원을 불러서 꼬치꼬치 따지는 사 여사 때문에 입맛이 달아났던 적도 여러 번 있었다. 사 여사는 자식들이 변변치 않았다. 딸과 아들이 하나씩 있었는데 대학도 평범했고 서른이 다 된 딸은 아직도 백수로 놀고 있었다. 그런 자격지심 때문인지 사 여사는 주변, 특히 친척들 중에 잘

나가는 이들의 이야기를 즐겨했다. 도대체 그들이 여자들과 무슨 상관이라고 어떤 날은 내내 사 여사의 잘나가는 주변 사람들 이야기만 듣고 올 때도 있었다. 그런 날은 아무리 무던한 여자도 짜증이 났다. 우리 이야기로도 시간이 부족한데 아무 상관도 없는 잘나가는 남의 이야기를 자랑스럽게 늘어놓는 사 여사의 심리를 여자는 도무지 이해할 수가 없었다.

마지막 숫자답게 막내인 구 여사는, 그래봤자 일행보다 한두 살 차이밖에 나지 않지만 나이에 어울리지 않게 코맹맹이 소리를 하는 속칭 '공주병' 환자였다. 말하는 투가 꼭 유치원생 같았다. 본인은 그것을 자신만의 매력으로 생각하는 것 같았지만 여자가 보기에는 덜 자란 미숙아처럼 보였다. 구 여사는 주변 사람들이 자기를 너무 힘들게 한다고 하소연했다. 그러나 여자가 보기에 구 여사 때문에 오히려 주변 사람들이 힘들 것 같았다. 여자가 가장 질색했던 것은 매번 자식들과 싸운다며 하소연하는 구 여사의 이야기들이 너무 유치한 점이었다. 이야기를 듣다보면 구 여사가 자식 같고 자식들이 부모 같았다. 자식들과 이렇게 가깝다고 자랑을 하는 것인지 정말로 속이 상해 이야기를 하는 것인지 들을 때마다 알쏭달쏭하였다.

물론 여자도 알았다. 저들 눈에 자신이 어떻게 비치는지를. 시어머니에게도, 남편에게도 심지어 자식에게도 설설 기면서 눈치나 보는 자신이 무척이나 답답하고 어리석고 모자라 보일 것이었다.

오인방은 여자의 복잡한 마음과는 별개로 순조롭게 계속 이어졌다. 오 여사라는 구심점이 있어서이기도 했지만 모두들 조금 까칠한

면이 있기는 해도 마음들은 다들 여려서 조금 서운했던 부분도 금방 풀리곤 했던 때문이었다. 시간이 조금 지나자 둘씩 혹은 셋씩 따로 만나는 경우도 늘어났다. 누구는 수영만 하고 누구는 골프하고는 남이고, 이런저런 이유 때문이었다. 그러다보니 한 달에 한번 모이는 정기모임도 꼭 누군가가 한 명씩 빠지는 경우가 빈번해졌다. 소모임이 너무 잦은 탓이었다.

어느 날부터인가 여자는 오인방 분위기가 전과는 다르다는 것을 알아챘다. 뭔가 여자 혼자 소외당하는 기분이었다. 함께 있어도 대화는 어딘가 어긋났다. 넷은 이미 알고 있는 내용을 혼자만 모르고 있구나 하는 느낌을 자주 받았다. 횟수가 줄긴 했지만 여전히 밴드에서의 수다가 계속되었기 때문에 여자는 자신이 지나치게 예민해졌나보다 하고 혼자 삭였다. 여자는 예민한 편이 아니었다. 사람과의 감정에 관한 한 오히려 둔한 편에 가까웠다. 그래도 어느 날 저절로 알게 되었다. 여자처럼 좀 둔한 편인 이 여사가 자기네끼리의 대화방인 줄 착각하고 밴드 대화방에 올린 글 때문이었다. 이 여사는 황급히 지웠지만 여자는 이미 읽은 후였다. 뭔가 이상하다고 여겼던 일들을 확신한 기분은 그다지 유쾌하지 않았다. 다만 그들 틈에 오 여사가 함께 끼었다는 것에 깊은 배신감을 느꼈다. 동시에 속마음을 너무 많이 보여준 것이 후회가 되었다. 이제 그것들은 모두 여자의 흉이자 약점이 되어 있을 터였다.

며칠 후 여자는 사 여사에게 슬쩍 한마디 던졌다.

"나 왕따 시키고 셋이서 그렇게 재미있다며?"

일부러 셋이라는 말을 썼다. 마치 누군가가 여자에게 전해준 것처럼. 아니나 다를까 자신을 시대의 양심이라고 생각하며 사는 사 여사는 그날 밤 여자에게 문자를 보냈다. 자기도 얼떨결에 함께하게 되었는데 참 이상한 사람들이라고 했다. 별 말도 안 하면서 왜 한 여사를 왕따 시키는지 모르겠다고, 자신의 양심을 걸고 말하는데 결코 한 여사를 나쁘게 말한 일은 없었다고, 속상해하지 말라고 했다. 여자는 답장으로 웃는 이모티콘을 보냈다. 흉볼 일 있으면 봐야지요.

그 후로도 여자는 여전히 왕따였다. 그렇게 느껴졌다. 처음에는 신경이 쓰였지만 나중에는 아무렇지도 않았다. 오 여사에 대한 배신감에 마음이 접힌 탓이었다. 기대가 없으면 실망도 없는 법이다. 오 인방의 대화방에서 여전히 킥킥대고, 공감한다고 토닥거리고, 굵직굵직한 사회 뉴스에 함께 분개하는 그런 것들로 족하다고 여자는 생각했다. 어쨌든 혼자인 것보다는 훨씬 나았으니까.

어느 날 여자는 처음으로 사인의 대화방에 초대되었다. 구성원을 보니 오 여사가 빠져 있었다. 그즈음엔 오 여사와 데면데면하던 때였다. 여자가 아무런 티를 내지 않아도 저절로 멀어지게 만드는 게 바로 감정이라는 묘한 물건이었다. 아마 다른 사람들도 그런 점을 느꼈기에 그날 여자가 그 대화방에 초대되었을 터였다. 거기에서 여자는 오 여사와 사 여사가 티격태격했다는 것을 처음으로 알았다. 사 여사는 흥분해 있었다. 왜 오 여사와 티격태격했는지에 대해서 거품을 물었다. 다른 사람들은 이미 다 알고 있는 눈치였고 여자만 모르는 것 같은데도 그 당시 상황을 장황하게 늘어놓았다.

'어느 모임을 갔더니 나를 바보 취급하더라, 오 여사가 그 모임에 다니는 어떤 여자한테 오인방에 대한 이야기를 했는데 모두 어딘가 부족한 사람들이어서 자신이 여러모로 도움을 주고 있다고 했다더라. 그러니 우리가 뭐냐, 다들 어딘가 조금씩 부족한 바보들 아니냐. 그래서 오 여사한테 따졌더니 자기는 그렇게 말한 적이 없다고 딱 잡아떼서 결국 삼자대면을 했다. 그랬더니 말이라는 것이 '아' 다르고 '어' 다른데 자기는 절대 그런 뜻으로 얘기하지 않았는데 상대방이 그렇게 들었다면 어떻게 내가 그것까지 책임지느냐고 오히려 자기를 그렇게밖에 생각하지 못했냐고 외려 방방 뛰더라.'

이 여사도 한마디 했다.

'오 여사는 자비로운 성모마리아 마냥 우리 머리 꼭대기에서 우리를 굽어보면서 보살피고 있었다는 얘기네?'

모두 ㅋㅋㅋ 하고 웃었다. 그날 오 여사에 대한 성토가 한바탕 이어졌지만 결국 사 여사를 달래는 쪽으로 마무리지어졌다. 본인이 아니라고 하면 그대로 받아주자고, 아주 틀린 말은 아니지 않느냐고 다들 그렇게 의견이 모아진 때문이었다. 여자는 처음으로 그들에게 깊은 유대감을 느꼈다. 이미 금이 간 오인방이었다. 그럼에도 차마 깨트리지 못하는 것은 혼자 남는 것이 더 무서운 때문이었다.

어쩌면, 하고 집으로 돌아온 여자는 혼잣말을 했다. 그 말이 맞을지도 모르지. 오 여사 성격이라면 그렇게 생각하고도 남을 일이지. 어떤 사람은 남을 도와주는 일이야말로 진정 훌륭한 일이라고 생각하며 평생을 그렇게 실천하며 살기도 하니까. 다만 훌륭한 일을 반복하다보면 자신도 모르게 우쭐해져 다른 사람의 위에 있다고 착각하는 사람이 종종 있다는 것이 문제이긴 하지만, 오 여사도 그런 사람 중 하나인 기고.

여자는 손가락으로 식탁 위에 같은 글자를 계속 써내려갔다. 감 정 의 유 희 는 끝 났 다.

그 후에도 모임은 아무 일도 없었다는 듯이 계속 이어졌다. 만나면 여전히 남편과 시댁 흉을 보고 자식들 이야기를 했다. 웃고 떠드는 동안은 예전처럼 즐겁게 느껴졌지만 돌아오는 길에서는 늘 가슴 한쪽이 휑하고 입안이 썼다. 끝나지 않은 연회는 없다더니 한 조각의 파편도 없이 감정의 유희는 그렇게 완벽하게 끝나버렸다.

계속 가속 페달을 밟던 여자는 문득 속도를 늦췄다. 갑자기 꿈 생각이 나서였다. 어젯밤 무엇인가 중요한 꿈을 꾼 것 같은데 날 듯 날 듯하면서 생각이 나지 않았다. 젊어서는 꿈도 참 많이 꾸었다. 좋은 꿈은 맞는 법이 없고 불길한 꿈은 그냥 지나가는 법이 없어서 별로 반갑지 않았던 꿈이었다. 그러던 것이 어느 날부터 꿈을 꾸지 않게 되었다. 그렇다고 숙면을 하는 것도 아니었다. 오인방을 통해서 비로소 나이가 들면 꿈도 꾸지 않게 된다는 것을 알았다. 아니, 꿈은 꾸는데 기억을 하지 못하는 거라고, 그게 늙었다는 증거라는 말을 들었을 때도 여자는 그러려니 싶었다. 나이만큼만 늙으면 되는 것이 아닌가 하는 게 여자의 평소 지론이었다. 꿈을 꾸지 않은 나이가 되었으니 꿈을 꾸지 않은 것인데 거기에 다른 의미는 필요 없었다. 젊어 보이려고 얼굴에 돈을 들이는 사람들도 이해되지 않기는 마찬가지였다. 얼굴이 젊게 보인다고 수명이 연장되는 것도 아닌데 왜 그렇게 젊어보이려 기를 쓰는지 모를 일이었다.

결국 꿈은 생각해내지 못한 채 여자는 약속장소에 도착했다. 오랜만에 네 명이 다 모여 있었다. '어서 와!' 사 여사와의 말다툼 이후에 부쩍 다정해진 오 여사가 여자를 반겼다. 예전에는 곧이곧대로 받아들여졌을 선의가 이제는 한번 걸러지는 것이 여자를 불편하게 했다. 여자를 기다리느라고 배들이 고팠는지 한동안 먹느라고 대화가 끊겼다. 여자도 심신이 지쳐 있기는 마찬가지여서 말없이 먹는 데 열중했다. 그런 여자를 보면서 사 여사가 아는 체를 했다.

"자기, 오늘도 힘들었구나?"

다들 여자를 쳐다보았다. 여자는 그들이 무엇을 기다리는지 알았다. 시어머니가 공동체마을 노인들의 흉을 보기 위해 며느리를 기다리고 있는 것과 마찬가지로 이들은 여자가 시어머니 흉을 보기를 기대하고 있는 것이었다. 여자는 오늘 있었던 일들을 찬찬히 풀어놓았다. 곁들여 만약 그곳에서 초조한 기색을 내비쳤으면 하마터면 이 자리에 못올 뻔했던 상황까지 예전 일을 되새겨가면서 그녀들의 기대에 부응해주었다. 모두들 한마디씩 했다. 여자의 시어머니는 순식간에 난도질되어 여자의 기억보다 훨씬 나쁜 사람으로 전락했다. 여자의 이야기를 시작으로 시댁의 이야기가 꼬리에 꼬리를 물고 이어졌다. 이미 들었던 이야기가 대부분이었는데도 여자들은 처음 듣는 것처럼 맞장구를 치면서 진지하게 들어주었다. 식사가 끝난 후 으레 전통찻집으로 자리를 옮겼을 터이지만 오늘 여자는 함께하지 못했다. 내내 가슴 한쪽을 짓누르는 오늘의 마지막 약속 때문이었다.

그녀들과 헤어져서 약속장소로 향하던 여자는 속이 울렁거렸다. 최근 오인방 모임이 끝날 때마다 겪는 현상이었다. 들어갈 수만 있다면 땅속 깊은 곳으로 들어가버리고 싶었다. 깊은 자괴감이 여자에게 구토증을 일으키게 했다.

남편이 정한 약속장소는 의외로 넓고 북적대는 곳이었다. 처음에 여자는 의아해하다가 이내 고개를 끄덕였다. 조용한 곳은 드나드는 사람이 일일이 신경쓰이겠지만 여기처럼 사람이 많은 곳은 아무도 신경쓰지 않을 터였다. 그저 자기의 일에만 몰두해 있을 뿐이었다. 여자는 남편의 세심함에 진저리를 쳤다. 먼저 와서 기다리고 있는 것이 나을 듯싶어 일찍 온다고 왔는데 아가씨는 벌써 도착해 있었다. 눈부신 아름다움이 멀리에서도 단숨에 그녀를 알아보게 했다. 틀어올린 머리와 흰 원피스가 아가씨의 긴 목을 더욱 도드라지게 하여 우아하면서도 처연한 분위기를 자아내고 있었다. 갑자기 황송하다는 생각이 들었다. 그냥 돌아갈까? 이번 한번만 눈 딱 감고 남편을 거역해볼까? 아들이 생전 처음으로 어미라고 도움을 청했는데 들어줘야 하는 것이 아닐까? 누구라도 저렇게 아름다운 여자는 포기하기 힘들 것이다. 여자는 잠시 갈팡질팡했다. 주저주저하면서 다가가는 여자를 아가씨가 그윽이 바라보았다. 그러나 자리에서 일어나지는 않았다.

일어서면 앉으라 하고 여자도 자리에 앉고. 이렇게 셈하고 있던 여자는 순간 당황했다. 이렇게 저렇게 엮어가야겠다고 생각했던 말들도 죄다 흩어져버렸다. 앉으라는 말도, 오셨느냐는 말도 없이 그저 여자만 쳐다보는 아가씨를 보며 여자는 엉거주춤 자리에 앉았다. 뭐라고 말을 꺼내야 할지 난감해하다가 여자는 불쑥 말했다. '미안해요.' 뭐가 미안한지는 여자도 알지 못했다. 불편한 분위기가 여자를 움츠러들게 하였다. 아가씨는 말이 없었다. 한참 후에 여자는 다시 말했다. '미안해요.'

그제야 아가씨는 여자를 보며 희미하게 웃었다. '아드님이 어머님이 여기 오신 것을 모르나보죠?' 아가씨의 말을 듣고보니 아들 때문에 미안한 마음이 들었던 것 같기도 했다.

"그이만 알아요. 그이가 아가씨를 만나보라고 해서 왔어요."

여자는 얼른 이곳을 벗어나고 싶었다. 그래서 이것저것 준비해간 말들을 다 생략하고 할 말만 하기로 했다. 남편은 몇 번이나 여자에게 먼저 아가씨의 마음을 돌려보고 안 되면 최후에 그 말을 하라고 했었다. 그러나 앞에 앉은 아가씨는 여자에게 그럴 여유를 주지 않았다. 여자 따위는 안중에도 없는 듯한 무심함이 여자를 질리게 했다. 여자의 말을 들은 아가씨가 이번에는 조금 크게 웃었다. '뭐라고 하던가요? 이미 알아보았으니 내 아들은 포기하라고 하던가요?' 여자의 두 눈이 커졌다. 남편이 전하라고 했던 말을 아가씨가 그대로 되풀이한 때문이었다. 아가씨가 다리를 꼬면서 더없이 우아한 자세로 찻잔을 들어 차를 한 모금 마셨다.

"가서 전하세요. 구질구질하게 매달리는 일 따윈 절대 없으니 아드님이나 잘 챙기시라고요."

여자는 허겁지겁 자리에서 일어났다. 여자가 예상했던 일은 하나도 일어나지 않았다. 울고 매달리고, 그러면 여자는 위로하면서 함께 울어주고. 이런 상상만 했지 아가씨가 도자기처럼 차갑고 단단하게 여자를 근접도 못하게 할 줄은 정말 몰랐다.

사람이 많아서였는지 종업원이 이제야 차 주문을 받으러오는 것이 보였다. 차마 밖으로 나가지 못하고 여자는 가방을 챙겨들고 화장실로 향했다. 인사도 하지 못했다. 보이지 않는 벽이 여자를 마구 밀어내는 것만 같았다. 화장실 거울에 비친 여자의 안색은 창백했다. 소변이 마려운 것도 아닌데 여자는 화장실 문을 밀고 안으로 들어갔다. 한참을 앉아 있었다. 뻘쭘할 것은 알았지만 이 정도일 줄은 몰랐다. 무력감이 뼛속까지 시리게 했다. 그러면서 한편으로는 요즘 젊은 애들이 참 무섭다는 생각이 들었다.

얼마간의 시간이 흐르자 두근대던 심장이 겨우 가라앉은 듯싶었다. 여자는 물을 내리고 화장실에서 나왔다. 손을 씻다 문득 생각하니 남편이 전하라고 준 봉투가 가방 속에 그대로 든 것이 생각났다. 여자는 다시 안쪽으로 들어섰다. 다행히 아가씨는 아까 그 자리에 그대로 앉아 있었다. 그런데 혼자가 아니었다. 아가씨와는 대조적으로 짧은 머리에 검은 정장을 걸친 젊은 여인이 여자가 앉았던 자리에 앉아 있었다. 잠시 주춤했지만 봉투는 전해주는 것이 옳을 것 같아 여자는 가만히 그들 쪽으로 다가갔다. 검은 정장이 깔깔깔 큰소리로 웃는 소리가 들렸다.

"얘! 그 부인이라는 여자, 그 맹한 얼굴 봤니? 내 남편만큼은 절대 허튼 짓 안 할 것이라고 굳게 믿고 남편을 하늘처럼 떠받들면서 사는 그 얼간이 같은 얼굴 말이야.”

깔깔깔 깔깔깔…. 검은 정장은 계속 웃었다.

“그 남자도 많이 째째해졌다. 하룻밤 잠자리에도 두툼한 봉투를 아낌없이 던져주고 가더니, 자기 아들 일생이 걸린 일에 봉투 하나 없이 내보내다니, 혹시 그 맹한 얼굴이 떼먹은 거 아니야? 하긴 몇 년 동안 잠자리 파트너였던 여자가 며느리감이라고 떡하니 찾아왔으니 제정신이 아니었겠지.”

여자는 밖으로 나왔다. 봉투는 여전히 손에 든 체였다. 나오면서 얼핏 아가씨와 눈이 마주친 것도 같았다. 그러나 다시 들어가서 그 얼굴을 쳐다볼 용기는 나지 않았다.

하나의 세계가 깨졌다. 겨우겨우 지탱하고 있던 여자의 세계였다.

여자는 찬비가 내리는 거리를 천천히 걸었다. 아무리 궁리해도 갈 곳이 없었다. 갑자기 꿈 생각이 났다. 그래! 꿈속에서도 나는 비를 맞고 있었어. 그런 나를 엄마가 보고 있었지.

‘엄마! 가을비야.’ 어린애처럼 외치는 나를 보며 엄마가 혀를 찼어. ‘가을비는 겨울을 재촉한단다. 이 비가 그치면 겨울이 빚쟁이처럼 들이닥칠 텐데 그 추위를 어찌 견디려고 철없이 그 비를 맞고 있구나!’

무섭고 더럽고 슬픈 이야기

무섭고 더럽고 슬픈 이야기

할머니, 옛날 이야기 해줘!

옛날 이야기 좋아하면 가난하게 산다고 하지 않았냐.

엉터리. 옛날 이야기 싫어하는 사람이 어디 있어요? 그럼 우리나라 사람들 전부 가난하게 살겠네?

네가 만날 옛날 이야기 해달라고 조르니 할미도 이제 밑천이 다 떨어져서 그렇지. 그렇구나, 이야기가 하나 남았네. 무섭고 더럽고 슬픈 이야기해주랴?

그런 이야기가 있어요? 빨리 해주세요.

옛날 옛날에 아주 옛날에 호랑이 담배 피우던 시절에 호랑이가 한 마리 살았는데 그만 똥 싸고 죽었단다. 끝이야.

에이 엉터리. 그게 무슨 옛날 이야기에요?

호랑이는 무섭고, 똥은 더럽고, 죽었으니 슬프고, 그러니까 무섭고 더럽고 슬픈 이야기가 맞잖아?

말도 안 돼. 할머니 엉터리…. 할머니 엉터리….

깔깔깔깔 나도 웃고 할머니도 웃고. 문득 잠에서 깨어났다. 꿈이었다. 할머니 돌아가신 지가 오십여 년이 다 되어가는데 기억은 마치 어제 일처럼 생생했다. 왜 갑자기 할머니 꿈을 꾸었을까 생각하다가 저절로 고개가 끄덕거려졌다. 작은언니 때문이었다. 어제 큰언니가 전화를 했었다. 작은언니가 격리 중이라고. 계모임을 했던 식당이 하필 확진자가 다녀간 곳이었다고, 다행히 같은 시간대는 아니었지만 같은 날이어서 검사를 받았고 음성판정이 나왔지만 2주간 격리를 해야 한다고 했다. 늘 여기저기 쏘다니기 좋아했던 사람이 꼼짝 못하고 갇혀 있으려니 얼마나 답답하겠냐고, 전화라도 자주 하라고 당부하던 큰언니는 문득 목소리를 낮추며 작은언니랑 데면데면했던 거 이번 기회에 풀라고 했다.

사실 데면데면할 것도 없었다. 봄에 엄마 제사가 있었는데 시골집에서 지내는 부모님의 제사는 우리 네 자매에게는 자매 모임이라는 또 다른 말이었다. 새해 벽두부터 온 나라가 들썩이니 올해는 제사에 모이지 말자고 세 자매가 막 통화를 끝낸 참이었는데 작은언니가 정색한 목소리로 전화를 했다. 무서우니 제사에 오지 말라는 거였다. 제사는 큰언니와 잘 지낼 테니 걱정하지 말라는 말에 뭔가 심사가 꼬였다. 가지 않겠다고 이미 결정했음에도 당사자가 정색해서 오지 말라고 하니 은근 서운해진 거였다. 나는 서운한 마음을 그대로 드러내면서 작은언니한테 전할 말이 있으면 큰언니에게 대신하곤 했다. 진즉에 없어진 서운함이었는데 큰언니는 계속 마음속에 담아두고 있었던 모양이었다.

큰언니 당부가 아니더라도 걱정스러운 일임에는 틀림이 없는지라 바로 작은언니에게 전화를 했다. 온 나라가, 아니 온 세상이 들썩거리고 나 자신도 한시도 잊지 않고 살고 있으면서도 막상 주변에 아무 일도 없으니 내 일이 아니겠거니 했다가 화들짝 놀란 기분이었다. 작은언니는 의외로 담담하게 전화를 받았다. 몇 달째 모임을 갖지 못하다가 모인다는 사람들이 열 명 미만이라 얼굴이라도 보려고 했던 것이 이 사달이 났다고 했다. 뭐하면서 지내냐는 물음에 허리가 아프다고 했다. 기왕 이렇게 된 거 사흘 동안은 집안 대청소를 하고 미뤄두었던 여름옷들도 다 정리했단다. 깨끗해진 집안을 둘러보면서 흐뭇한 기분을 만끽했던 것도 잠시, 할 일이 없으니 누워 있게 된다고 했다. 티브이도, 휴대폰도, 책도 처음에는 바른자세로 보고 있다가 어느 틈엔지 누워서 보게 된다고 했다.

나는 작은언니 말에 동감했다. 입장 바꿔서 내가 그런 상황에 처해진다고 하면 나 역시 그렇게 가장 쉬운 방법으로 시간을 죽이려 할 것이었다. 얘기 도중에 작은언니가 피식 웃었다. 할머니의 옛날 이야기가 생각났다고 했다. 우리에게 옛날 이야기를 해주다가 밑천이 떨어지면 호랑이가 똥 싸고 죽은 이야기를 해주던. 자식도 형제도 친구도 아무도 만날 수 없는 자신의 처지가 마치 무섭고 더럽고 슬픈 저주에 빠진 것 같다고. 그러면서 언니는 덧붙였다. 내가 상훈네에게 너무 매정하게 해서 벌을 받는 건 아닌지 모르겠다고. 나도 모르게 언니! 하고 고함을 쳤다가 뒷말을 삼켰다. 동정은 사람에게나 하는 거야. 사람의 도리를 저버린 인간에게 하는 것이 아니라. 그러나 언니를 더 자극할 수는 없는 일이어서 나는 마음속에서 용암처럼 끓어오르는 수많은 말을 삼키고 격리가 해제되면 막내랑 함께 내려가겠다는 말로 전화를 끊었다.

그러니까 내가 할머니 꿈을 꾼 것은 작은언니와의 통화에서 기인한 것이었다. 내 꿈은 대부분 그랬다. 낮에 뭔가 자극을 받으면 그것이 꿈으로 반영되곤 하였기 때문에 사실 특별하다고 할 것도 없었다. 그러나 꿈이 특별한 사람도 있는 법이다. 큰언니와 막내가 그랬다. 큰언니가 막내는 아직 모른다 하여 막 막내에게 전화를 하려던 참인데 막내가 전화를 했다. 꿈에 작은언니가 보인다고, 알록달록 붉은 옷을 누군가 가져와 언니에게 입히려고 하자 언니가 그 옷이 마음에 안 든다고 입지 않더라고 했다. 뭔 일이 있기는 있는 모양인데 큰일은 아닌가보다고 얘기를 끝내는 막내가, 가끔 있는 일인데도 참 신기해보였다.

"너 사거리 나가서 돗자리 깔아라."

작은언니 근황을 전해주면서 한마디 하자 막내도 깔깔 웃었다.

"셋째언니도 그 레퍼토리 좀 바꾸면 안 돼? 몇 십 년째 똑같은 말만 들으니 정말 언니의 어휘력이 의심스럽다."

"그래? 그럼 사거리 말고 저 아래 새로 생긴 오거리에서 돗자리 깔라고 바꿔서 말하랴?"

깔깔대고 웃다가 막내는 큰언니는 아무 꿈도 꾸지 않았다 하더냐고 물었다. 그런 얘기는 못들었다 하니 막내는 짐짓 한숨을 쉬며 성당에 나가더니 좋은 능력을 잃어버린 것 같다고 혀를 끌끌 찼다.

큰언니의 권유로 성당에 나가기 시작했다가 큰언니보다 더 열심히 다니게 된 내가 막내에게 핀잔을 줬다.

"그게 무슨 좋은 능력이라고? 꿈에서 알려주면 뭐하니? 어차피 피해가지도 못하는 것을.”

싸우는 것을 좋아하지 않는 막내는 쉽게 ‘그건 그래’ 하면서 수긍했다. 네 자매 중에 큰언니와 막내는 유난히 예지몽을 잘 꾸었다. 꿈은 주로 나쁜 일이 일어날 것을 예지했다. 문제는 꿈으로 미리 예지를 받았다 해서 피해갈 수 있는 것이 아니라는 거였다. 가끔은 나쁜 일이 일어나는 대상이 뚜렷하게 보이는 경우도 있으나 대부분은 상황만 보이기 때문에 그 일이 주변의 누구에게 일어나는 것인지 알 수도 없었다. 한번은 이런 일도 있었다. 가까운 지인이 젊은 나이에 암으로 사망해서 장지까지 따라간 적이 있었다. 꼭두새벽에 아직 일어나지도 않았는데 큰언니가 전화를 했다. 오늘 크게 놀랄 일이 있을 것 같으니 어지간하면 밖에 나가지 말고 집에만 있으라는 거였다. 나는 대수롭지 않게 여겼다. 견디고 떨쳐낼 줄 알았는데 젊은 나이에 생을 마감했다는 소식이 어디 작은 일이랴 싶었던 것이다. 게다가 고인에게 나는 아무에게도 말 못할 미안함이 있었다.

고인이 죽기 일주일 전쯤이었다. 퇴근해서 막 옷을 갈아입는 참이었는데 누군가 대문을 두드렸다. 나가보니 커다란 멜론을 든 그녀가 서 있었다. 며칠 전 항암치료를 끝내고 입맛이 없어서 아무것도 못 먹고 있다는 소식을 듣고 그녀가 좋아하는 죽을 두어 가지 만들어서 찾아가 힘내라고, 꼭 떨치고 일어나라고 격려를 해준 적이 있었는데 그게 고마워서 환자가 직접 멜론을 들고 찾아온 거였다. 내 성정에 다른 때 같으면 설사 그녀가 안 들어온다고 해도 기어이 집으로 끌어들여 차라도 한 잔 대접했을 터였다. 그런데 그날은 이상하게 그녀에게 들어오라는 말이 나오지 않았다. 그녀도 내 눈치를 보더니 집에 가야 한다고 멜론만 건네주고 돌아섰다. 대문 앞에 서서 그렇게 몇 마디 주고받은 것이 마지막이었다. 나는 조심하라는 큰언니의 말을 건성 들으며 그날 내가 왜 그랬는지 모르겠다고 푸념했다. 큰언니는 한숨을 쉬며 아마도 이미 혼백이 나갔던 모양이라고, 그러니 산 사람이 민감하게 느끼고 집안에 들이고 싶어 하지 않은 거라고, 본능이 시킨 일이니 너무 신경쓰지 말라고 했다. 큰언니의 말에 갑자기 오싹한 기분이 들면서 무섬증이 훅 들어왔다.

큰언니의 꿈은 정확하게 맞았다. 그날 장지에서 차 안에 가방을 두고 내린 탓에 장지의 어수선한 틈을 노리는 절도범이 자동차 운전석 유리를 박살내고 내 가방과, 함께 탔던 지인의 가방을 훔쳐갔다. 엄숙한 분위기를 망칠까봐 휴대폰까지 차에 두고 내린 탓에 참 많은 인연을 잃어버렸다. 일 년 혹은 몇 년 만에 한번씩 소식을 주고받았던 초등학교 친구들 대부분이 그때 연락이 끊겼다. 너무 놀라고 황망해서 슬퍼할 겨를도 없었다. 추운 겨울날 사십여 분 동안 찬바람을 맞으며 자동차정비공장으로 가는 동안 나는 내내, 마지막으로 찾아온 사람을 집으로 들이지 않은 비정한 영혼을 지닌 벌을 받고 있는 거라고 그렇게 자책을 했다.

작은언니의 마지막 말을 전해주자 막내도 대뜸 동정은 사람에게나 하는 거지 하고 대꾸하는 바람에 픽 웃음이 나왔다. 똑같은 대꾸를 하는 것을 보니 형제가 맞기는 맞나보다 하는 생각이 들어서였다.

그러나 형제면서 다른 생각을 가진 사람은 어느 시대에나 다 있었을 것이다.

내 위로 오빠가 하나 있어 우리 형제는 모두 일남사녀다. 어느 집이나 그렇듯이 딸 많은 가운데 달랑 하나 있는 아들은 집안에서 모든 것에 우선하는 존재다. 또 하나 진리가 있는데 오냐오냐 키운 자식이 효도하는 경우는 거의 없다는 것이다. 큰언니가 언젠가 감정이 격해져서 목멘소리로 한 이야기가 있다. 열심히 살아왔다고 자부한다고, 지금 당장 눈 감아도 아무런 미련이 없는데 딱 한 가지가 걸린다고. 나는 그 다음에 큰언니가 무슨 이야기를 할지 듣지 않고도 알 수 있었다. 나도 그런 후회가 마음 깊은 곳에 숨어 있으니. 오냐오냐 키운 자식은 오빠 한 명으로 충분히 그 결과를 보았다.

그 영향은 적지 않았다. 자식은 엄하게 키워야 한다는 생각이 무의식 속에 너무 강하게 들어 있어서 아주 어렸을 때부터 참으로 엄하게 아이들을 키웠다. 아들이 초등학교 6학년 때였던가, 심리검사 결과지를 한 장 가져온 적이 있었다. 거기에는 억눌린 아이의 불안한 심리가 고스란히 들어 있었다. 딸아이는 어렸을 때 손톱을 깎아준 적이 없다. 늘 이빨로 물어뜯어 손톱이 남아 있지 않았던 것이다. 그것 역시 부모가 지나치게 엄하게 키운 경우에 보이는 버릇이라는 것을 알았을 때 얼마나 가슴이 미어졌던가. 사랑으로 키울 수도 있었는데 자라온 환경이 내게 심어준 영향을 지나치게 신봉했다. 막내를 제외한 우리 세 자매는 대체적으로 자식을 아주 엄하게 키웠다. 그게 제대로 된 자식을 키우는 방법이라고 생각했다. 그 자식들이 잘못되었다는 얘기가 아니다. 아이들은 모두 잘 자랐고 각자 제 길을 찾아떠났다. 그러나 그 아이들이 천진난만하게 뛰어놀아야 할 나이에 부모의 눈치를 보며 늘 기가 죽어 있었을 생각만 하면 기분이 가라앉았다. 누군가 나에게 다시 살아볼 기회를 줄 테니 무엇을 하고 싶으냐고 묻는다면 나는 망설이지 않고 자식을 사랑으로 키워보고 싶다고 말할 것이다.

큰언니는 기억력이 아주 좋아서 동생들을 데리고 나갔다가 으레 한숨을 쉬기 일쑤였다. 저기 저 큰 밭도 우리 거였는데 상훈이 중학교 때 퇴학당할 뻔한 거 무마하느라고 팔았고, 저기 저 논은 고등학교 옮기느라, 저기 저 산은 싸움사건 피해자와 합의하느라 팔았고. 그 다음부터는 나도 알았다. 동네 앞 저 넓은 옥답들은 사업한다고 깝죽거리다가 사기꾼한테 걸려서 다 팔아먹은 것이었다. 아들 때문에 노년을 가슴 졸이며 살던 부모님은 팔십을 못 채우고 다들 돌아가셨다. 평소에 성질이 태평이어서 나무늘보라는 별명을 갖고 있는 큰언니가 동생들에게 상의도 없이 오빠에게 들이댔다. 부모님의 재산은 우리도 나눠 받을 자격이 있으니 줘야 할 거라고 소리쳤다. 오빠는 순순히 알았다고 대답했다. 뒤늦게 결혼을 했으나 교회를 다닌다는 핑계로 장례식마다 마치 남처럼 멀찌감치 떨어져 있던 올케언니가 뭐라고 한마디 하려고 다가섰다가 오빠가 눈을 부라리자 입을 다물었다. 나중에 큰언니는 다 없어지기 전에 부모님이 일궈놓은 재산을 조금이라도 남겨놓으려고 그랬다고 얘기했지만 큰언니가 말하지 않아도 우리는 다 이심전심이었다.

큰언니와 막내가 같은 꿈을 꾸었다. 친정집에 우물이 하나 있다. 동네 다른 우물보다 서너 배는 깊어 비가 많이 와 다른 우물들은 넘쳐도 우리 집 우물은 여전히 그 깊이를 유지하고 있었고, 아무리 가물어도 물이 마르지 않은 그런 우물이었다. 그런데 그 우물이 넘쳤단다. 그것도 맑은 물이 아니라 구정물이 넘쳐흘러서 온 집안으로 들어오더라고 했다. 친정집에 무슨 변고가 생긴 것이 틀림없다고 걱정하고 있는데 한동네에 살고 있는 당숙모가 전화를 했다. 오빠네 식구가 여행을 간다며 떠났는데 여러 날이 되어도 보이지 않는다고 했다. 우리 자매는 부랴부랴 친정집으로 갔다. 잠긴 문을 억지로 열고 들어가 보니 방안은 온통 뒤집혀 있었다. 쓸 만한 것을 다 챙겨간 것을 보니 진즉에 이사를 작정하고 차근차근 준비를 했던 것 같았다. 보지 않아도 알 것 같았다. 아들이 아무리 졸라도 남겨두었던 선산과 알토란 같은 논밭들이 전부 남의 손에 넘어간 것이었다. 우리 자매가 넋을 놓고 앉아 있는데 오빠에게서 땅과 산을 사들인 사람들이 와서 우리의 짐작을 증명해주었다.

다행히 시골집은 그대로 남아 있었다. 아니, 시골집은 처분할 가치가 없어서 그대로 둔 거였다. 알고 보니 시골집은 집만 아버지 명의였고 집터는 나라의 땅이었다. 동네 대부분이 다 그렇다고, 예전에는 특별히 관리하지 않는 빈 땅에 집을 지어서 내 집, 내 땅이다 하고 살았지만 등기부를 떼어보면 다 나와 있다고 했다. 이 집에서 태어나고 자랐지만 그런 사정은 처음 알았다. 어쩌면 그 덕분에 시골집이 남의 손에 넘어가지 않았으니 다행이었다. 그대로 두면 집은 곧 허물어지고 터만 남아서 영영 남의 손에 넘어갈 처지인지라 우리 자매는 각자 형편대로 돈을 내어 시골집을 수리하고 집터를 사들였다. 집은 오빠 명의로 되어 있었던 터라 오빠와 연락이 닿지 않은 이상 어떻게 할 도리가 없어서 그대로 두고 집터의 비용을 작은언니가 부담하고 명의도 작은언니 앞으로 하였다.

이 집은 아무래도 두 명의 주인을 모실 팔자인 모양이었다. 교회를 다니는 올케가 제사를 모실 리 만무하므로 날을 잡아 산소에 가서 이러저러해서 제사를 딸들이 모시게 되었다고 부모님께 고하고 그때부터 일 년에 두 번 자매들이 시골집에 모였다. 처음에는 부모님의 제사를 합칠까 했는데 제사가 곧 자매들의 모임 날이니 일 년에 두 번은 모여야 하지 않겠냐는 작은언니의 의견에 제사를 따로따로 지내게 된 거였다. 자매들 모두 시골집에서 멀지 않은 곳에 사는 터라 수시로 시골집을 드나들 수 있어서 좋았다. 제사가 아니더라도 시골집에 내려가 있으면 마치 약속이라도 한 듯이 누군가가 왔다.

우리는 시골집의 널찍한 마루에 누워서 어렸을 때 이야기를 했다. 할머니 얘기가 가장 많았다. 늘 바빴던 엄마를 대신해서 옛날 이야기도 해주고 밤이면 화장실 밖에서 기다려주곤 했던 할머니. 누가 괴롭혔다고 고자질하면 그 길로 작대기를 들고 뛰쳐나갔던 할머니. 손자를 편애하기는 했지만 손녀라고 구박하지 않았던 할머니 얘기는 아무리 해도 끊이지 않았다. 영혼에도 귀가 있었다면 아마 우리 할머니는 늘 왼쪽 귀가 가려우셨을 거였다.

큰형부가 돌아가셨다. 새벽에 운동을 나가셨다가 뺑소니 사고를 당했다고 한다. 그때도 막내와 큰언니가 흉몽을 꾸었다. 커다란 가마가 와서 큰형부를 태워가려고 해서 큰언니는 타지 말라고 타면 안 된다고 말리는데 큰형부는 기어이 가마를 타고 손을 흔들면서 떠났다고 했다. 막내는 새 색시나 타는 그런 예쁜 꽃가마에 큰형부가 타고 있는 것을 보았다고 했다. 큰언니가 새벽녘에 흉몽을 꾸고 소스라쳐 일어나 옆자리를 더듬어보니 형부는 이미 나간 뒤였고 얼마 후에 사고 소식을 들었다고 했다. 그 일이 있은 후 큰언니는 시골집으로 내려왔다. 꿈을 꿀까 무서워서 잠을 잘 수가 없다고 했다. 아무런 해결책도 없이 그저 일어날 일만 예고해주는 꿈은 몸서리치게 싫다고 했다.

시골집에 내려와서도 한동안 불면증에 시달리던 큰언니는 옆집 아주머니 권유로 성당에 다니기 시작하더니 열렬한 신자가 되었다. 기도하고 봉사하는 일이 얼마나 신나고 보람 있는지 모르겠다고 우리 자매들에게도 전도를 열심히 했다. 할머니도 엄마도 불교도였다. 우리도 알게 모르게 그 영향을 받아서인지 작은언니와 막내는 불교도였고 나는 아무 종교도 갖지 않았지만 아마 갖게 된다면 불교가 아닐까 하던 참이었다. 큰언니 역시도 이전까지는 가끔 작은언니 따라서 절에 드나들었던 터라 불교도인 줄 알았는데 우리 집안 역사상 처음으로 천주교 신자가 된 거였다. 둘은 꿈쩍도 하지 않으니 큰언니는 나를 집중적으로 공략했고 나는 큰언니의 성화에 못이겨서 결국 성당에 발을 들이게 되었다. 사실은 막내가 자식들을 위하여 때가 되면 늘 절에 가서 기도를 올리는 것이 참 부러웠던 참이었다. 물질적으로는 나도 막내 못지않게 자식들에게 해준다고 자부할 수 있지만 막내하는 모양을 보니 나는 뭔가 정성이 부족한 것 같은 찜찜함이 늘 존재했던 것이다.

'큰언니. 성당에 나가서 제일 좋은 게 뭐야?' 하고 물었을 때 큰언니가 망설이지 않고 '남을 위해 기도해줄 수 있다는 것이 제일 좋아' 하고 대답했다. 그 한마디가 오래 망설이던 내 마음 속을 단번에 비집고 들어왔다. 나는 성당에 다니기 시작했고 막내 말대로 청출어람이 되었다. 그렇게 우리 네 자매는 공평하게 두 명씩 나누어서 성당과 절을 선택했다. 가끔 작은언니가 성당을 두고 공격성 발언을 하기도 했으나 그때마다 큰언니는 부드럽게 우회하는 방식으로 절대 작은언니의 공격에 맞서지 않았다.

더 나이 먹으면 다 함께 모여 살아도 좋겠다는 얘기가 작은언니 입에서 나온 것도 아마 큰언니의 그 부드러운 응대 때문이 아니었을까? 우리는 모두 대찬성이었다. 태어나고 자랐던 곳에서 노년을 한가롭게 보낼 수 있다면 얼마나 큰 복이겠는가.

언제나 일은 뜻밖의 변수를 만난다.

우리는 그렇게 오빠를 잊었다. 아니, 결코 잊지는 않았다. 다만 서로가 금기인 듯 말하지 않았을 뿐, 어디서 잘 살고는 있는지 궁금하기는 했다. 오빠 성정을 생각하면 혹 노숙자가 되어 거리를 전전하지 않을까 걱정이 되다가도 야무진 올케를 생각하면 잘 살고 있겠지 싶었다.

시골집은 날이 갈수록 남의 눈길을 끌 만큼 달라졌다. 비록 집은 예전 모습 그대로였지만 자매들이 틈만 나면 꽃을 심고 잔디를 가꾸고 나무를 심었던 탓이었다. 집터를 사자마자 작은언니가 심은 포도나무가 담장을 온통 뒤덮어 그 모습만으로도 예쁜데 거기에 포도가 주렁주렁 열리니 장관을 이루었다. 집터를 샀을 때 함께 샀던 텃밭에는 각자 좋아하는 과실나무를 심었는데 큰언니가 심은 단감나무며, 내가 심은 비파나무, 무화과나무에 막내가 심은 앵두와 살구나무에 둘째언니가 한구석에 심어놓은 밤나무까지 시간이 흐르자 각자 제구실을 하는 과실나무들도 보기 좋은데 마당에서는 사시사철 꽃이 피고 졌다. 지나가던 사람들이 자꾸 들여다보는 바람에 사람 키보다 높은 철망으로 집 주위를 둘렀을 정도였다. 작은언니 말에 의하면 시골집에서 멀지 않은 곳에 골프장이 들어서면서 팔지 않겠냐고 묻는 사람이 여럿이라는 것이었다. 그 중에는 시세보다 훨씬 높은 가격을 제시하면서 욕심을 부리는 사람도 있다고 하였다.

봄에는 엄마 제사가, 가을에는 아버지 제사가 있어서 늘 좋은 계절에 모인다고 서로 기뻐하였는데 그해 엄마 제사는 어쩐지 분위기가 싸늘한 것이 뭔가 심상치 않았다. 무거운 분위기에서 제사를 지내고 음복하는 자리에서 작은언니가 비로소 말을 꺼냈다. 오빠에게서 연락이 왔다는 것이었다. 오빠는 이 집이 얼마를 받을 수 있는지도 다 알고 있더라고 했다. 땅은 작은언니 소유지만 집은 자기 소유이니 자기 몫을 달라고 했다는 것이었다. 큰언니는 이미 작은언니의 연락으로 알고 있는 듯 작은 목소리로 '나쁜 새끼' 하고 말았지만 나와 막내는 동시에 소리를 질렀다.

"개가 사람이야?"

우리는 똑같이 오빠라고도 하지 않았다. 그 순간은 진심으로 오빠라고 부르고 싶지도 않았다. 우리가 모른 체했으면 진즉 없어졌을 집을, 버리고 간 사람이 이제 와서 어떻게 자기 권리를 주장할 수 있단 말인가.

"법에 호소하면 다른 재산은 아들이 다 가졌으니 이 집은 우리 자매의 몫으로 인정받을 수도 있다고 하더라. 그런데 나는 형제 간에 다투고 싶지 않다."

작은언니 말에 큰언니도 고개를 끄덕거렸지만 나와 막내는 받아들여지지 않았다.

"그럼 이 집을 고스란히 내주자고?"

"땅이 둘째 앞으로 되어 있고 땅에 비하면 이 집은 훨씬 가격이 낮으니 그냥 이 집 명의를 사들이는 셈 치고 상훈에게 돈을 좀 줄까 하고."

나는 갑자기 이 집을 애지중지 가꾸어왔던 것이 너무 분하고 억울했다. 목돈이야 작은언니가 냈다고 하지만 세 자매가 그동안 이 집에 들인 돈도 적지 않았다. 차라리 집을 그대로 두었다가 무너지면 헐어버리고 절차에 따라 폐가 신고를 하고 우리가 다시 집을 짓는 게 나을 뻔했다. 내가 볼멘소리로 그렇게 말하자 큰언니는 '그럼 우리 집이 아니잖아' 하고 내 말을 막았다. 그날 우리 자매는 처음으로 목소리를 높이고 서로 감정을 삭이지 못한 체 인사도 없이 헤어졌다. 집이 오빠 명의로 되어 있는 이상 뾰족한 수가 없다는 것을 알면서도 오빠에게 돈을 지불해야 한다는 것이 받아들여지지 않았다.

큰형부를 친 뺑소니범이 잡혔다. 뺑소니범에게서 받은 합의금으로 큰언니는 오빠에게서 집 명의를 받아왔다. 집은 새로운 주인들을 갖게 되었다. 큰언니는 작은언니와 상의해서 집 명의를 작은언니를 뺀 세 자매의 공동명의로 했다. 막내와 내가 얼마간 돈을 보태려고 하자 큰언니는 한사코 거절했다. 가슴 아픈 돈은 이렇게 쓰는 것이 맞다고, 시세의 두 배가 넘는 돈을 그래서 오빠에게 다 줘버린 거라고 했다. 본인은 끝까지 오지 않고 대리인을 보내기는 했지만 숨어 있는 오빠를 언뜻 보았다고 했다. 추레한 행색이 그다지 잘 살고 있어 보이지는 않았다고, 하기야 잘 살고 있으면 그렇게 염치없는 짓은 하지 않았을 거라는 큰언니의 말에 그때도 나는 그렇게 말했었다. 동정은 사람에게 하는 거라고. 사람의 도리를 저버린 인간에게 하는 것이 아니라.

이제 시골집에서는 큰언니와 작은언니가 살고 있다. 작은 형부 때문에 왔다갔다 하지만 대부분을 시골집에서 보내고 있는 두 언니를 보노라면 나도 얼른 내려가고 싶다. 시골집에서 격리생활을 했으면 덜 심심했을 것을 하고 말하는 내게 큰언니는 나도 그렇게 말했는데 작은언니가 고집을 부리고 집으로 들어갔다고, 이 집에 대한 마음이 그렇게 끔찍할 수가 없다고 하였다.

집 근처에 커다란 호수가 있어서 주변을 산책하는 데 그만이었다. 나는 이른 아침이면 으레 호수 주변을 돌았다. 일 년에 한번씩 이름이 꽤 알려진 큰무당이 와서 넋 건지기 굿을 하였는데 왜 해마다 하느냐는 내 물음에 옆 사람이 해마다 사람이 죽으니 해마다 하는 것 아니냐고, 뭘 당연한 것을 묻느냐는 투에 깜짝 놀랐다. 이곳으로 이사 온 지 얼마 되지 않기도 했지만 그동안 한번도 사람이 죽었다는 소리를 들은 적이 없었던 때문이었다. 그런데 이렇게 아름다운 호수에서 해마다 사람이 죽는다니 믿어지지 않았다. 믿지 않는 내 기색을 눈치챈 옆 사람이 이제 보라고, 일 년에 서너 사람은 꼭 죽는다고 겁을 주었다. 호수가 워낙 넓기도 했고, 한번도 그런 사고를 본 적이 없어서 호수를 죽음과 연관지어 생각한 적은 거의 없었다.

그런데 오늘 아침 산책을 거의 끝낸 참에 호수 위에 놓인 다리 위에서 사람들이 모여 웅성거리고 있는 모습을 보았다. 보기 싫어도 지나가는 길이니 볼 수밖에 없었다. 건너편 길에는 경찰차와 119구급차가 있었고 다리 아래에는 고무보트 두 대에 소방대원이 각각 두 명씩 앉아 있는데 아마도 교대로 물속으로 들어가는 듯 그 중 한 사람은 젖은 잠수복을 입고 있었다. 웅성거리는 소리를 들으니 휴대폰과 지갑과 신발이 나란히 있는 것을 발견한 사람이 경찰에 신고하였고 유서는 없었지만 시신을 찾고 있는 중이라고 하였다. 휴대폰에 남아 있는 번호로 전화를 하였는데 모르는 사람이라고 전화를 끊었다고 했다. 얼른 가야 하는데 발걸음이 떨어지지 않았다. 여기에 계속 있다가 기어이 시신을 보게 된다면 몇 년 동안, 아니 죽을 때까지도 이곳을 지나면 계속 시신이 떠오를 터였다. 겁이 많아서 밤에 돌아다니지도 못할 것이고 악몽도 꿀 것이었다. 이성은 얼른 이 자리를 떠나야 한다고 서두르는데 나는 왠지 그 자리에서 꼼짝도 할 수가 없었다.

얼마나 시간이 흘렀을까, 아래쪽에서 뭐라고 소리를 질렀다. 아마도 시신을 찾은 듯싶었다. 고무보트 한 대가 커다란 들것과 흰 천을 싣고 들어가자 시신이 올라왔다. 이런 처리에 익숙한 듯 소방대원들은 시신이 올라오자마자 흰 천으로 머리부터 차근차근 덮어 사람들 눈에 띄지 않게 하였다. 그럼에도 잠깐 보인 것만으로도 죽은 사람이 남자라는 것은 알 수 있었다. 119구급차가 떠나고 사람들이 다 흩어진 뒤에도 나는 꼼짝을 할 수가 없었다. 넋을 잃고 서 있는 내가 이상했던지 소방대원 한 명이 다가와 괜찮으냐고 물었다. 나는 떨리는 목소리로 젊은 남자냐고 물었다. 육십이 넘은 사람 같았다는 대답에 나는 그만 무릎에 힘이 빠져 그 자리에 주저앉았다. 소방대원은 마치 내 속사정을 다 알고 있다는 듯이 이미 신원이 파악되었는데 이 동네 사람이라고 했다. 말인즉슨 나하고는 상관없는 사람 같으니 괜한 걱정 하지 말라는 투였다. 나는 고맙다고 말하고 순순히 그의 부축을 받아 일어났다.

한순간 오빠가 아닐까 생각했던 것이 우스웠다. 어디에서 살고 있는지도 모르는 오빠가 하필 이 시간에 이런 곳에 와서 죽을 확률이 얼마나 되겠는가? 그런데도 나는 시신이 남자라는 것을 안 순간부터 꼼짝할 수가 없었다. 아무리 미워하고 보고 싶지 않다 하더라도 한

나무의 가지들이라는 사실은 어쩔 수가 없는 모양이었다. 할머니의 옛날 이야기처럼 무섭고 더럽고 슬픈 진실이었다.

호랑이가 똥 싸고 죽은 것처럼.

어느 특별했던 보통날

어느 특별했던 보통날

아무런 이유 없이 울고 싶어질 때가 있다. 지금처럼. 신호대기 중 소년들이 자전거를 타고 지나가는 것을 보았다. 모두 여섯 명이었다. 두 명씩 줄을 맞춰 오월의 초록처럼 싱그러운 웃음을 가득 문 체 소년들은 달리고 있었다. 문득 저 아이들은 지금 행복하구나 하는 생각이 들면서 갑자기 울고 싶어졌다. 내가 불행하다거나 그런 이유가 아니라 행복해보이는 아이들을 보면서 왕따와 폭력과 범죄로 얼룩진 인터넷 뉴스가 떠올랐고, 행복해보이는 아이들을 보니 다행이라는 생각이 들었고 그랬는데 나 자신은 울고 싶은 그런 모순된 감정. 이렇게 이유 없이 울고 싶은 날은 이상하게 정말로 울고 싶은 일이 생긴다. 이럴 때 마다 나는 내가 혹 신기神氣가 있는 것은 아닐까 하고 의심하게 된다.

늘 그렇듯이 바쁜 오전 일과를 보내고 있는데 시누이에게서 문자가 왔다. 사진 한 장과 더불어. 낯선 여자와 어깨동무를 하고 활짝 웃고 있는 남편의 얼굴을 잠깐 다른 사람인 줄 착각했다. 저렇게 파안대소하고 있는 모습이라니. 당신도 그렇게 웃을 줄 아는 사람이었구나. 그 사실만이 잠깐 나를 속쓰리게 했다. 나는 한번도 저런 웃음을 본 적이 없어서.

“내가 여자 있을 거라고 했지? 하여간 언니는 너무 둔해. 어떻게 저

지경이 되도록 눈치를 못챈다는 게 말이 돼?"

내가 사진을 확인하자마자 전화를 건 시누이는 높고 빠른 어투로 다다다 쏟아놓는다. 흥분하면 나타나는 버릇이다. 혼자 쓰는 사무실이지만 나는 숨죽인 목소리로 나중에 통화하자고 말하고 얼른 전화를 끊었다. 둔한 건 너지. 나도 모르게 픽 웃음이 나온다. 네 오빠가 뭘하든 내가 전혀 관심이 없단다. 그러니 여자가 생기건 남자가 생기건 내가 무슨 상관이겠니. 한집에 사는 남남이 된 지 벌써 십 년이 넘었는데 아직도 눈치를 채지 못한 네가 누구한테 둔하다고 책망이야? 우리 부부 연기가 그렇게 훌륭했었나. 사진을 다시 들여다본다. 저렇게 웃고 있으니 십 년은 더 젊어보인다. 늘 집에서 우중충한 몰골만 봐서인지 환하게 웃고 있는 모습이 새삼 질투가 날 만큼 좋아보인다. 저렇게 웃을 수 있는 남자가 집에만 들어서면 방어막을 치듯이 무표정과 피곤을 흘리면서 십 년 넘게 사는 것도 나 못지않게 고역이었으리라는 생각에 새삼 미움이 치밀어오른다. 나는 아직도 그렇게 힘들게 왜 나랑 사는지 그 대답을 듣지 못하였다.

좋은 일은 동행이 없어도 나쁜 일은 꼭 동행이 있다고 하더니 퇴근할 즈음 엄마에게서 전화가 왔다. 아버지 첫 제사 전에 시간을 내서 한번 내려오라고, 여러 가지 상의할 일이 많다는 말을 곧장 하지 못하고 이리저리 빙빙 돌리면서 오 분 넘게 하고 있다. 엄마가 내 눈치를 보는 게 빤히 보여 얼른 통화를 마무리하고 싶은데 내 승낙을 듣지 못한 엄마는 전화를 끊지 못한다. 누구네 딸은 이번 여름휴가에 내려와서 동네 사람들 모두를 당산나무 아래 불러모아 삼겹살 파티를 했다는 둥 뒷집 누구는 엄마 칠순이라고 해외여행을 함께 갔다는 둥, 엄마는 내가 해주었으면 하는 일들을 다른 사람들의 일을 빗대어 계속 주절거리고 있었다. 결국 인내심이 동이 난 나는 바쁘다는 말로 엄마의 말을 끊고 동시에 전화도 끊었다. 엄마는 내가 왜 집에 내려가지 못하는지 알고 있을까? 알고 있을 것이다. 그러니 아버지 돌아가시고 첫 제사가 돌아올 때까지 겨우 세 번 했던 전화 통화마다 내 눈치를 보았던 것이겠지. 그 세 번의 전화도 모두 엄마가 걸었었다.

"젊어 놈팽이 늙어 보약이라더니 니 아부지를 보면 그 말도 헛말이여."

엄마가 늘 입에 달고 살던 말이었다. 엄마는 타고난 일꾼이었다. 그 많은 농사를 머슴도 없이 혼자 억척스럽게 지었다. 아버지는 실속 없는 뭔가로 늘 바쁜 사람이었다. 엄마보다 두 살 위인 아버지는 거짓말 좀 보태면 엄마보다 이십 년은 젊어보였다. 늘 뙤약볕에서 일하느라 검게 그을린 엄마에 비해 남자치고는 피부도 뽀얀 아버지는 함께 나란히 서 있으면 누구 말마따나 멀리서 보면 부부가 아니라 모자지간으로 보일 지경이었다. 아버지의 일손을 포기한 엄마는 자식들의 일손을 기대했지만 나는 공부를 핑계로 엄마의 일손이 되어주지 못했다. 엄마의 일은 한도 끝도 없어서 그 일에 휩쓸렸다가는 나도 엄마처럼 평생 일에서 헤어나오지 못할 것만 같았다. 아니 솔직히 힘든 일을 하기가 싫었다. 나는 일을 하지 않으려고 기를 쓰고 공부를 했다. 엄마 말에 의하면 시장에 데려가서 궁금해하는 간판 이름 몇 개 알려준 것밖에는 없는데 혼자서 한글을 깨친 신동인 나는 남들 다 다니는 학원 같은 곳에 안 가도 공부를 잘해야 했다.

일하기 싫어서 시작한 공부가 나중에는 내 멍에가 되었다. 한번 일등을 했으니 다음 번에도 일등을 해야 했다. 다음 번에도, 그 다음 번에도. 엄마를 일의 노예로 만들어놓고 나는 공부의 노예가 되었다. 아이들은 내가 수월하게 일등을 유지하는 줄 알고 있었지만 나는 밤잠을 줄이고 쉬는 시간을 줄이고, 즐겨야 할 시간을 줄여서 공부를 했다. 그러느라고 친구도 사귀지 못하고 내가 왕따가 되었다는 것도 몰랐다. 늘 일등을 하니 선생님들의 관심이 커서 대놓고 괴롭히지는 못하였지만 생각해보면 나는 학창시절 내내 학교에서 아이들과 잡담을 나눠본 기억이 없었다. 밥도 늘 혼자 먹었고 심지어는 소풍가서도 나는 영어 단어를 외고 고사성어들을 외느라 늘 한쪽에 혼자 앉아 있었다. 대학만 가면 더 이상 엄마의 도움을 받지 않아도 될 줄 알았다. 우리나라 최고 대학의 최고 학부에 들어갔으니 과외만 해도 충분하리라 엄마도 나도 그렇게 생각했다. 그러나 공부를 잘한다고 잘 가르치는 것은 아니라는 것을 나도 엄마도 몰랐다. 내가 노력해서 늘 일등을 한 줄 알았더니 내 머리도 꽤 쓸 만했다는 것을 과외를 하면서 비로소 알았다. 이렇게 쉬운 것을 두 번 세 번 알려줘도 이해를 못한다는 것이 나는 이해가 되지 않았다. 이해가 되지 않으니 짜증이 치밀고 나도 모르게 빈정거리게 되었다. 그게 내 태도에서 여실히 드러났는지 나는 한 달을 버티지 못하고 과외에서 잘렸다. 마침내는 내가 못 견디고 과외를 때려치웠다.

그렇게 나는 아버지와 마찬가지로 엄마의 등골을 빼먹으면서 대학을 졸업하였다. 엄마는 내가 교사가 되기를 희망하였지만 그것은 이미 불가능하다는 것을 증명하였으므로 차선책으로 나라의 녹을 먹는 공직자가 되기를 종용하였다. 대학 진학을 할 때 나는 이미 내 문제가 무엇인지 깨달았다. 하고 싶은 일도 되고자 하는 꿈도 없었던 것이다. 아무런 꿈이 없는 그저 공부만 잘하는 학생, 그게 바로 나였다. 법학과를 선택한 것도 그게 가장 합격하기 힘들다는 이유 때문이었다. 그랬으니 엄마에게 효도하는 셈치고 엄마가 떠미는 길로 못이기는 척하고 떠밀리어 갔다.

아버지는 술을 좋아하셨다. 그 술이 지나치다는 것을 본인도 알고 나름 건강에 신경을 썼다. 기골이 장대한 아버지 겉모습만 보고 다들 건강하다고 생각했다. 오히려 고혈압으로 고생하는 엄마가 아버지보다 먼저 가면 안 되는데 하고 걱정했을 정도였다. 그러나 정작 고혈압으로 쓰러진 사람은 아버지였다. 두 달 전에 실시했던 건강검진에서 건강 양호, 혈압 정상이던 아버지는 새벽 화장실 가던 길에 쓰러졌다. 그때 엄마 나이 마흔여덟이었다. 그 이후 엄마의 고생은 그 이전의 고생이 거의 호강 수준일 만큼 혹독한 것이었다. 농사일에 덧붙여서 아버지 간병까지 해야 했으니, 그것도 거의 이십 년이 넘게. 처음 쓰러졌을 때 아버지는 금방 돌아가실 것 같았으나 이십 년을 버티셨다. 어떨 때 보면 엄마보다 더 팔팔해보일 때도 있었다. 그 이십 년 동안 아버지는 술을 줄이기는 하였지만 아주 끊지는 못하셨다. 늘 돌아다니던 분이 집안에만 갇혀 있게 되자 나날이 성질만 거칠어졌다. 술을 드시기만 하면 엄마에게 욕을 하고 손에 잡히는 대로 물건들을 집어던졌다.

엄마가 고된 일과 아버지의 화풀이를 고스란히 견뎌내야 했다면 처음부터 아버지의 병원비는 내 몫이었다. 내가 맏이이기도 했지만 돈을 벌고 있는 유일한 자식이었던 때문이었다. 엄마가 끝이 보이지 않는 일에 짓눌려 살았다면 나는 다람쥐 쳇바퀴 돌리듯 끝도 없이 밑 빠진 독에 물 붓기 식으로 내 어깨를 짓누르는 경제적 절망에 허덕이며 살았다. 간혹 맞선자리가 들어오기는 했지만 내 처지를 알고 나면 다들 고개를 흔들었다. 빛이 보이지 않은 긴 터널을 눈을 감고 걷는 기분이었다.

남편을 만난 것은 그 무렵이었다. 한동안 뜸하다가 들어온 맞선자리였다. 나는 마음을 다잡았다. 그 지긋지긋한 터널에서 도망치고 싶었다. 아버지 일은 숨기리라. 나도 할 만큼 했으니 이제 벗어나야겠다. 그렇게 다짐하고 나갔는데 상대는 벌써 내 사정을 다 알고 나온 사람이었다. 내 봉급은 필요 없다 하였다. 그들이 필요한 것은 명석한 내 두뇌였다. 일남이녀 중 유일하게 주워온 자식처럼 매사에 뛰어나지 못한 남편을 보면서 시아버지는 장차 대를 이을 후손이 남편을 닮을까봐 미리 노심초사하였다. 여고 일 년 후배였던 시누이는 학창시절 우상이었던 내가 동문 모임에서 아직도 결혼 전이라는 것을 알고 오빠와의 맞선을 주선했던 터였다.

남편의 첫인상은 평범했다. 키도 몸무게도 심지어는 용모도 그저 그랬다. 웃는 것조차도 희미해서 더 존재감이 없어 보였다. 나에게는 오히려 다행스러운 일이었다. 부모 잘 만나 평생을 고생모르고 살아온 사람 특유의 거만함이 있으리라 미리 각오했던 것이 무안할 정도여서 나는 별 망설임 없이 결혼을 결심했다. 어둠으로 채색된 텅 빈 시간들 속에서 나를 구원해줄 수만 있다면 아마 나는 후처였대도 망설이지 않았을 터였다. 그만큼 나는 절박하게 내가 처한 환경에서 벗어나고 싶었다.

처음에는 아무런 문제가 없었다. 아니 너무 잘 풀려서 불안할 정도였다. 시댁에서 마련해준, 신접살림에 어울리지 않게 넓은 아파트에서 남들처럼 수줍게 남편을 맞이하고 기다렸다는 듯이 아들이 태어나고 딸이 태어났다. 나도 남편도 바쁜 사람들이어서 저녁 늦게야 겨우 얼굴을 볼 정도였는데도 신통하리 만큼 쑥쑥 태어난 아이들은 시부모를 기쁘게 했다. 두뇌는 엄마 쪽을 닮는다더니 두 아이들 다 시부모가 대만족할 만큼 영특해서 시부모의 말년 시간들을 행복하게 하였다. 내가 늘 늦게 퇴근하니 아이들은 내 휴직기간이 끝나자마자 시댁으로 가서 시부모가 키우다시피 했다. 나도 일에 치여 늘 피곤해서 별 불만이 없었다. 모정은 타고난 것이라는데 나는 별종인지 아니면 일에 치여 사느라 고단해서 자식들은 안중에도 없었던 엄마의 피를 물려받은 것인지 자식에 대한 애틋함이 없었다. 사랑도 받아본 사람이 준다더니 사랑을 받아본 기억이 없어서인지도 몰랐다.

남편이 달라진 것은 언제부터였을까? 원래도 잘 웃지도 않고 재재

거리며 말하는 사람도 아니었지만 그래도 뭔가 얘기를 하면 진지하게 들어주고 기념일도 챙기고 때 되면 자그마한 선물도 준비하던 사람이었다. 첫아이를 낳고 거의 일 년 가까이 각방을 쓰며 잠자리를 피하던 때가 있었다. 내가 수유를 하고 있어서 처음에는 나름의 배려로 받아들였다. 속 깊은 남자구나 하고 존경까지도 품었었다. 두 살 터울로 둘째가 태어나고 다시 각방을 쓰기 시작했어도 나는 별로 걱정하지 않았다. 걱정이라면 이제 애는 그만 낳고 싶은데 어떻게 피임을 해야 하나 뭐 그 정도였다.

그러나 이번에는 달랐다. 일 년이 지나고 이 년이 지나고 십 년이 지나도 남편은 내 방에 들어오지 않았다. 그렇다고 외박을 하거나 그런 것은 또 아니었다. 아무리 늦어도 집에는 꼬박꼬박 들어왔다. 바람을 피우는 것 같지도 않으니 뭐라고 말도 못하겠고 자존심 때문에 남편 곁으로 갈 수도 없었다. 눈치만 보고 있으려니 자존감이 낮아지면서 하루하루 히스테릭하게 변해갔다.

옛 말 그른 게 하나도 없었다. 역시 가화만사성이었다. 내가 아무리 직장에서 인정을 받으며 승승장구해도 나는 늘 결핍증에 시달렸다. 내 자신이 비참할 정도로 보잘것없는 존재인 것만 같았다. 처음에는 눈치를 주고 그 다음에는 포악을 떨었다. 그래도 남편은 아무런 반응이 없었다. 나도 모르게 단 둘만 있을 때는 한심한 인간, 무능한 인간 취급을 하면서 말을 함부로 하게 되었다. 마음속에 하고 싶은 말들이 커다란 둑처럼 쌓여갔지만 나는 끝내 한마디도 표현을 하지 못하였다. 그렇게 우리는, 아니 나는 순전히 타의로 섹스리스 부부가 되었다. 내가 눈을 마주치지 않으니 남편도 가면 같은 표정으로, 웃음도 말도 잃어버린 사람처럼 행동했다. 둘이 살기에는 지나치게 넓은 집에서 누구 하나가 죽어도 모를 만큼 이 끝과 저 끝에서 우리는 남처럼 살았다. 그러다가 누군가 우리 사이에 끼어들게 되면 남편도 나도 표정을 풀었다. 남들처럼 웃고 다정한 눈빛을 주고받았다. 나날이 연기만 늘어가는 듯싶은 그 이중성이 때로 끔찍하면서도 어느덧 익숙해졌다.

처음에는 최소한의 의무는 하자 하는 심정으로 요리를 하고 식사를 차렸다. 어느 날 갑자기 요리가 하기 싫어졌다. 아니 그 사람을 위해서는 단 일 초도 쓰고 싶지 않았다. 그렇게 식사도 챙겨주지 않게 되었다. 남편은 직접 밥을 짓고 국과 반찬을 배달해 먹었다. 나는 가끔 남편이 지어놓은 밥을 아무렇지도 않게 먹기도 하고 빵이나 간단한 샐러드로 끼니를 때우기도 했다. 그런 생활도 익숙해지니 오히려 편했다. 그러나 때때로 마음속에서 불기둥이 치밀어오를 때가 있었다. 나한테 왜 이러는데? 도대체 나랑 왜 사는데?

이혼을 생각해보지 않은 것은 아니었다. 그러나 그때마다 집 문제가 발목을 잡았다. 무던한 시부모지만 (본인들도 그렇게 생각하고 남들도 그렇게 생각할 만큼) 집을 며느리 앞으로 해줄 리 만무했고 집은 남편 명의였다. 이 집을 장만하는데 내 돈은 한 푼도 들어가지 않았고 아직도 내 봉급은 거의 다 친정으로 보내고 있는 처지이니 이혼을 하게 되면 당연히 내가 이 안락한 거처에서 나가야 하는 거였다. 혹시 몰라서 조금씩 모아둔 돈으로는 이 서울바닥에서 방 한 칸도 얻지 못할 터였다. 그 생각을 하면 남남처럼 이렇게 한집에 사는 것도 그리 나쁘지는 않았다.

언제였던가, 여자들끼리 한번 뭉칩시다 하고 누군가가 선동을 하여 옆 사무실 여자직원들까지 함께 모여 밥을 먹고 생맥주 집에서 수다를 떤 날이 있었다. 삼십대 초반의 여직원이 퀴즈를 냈다. 마누라 휴대폰에 남편이 뭐라고 등록되어 있는지 궁금해서 봤더니 ㅅㅂㄴ 이라고 되어 있더란다. 그 말을 듣는 순간 나는 아주 상스러운 욕설, 오직 그 단어밖에 생각나지 않았다. 젊은애들은 모두 서방님이잖아 하고 웃는데 사십대 이상의 여자들은 대부분 내 뇌리에 떠오른 단어를 말하며 본인도 무안했는지 피식피식 웃었다. 나는 적잖이 충격을 받았다. 내게 남편이란 이미 그런 존재였구나. 그날 저녁 처음으로 남편에게 이혼할 의사가 있는지 진지하게 물어보았다. 남편은 말도 안 되는 얘기를 들은 사람 마냥 픽 하고 웃었다. 당신 아직도 나한테 기대하는 거 있어? 요컨대 자기도 내게 기대하는 거 아무것도 없으니 너도 기대 같은 거 갖지 말고 이렇게 남처럼 평생 살자는 말이었다.

그때부터 나는 마음을 내려놓았다. 맞는 말이었다. 기대하는 게 없으면 실망하지도 않는다. 기대하지 않으니 관심도 없었다. 남편이 무엇을 하든지 아무 상관이 없어졌다. 심지어 바람을 피운 대도 아무렇지도 않을 것 같았다. 차라리 바람이라도 피운다면, 그때는 어쩌면 조금 뻔뻔스럽기는 하지만 위자료로 이 집을 달라고 해볼 수도 있지 않을까 오히려 그런 생각을 잠깐 했다. 그래도 때때로 궁금하기는 했다. 왜 나랑 사는지. 한번도 속 시원하게 대답을 들어본 적이 없는 질문이 때로 나를 비참하게 하고 때로 불행하게 하고 때로 자책하게 하였다.

반신불수가 되어서도 술을 끊지 못한 아버지는 때때로 위험한 상황에 빠졌다. 금방이라도 돌아가실 것 같아서 식구들이 모두 모인 게 여러 번이었다. 그때마다 아버지는 용케 고비를 넘기고 한동안 술을 멀리했다가 다시 드시곤 했다. 그런 일을 몇 번 겪다보니 나도 심상해져서 위급하다고 연락이 와도 예전처럼 급하게 쫓아가지지가 않았다. 엄마가 숨이 넘어가는 소리를 몇 번 해야 겨우 발이 움직이는 꼴이었다. 동생들도 마찬가지였다. 그래서 아버지가 돌아가셨다는 전화를 받았을 때 얼른 받아들여지지 않았다. 마치 생소한 단어를 듣는 듯한 느낌이었다.

전화를 한 사람은 병원 직원이었다. 엄마가 넋이 나가 있어서 대신 전화를 했노라고 아침에 전화를 받고 119가 갔을 때는 이미 아버지는 돌아가신 뒤였다고 했다. 나는 엄마를 바꿔달라고 했다. 머리도 마음도 이해를 할 수가 없어서 엄마 말을 들어야 비로소 실감이 날 것만 같았다. 엄마의 웅얼거리는 말은 알아듣기 힘들었다. 자다가 무슨 소리를 들었는데 너무 피곤해서 눈이 떠지지 않았다고, 아침에 일어나서 들여다보니 이미 뻣뻣하게 굳어 있더라 대충 이런 뜻인 것 같았다. 갑자기, 왜? 외마디처럼 묻는 내 말에 엄마는 그 좋아하는 술 실컷 먹고 죽었으니 원도 한도 없었을 것이라고 독기 서린 목소리로 내 말을 받았다. 아마 돌아가신 그날도 술을 드시고 엄마를 괴롭힌 모양이었다.

장례식 내내 엄마는 모든 장례 절차를 다 간섭하시느라고 잠시도 짬이 없을 만큼 바빴다. 내 눈에는 엄마가 일부러 그렇게 바쁜 체하는 것만 같았다. 엄마는 어느 자식하고도 눈을 마주치지 않았다. 마침내 장례식이 다 끝나고 친지들이 모두 돌아간 다음 식구들만 남았을 때 오죽하면 남동생이 엄마 이제 그만하라고, 아무도 엄마 때문에 아버지가 돌아가셨다고 생각하는 사람 없으니 제발 가만 좀 계시라고 울먹이며 말릴 정도였다. 엄마는 내 평생 일을 손에서 놓아본 적이 없다는 말로 대답을 대신했다. 나는 그때 한편으로 조금 후련했다. 이제 더 이상 친정집에 목돈 들어갈 일은 없겠구나. 그러면 나도 이제 조금은 다른 인생을 꿈꾸어도 되지 않을까 하는 가당치 않은 꿈을 꾸면서.

장례식 내내 남편은 그야말로 일등 사위 노릇을 제대로 해냈다. 돈 드는 일은 다 맡고 나서서 돈자랑도 톡톡히 했다. 다들 남편을 칭찬하고 동생들도 고마워 어쩔 줄 모르니 어찌나 뿌듯해하는지. 아, 저 사람도 인정받는 것을 좋아하는 사람이었구나 하고 새삼 깨달은 순간이었다. 그러면 남편이 나를 소원하게 대하는 것도 내 존재가 자신의 존재를 흐리게 하는 때문이었나 하는 생각이 들었던 것도 그 순간이었다.

남편도 동생들도 다 올라가고 나만 남아서 엄마를 도와 집안 정리를 하느라 하루 더 묵었다. 엄마가 이상하다 느낀 것은 단순히 내 감정이었을까? 엄마는 영정 사진을 제외한 아버지의 모든 사진을 다 태웠다. 물건들을 치우고 태우는 것은 이해가 되었지만 가족과 함께 찍은 사진까지도 한 장도 남김없이 태운다는 것은 좀 지나치다 싶었던 것이다. 내 눈치가 보였던 것인지 엄마는 이런 것들을 보면 꿈자리가 사나울 것 같아서라고 변명했다. 내일 모레가 칠순인데 나도 이제부터는 훨훨 날아다니면서 살아보고 싶다고도 했다. 네가 아이들을 낳았을 때 몸조리를 해주고 싶었는데 니 아부지 때문에 못해준 것이 평생의 한이라고도 했다. 돈 많은 시부모 덕분에 산후조리원에서 편하게 있었던 내게 엄마의 자책은 좀 뜻밖이었다. 이제 아무것도 거칠 것 없으니 농사도 다 내놔버리고 가끔 네 집에 가서 살림도 거들어주고 손자도 봐주고 싶다고 말할 때 나는 나도 모르게 아이고, 소리를 내며 신음하고 말았다. 금전적으로 해방된 것 같아서 좋아했던 것이 조금 전이었는데 생각지도 못한 족쇄가 나를 무겁게 옭아매는 기분이었다.

나는 나직한 목소리로 이제 자식이고 뭐고 다 놔버리고 엄마 인생 즐기며 살라고, 우리 집은 일하는 사람이 일주일에 두 번이나 와서 살림을 도와주니 엄마가 살림 걱정 안 해도 된다고 얘기했다. 엄마는 대뜸, 부자 시부모가 가난한 친정 식구 드나드는 것 싫어해서 그러냐고 볼멘소리를 했다. 나는 이번에도, 내가 바빠서 엄마한테 신경쓸 겨를이 없노라고 그 옛날처럼 일을 핑계로 엄마에게 선을 그었다. 엄마는 더 이상 우리 집에 오겠다는 말을 하지 않았다. 대신 술이나 한 잔 하자며 술상을 봐왔다. 술이라면 아버지한테 질려서 맥주 한 잔도 멀리하던 터라 주로 엄마만 마시고 나는 입술만 축였다.

장례식 내내 바빠서 제대로 끼니를 챙기지 못한 엄마는 쉽게 취했다. 취하자 엄마의 입에서는 나에 대한 원망이 줄줄이 쏟아져나왔다. 돈만 주면 단 줄 알지? 그래 돈이 최고이기는 하지. 그래도 너는 맏딸이니 내 고생하는 거나 내 맘을 조금이라도 살펴줄 줄 알았다. 애지중지 고생 안 시키고 키운 년은 돈만 던져주면 제 할 일 다 한 줄 알고 이렇게 냉정하구나! 공부 못한다고 구박하고 소처럼 부려먹으면서 키운 딸년은 어미 고생하는 줄 알고 말이라도 살갑게 하는구만, 너는 어찌 그리 독하냐?

나도 취한 척 속말을 쏟아냈다. 사랑도 받아본 사람이 준답디다. 언제 엄마 사랑을 받아봤어야지. 엄마는 늘 일만 했지 언제 우리를 돌아보기라도 하셨수? 코흘리개 적부터 밥도 내가 해, 도시락도 내가 싸. 운동회 때든 소풍 때든 엄마는 일에 파묻혀서 단 한번도 온 적이 없었지. 나도 동생들도 늘 고아원 아이들 같았어. 내가 엄마 딸이 맞기는 하나봐, 나도 내 자식들이 하나도 애틋하지가 않으니.

엄마가 소리를 질렀다. 내가! 그렇게 소처럼 일하지 않았으면 네 년이 학교를 다닐 수나 있었을 것 같으냐? 학교를 못 다녔으면 그렇게 잘난 집구석에 시집을 갈 수 있었을 것 같아?

나도 맞받아 응수했다. 엄마가 아무리 소처럼 일을 해서 돈을 대줬대도 내가 공부를 못했으면 아무 소용없었던 일 아니야? 난 엄마처럼 살지 않으려고 악착같이 공부했어. 그래서 이렇게나마 사는 거라고.

그래, 잘났다. 이년아!

그 말을 마지막으로 엄마는 상 위로 머리를 떨구고 잠이 들었다. 그래, 잘난 집안 맞지. 근데 엄마, 그 잘난 집이 나를 이렇게 삭막하게 만드네. 나는 가슴에 사막을 품고 사는 것 같아. 날마다 넓어져가는 사막이 내 가슴 한가운데 배배 꼬여서 나를 이렇게 이기적이고 못된 사람으로 만드는 것 같아.

엄마가 잠꼬대를 했다. 난 아무것도 못봤어. 아무 소리도 못들었어…. 엄마가 아침에 내 눈치를 자꾸만 살피며 안절부절못하지 않았다면 아마도 나는 아무 생각 없이 내 집으로 돌아왔을 것이다. 그러나 엄마의 그 태도가 나를 불안하게 했다. 그 불안은 나에게 터무니없는 상상을 하게 했다. 이건 쓸데없는 상상일 뿐이라고 나는 애써 생각들을 밀어냈다. 책임회피를 위한 비겁한 도망이었다. 그리고 일 년 동안 나는 엄마에게 먼저 연락을 하지 않았다. 엄마도 특별한 일이 없으면 연락을 하는 일이 없었다. 우리 모녀는 그렇게 서로 눈치를 보며 한 해를 보냈다.

자리가 사람을 만든다는 말이 있다. 그러나 나는 그 말에 동의하지 못하겠다. 노력이 사람을 그 자리에 어울리는 사람으로 만든다는 말로 바꾼다면 모를까. 남들이 어렵다고 아우성인 행시를 단번에 합격한 나는 교육생 중에서도 가장 어린 나이였고 모든 과정을 다 마치고 정식 발령이 났을 때도 그 사무실에서 가장 어린 나이였다. 낮은 직급의 어린 나이였으면 그나마 환영을 받았을 터인데 사무실에서 가장 높은 직급의 내가 가장 어린 나이이니 나도 불편했지만 상관으로 모셔야 하는 사람들은 더 불편하고 힘들었을 터였다. 앞에서는 사무관님, 사무관님 하고 대접하는 척했지만, 자기네끼리 있을 때는 수군수군 온갖 뒷말을 한다는 것은 누가 알려주지 않아도 저절로 알게 되는 일이었다.

학교 다닐 때 일등을 유지하기 위하여 했던 노력들은 차라리 가소로울 정도였다. 얕잡아보이는 게 싫어서 내 자리에 어울리는 사람이 되려고 사소한 업무부터 큰 흐름까지 모든 것을 파악하려고 네 시간 이상 자본 적이 없었다. 기가 막힌 것이 그렇게 노력해서 이제 겨우 업무파악이 끝났다 싶으면 다른 부서로 발령이 난다는 것이었다. 나는 그곳에서 또 그렇게 죽을힘을 다했다. 그렇게 몇 번 돌려지고 나자 비로소 누구에게 묻지 않아도 업무파악이 되는 지경에 이르렀다. 내가 엄마한테 큰소리칠 수 있었던 것이 바로 그런 노력이 있었던 때문이었다.

그때부터 나는 제대로 자리 행세를 하기 시작했다. 그러자니 예전 과외의 악몽이 다시 되풀이되었다. 내 눈에는 모든 서류가 다 부족해 보였다. 처음에는 세세히 설명하며 다시 고쳐 올릴 것을 요구했다. 그러나 몇 번을 설명해주어도 만족할 만한 서류는 올라오지 않았다. 마침내 나는 서류에 줄을 죽죽 그으며 돼지 아이큐도 이것보다 낫겠다고 빈정댔다가 익명의 사내 게시판에서 자살유발마녀라는 별명을 얻게 되었다. 내 부서에서 일을 배우면 어디에 내놔도 손색없는 일꾼이 된다는 말이 전설처럼 돌아다녀도 일단 내 부서로 발령을 받게 되는 사람들은 지옥이라도 가는 것처럼 치를 떨고 이삼 일 병가를 내기 일쑤였다. 처음부터 내 곁에는 사람이 없었다. 학교에 다닐 때도 직장을 다닐 때도 변함없이 나는 왕따였고 변함없이 그 사실이 나는 아무렇지도 않았다.

그러다가 사 년 전쯤 한가지 해프닝이 있었다. 해마다 하는 정기건강검진에서 유방암이 의심된다는 진단을 받은 것이었다. 왼쪽 가슴이 당기는 것 같은 통증이 느껴지고 때로 작은 멍울이 만져져서 안 그래도 불안하던 참이었다. 정밀검사를 하고 그 결과가 나오는 일주일이 내게는 산지옥이었다. 죽는 것도 무서웠다. 밤마다 나는 내가 죽는 상상을 했다. 집도 가족도 내 주변의 모든 것이 남아 있는데 나만 소멸한다는 것을 생각할 때마다 머릿속이 싸해질 만큼 공포가 치밀어서 그 생각으로부터 도망가려고 벌떡 일어나 지칠 때까지 방안을 서성이곤 했다. 그러나 그보다 더 견딜 수 없었던 것은 동료들의 비웃음이었다. 그렇게 잘난 체하더니 죽음 앞에서는 별 수 없네. 못되게 굴더니 벌 받은 거야. 내 앞에서 눈물을 보이고 나간 아래 직원들이 손가락질하며 웃는 소리가 밤마다 나를 괴롭혔다. 결국 양성 판정을 받고 해프닝으로 끝났지만 그 일주일 동안 겪은 악몽은 나를 찬찬히 돌아보기에 충분했다.

그래서 변했냐고? 천만에. 사람이 그렇게 쉽게 변한다면 세상이 지금처럼 각박해졌겠는가? 나는 단지 방법을 바꿨다. 엉터리 서류를 올린 당사자를 불러다가 죽죽 줄을 그어가며 틀린 점을 조목조목 지적하며 다시 해오라고 하는 대신 틀린 부분을 줄을 죽 긋고 내가 직접 고쳤다. 그리고 그대로 고쳐서 다시 올리라고 당사자에게 서류를 보냈다. 반응은 두 가지였다. 과장님이 달라졌다는 편이 있는가 하면 더 자존심 상한다는 편도 있었다. 어느 쪽이든 나는 개의치 않았다. 어차피 각자 사는 인생이었다. 생각이 제각각인 것은 사과와 석류의 신맛이 다른 것처럼 당연한 일이었다.

시누이가 무슨 말을 했는지 시댁에서 함께 들어오라는 전화가 왔다. 아무래도 함께 가는 것이 모양새가 나을 성싶어서 퇴근 무렵에 전화를 했더니 남편은 벌써 시댁에 도착해서 아이들과 함께 부산을 떨고 있었다. 전화기 너머로 아이들의 웃음소리가 들려왔다. 그래, 나에게는 최악의 남편이지만 아이들에게는 최선의 아빠라 이거지. 별로 바쁜 일도 아니었는데 나는 일부러 한 시간쯤 더 일을 하다가 시댁으로 퇴근을 했다. 행시 출신 며느리가 은근 자랑인 시부모는 일이 우선인 내게 단 한번도 눈살을 찌푸린 적이 없었다. 그런데 오늘은 좀 예외인가보다. 두 분 다 얼굴이 굳어 있었다. 아이들은 조금 전에 제 고모와 영화를 보러갔다 하였다. 아마 일부러 내보낸 모양이었다. 내가 조금 늦는 바람에 이미 세 사람은 대충 이야기를 끝낸 듯하였다.

재신이 쓸데없는 짓을 했더구나. 설마 하면서도 깜짝 놀랐다. 어머니의 말이었다. 나는 그 말을 다 알아들었다. 요컨대 당신의 아들은 자신의 짐작대로 바람 같은 것은 피우지 않았으니 걱정하지 말라는 뜻이었다. 그럼 그 여자는 누구였나? 내 질문이 얼굴에 나타났는지 어머니가 또다시 답변을 했다. 대학교 후배인데 산악회 모임을 같이 한단다. 그래서 가끔 만나는 사이래. 물론 그 후배 남편도 같은 산악회 모임이라 당연히 함께 오는 거고. 시누이가 내게 보내준 사진 속 남녀는 등산복 차림이 아니었지만 난 굳이 그 사실을 지적하지 않았다.

그저 아무렇지도 않은 척 가볍게 웃었다. 어머니! 저이 이십 년 동안 한번도 저 속 썩인 적 없었어요. 아시잖아요. 단지 제가 일 욕심이 많고 승진 욕심이 있어서 저이에게도 애들에게도 어머님 아버님에게도 늘 소홀한 것이 죄송할 따름이죠. 어머니가 정색한 얼굴로 손을 홰홰 저었다. 그 나이에 그 자리까지 아무나 올라가니? 난 네가 정말 대단하고 자랑스럽다. 그러니 그런 마음은 아예 접어두렴.

남편과 시아버지는 오랜만에 바둑판을 마주하고 앉고 나는 시어머니와 부엌 식탁에서 찻잔을 마주하고 앉았다. 그리고 늘 그렇듯이 소소한 일상 이야기를 나눴다. 이제 이삼 년만 더 고생하면 목표했던 곳에 다다를 수 있을 것 같다고 하자 어머니는 전에 없이 뿌듯한 표정을 지었다. 어쩌다가 너 같은 복덩이가 우리 집에 들어왔을까? 어머니의 표정이 진심이듯 나도 하나의 사심 없이 어머니께 감사했다. 어머니가 제 뒤를 돌봐주지 않으셨다면 제가 어떻게 이 자리까지 왔겠어요? 저는 늘 어머니 아버지께 감사하고 죄송할 뿐이에요. 남편의 무관심이 시부모의 탓이 아니라는 것을 알기에 나는 오늘 같은 날조차 아들만 감싸고도는 어머니가 별로 원망스럽지 않았다.

그러나 내가 오기 전 집안 분위기는 그렇게 화기애애하진 않았던 모양이었다. 휴일이라 모처럼 게으름을 부려볼까 하고 뒤척이고 있는데 시누이에게서 전화가 왔다.

언니! 그 나이에 섹스리스라니, 그게 말이 되는 소리야? 그게 무슨 말이냐고 당황하여 묻는 내게 시누이는 코웃음을 쳤다. 언니. 나 바보 아니야. 내가 언니를 이 집안에, 우리 오빠한테 끌어들인 죄로 난 늘 언니 눈치를 살피게 돼. 언니 거울은 보고 살아? 언니 얼굴 자세히 본 적 있어? 한번 봐. 언니 얼굴이 어떤지. 세상에 재미있는 것은 하나도 없는 표정이잖아. 남편하고 아기자기 사이가 좋은 여자가 그런 표정을 어떻게 지어? 오빠는 언니가 일에 미쳐서, 집에 들어오면 너무 피곤한 얼굴을 하고 있으니 옆에 가기가 쉽지 않았다고, 그렇게 살다보니 그게 서로 편한 것 같아서 자연스레 섹스리스가 되었다고 하지만 그게 바람을 피울 수 있는 정당한 구실은 아니지. 바람이 아니라던데? 산악회 회원이고 남편도 있고. 언니는 그 말을 믿어? 함께 살려면 믿어야지. 남자는 여자와 다르잖아. 가끔은 그럴 시간도 필요하겠지. 아이구! 죽으면 사리가 한 말은 나오겠다. 답답한 언니. 울 부모님도 너무 믿지 마. 내 눈에는 뻔히 보이는데 아들이 아니라니까 바로 돌아서잖아. 처음에 내 말을 들을 때는 죽이니 살리니 하시더니만. 하여간 팔은 안으로 굽는다더니. 아가씨 팔은 곰배팔이유? 왜 밖으로 굽어? 농담이 나와요. 어이구, 속터져! 끊어요, 언니. 바본 줄 알았더니 제법 눈치가 있었던 모양이다.

팔자에 없는 매파 노릇을 하더니 그 탓에 눈치만 늘었나보다. 전화를 끊고 나니 비로소 화가 치밀어오른다. 비겁하게 모든 것을 내 탓으로 돌린 것을 보니 내게 대한 마음이 일 푼도 남아 있지 않다는 것을 알겠다. 저렇게까지 인간성이 바닥이진 않았는데 한집에서 남남처럼 십 년을 보내는 동안 남편도 마음 한가운데 사막을 쌓으며 살았나보다. 출산휴가가 끝난 후 뒤처진 점수를 만회하느라고 곱절 일에 매달린 것은 사실이었으나 그렇다 해도 잠자리를 원했다면 거절하지는 않았을 것이다. 정말 잠자리를 같이할 마음이 생기지 않을 만큼 내 행색이 피곤에 찌들어보였던 것일까? 남편 말이 사실이라면 난 남편을 탓할 자격조차 없는 여자가 아닌가? 한편으로 괘씸하면서도 씁쓸한 기분을 누를 길이 없었다.

지난 일 년 동안 나는 나 자신에 대해서 새로운 사실을 또 깨달았다. 아버지의 병원비가 들어가지 않으니 봉급이 고스란히 내 차지가 되었건만 그것을 쓰는 방법을 알지 못한다는 것이었다. 이전과는 다른 삶을 살 수 있을 거라 꿈꿨지만 나는 여전히 일, 일, 일에만 매달려 있었다. 공부밖에 할 줄 아는 것이 없었던 학창시절처럼, 이제 어른이 되니 일 외에는 할 줄 아는 것이 없었다. 사방에 다양한 즐길 것들이 시야를 어지럽히지만 내키는 것이 단 하나도 없었다. 엄마도 어쩌면 쉴 수가 없어서 못 쉬었던 것이 아니라 일 말고는 할 수 있는 것이 없었던 것이 아니었을까 하는 어처구니없는 생각도 가끔 들었다.

끝내 엄마하고 단둘이서 대면하고 싶지 않았던 나는 바빠서 도저히 시간이 나지 않는다고 제사 때 내려가겠다고 전화했다. 마음에 걸리지 않는 것은 아니었으나 나는 아무렇지도 않게 엄마의 얼굴을 볼 자신이 없었다. 그랬더니 밤 늦게 퇴근하는 길에 취한 엄마의 전화를 받았다.

나, 짐승보다 못한 세월을 이십 년 넘게 보냈다. 나도 할 만큼 했다. 누가 나를 욕을 해, 나 욕할 사람 아무도 없다. 엄마, 제발 그만. 그래, 나 그날 밤 다 들었다. 술 취해서 나한테 온갖 욕하는 소리, 꺽꺽대는 소리, 숨넘어가면서 나를 애타게 부르는 소리도 다 들었다. 그런데 그게 뭐? 한두 번 그런 것도 아니고 또 그러다 제 풀에 지쳐서 잠들겠지 했다. 아니 그냥 저대로 깨어나지 말았으면 했다. 나도 내일 모레 칠순인데 이제 좀 쉬어야 할 때도 되지 않았냐?

내가 전화를 끊으면 엄마는 다시 전화를 해서 같은 말을 반복했다. 한적한 길가에 차를 세우고 나는 전화기를 뒷좌석으로 던져버렸다. 시동을 끄고 핸들에 머리를 묻었다. 나는 여전히 비겁했다. 엄마가 저런 말을 할 줄 알고 한사코 피한 거였다. 함께 책임지고 싶지 않아서 한 발 물러나 있으려고 했던 거였다.

한참 동안 그렇게 핸들에 머리를 묻고 있다가 나는 결연히 시동을 걸었다. 더 늦기 전에 남편과 이야기를 해봐야겠다. 아직 여지가 남아 있는지, 남아 있다면 다시 시작할 수 있는지 진지하게 이야기를 해봐야겠다. 희망이 없다면 늦기 전에 돌아가야 할 길을 찾아봐야겠다. 그렇지 않다면 나도 언젠가 엄마처럼 특별했던 보통날을 만들지 않으리라는 장담을 어찌하겠는가?

길 위에 서다

길 위에 서다

전화가 왔다.

일요일 오후, 세 시가 조금 넘은 시간이었다.

그때 나는 제주도에 있었다. 걷다보면 머릿속에 뒤엉킨 일상들이 무심하게 느껴질 만큼 정리가 된다는 어느 수필가의 글을 읽은 뒤 앞뒤 가리지 않고 무조건 건너온 지 열여드레째 되는 날이었고, 올레 14코스 걷기를 막 끝낸 참이었다. 삼 일째 동행한 여자와 늦은 점심을 먹기 위해 골목시장을 들어서는데 주머니 속에서 전화가 지잉 울었다. 등록되지 않은 번호여서 울리다 그치겠지 생각하고 그대로 호주머니에 넣고는 시장 안쪽으로 들어갔다. 막상 점심을 때울 만한 곳이 눈에 띄지 않았다.

길지도 않은 시장을 두 번이나 둘러보고 결국 유일하게 문을 연 순대국밥집 문을 열고 들어섰다. 들어서자마자 괜히 들어왔다는 생각이 나를 주춤거리게 했다. 국밥집 안에는 이미 술에 취해 목소리가 높은 남자들이 넷이나 앉아 있었다. 쉼 없이 피워대는 담배, 선정적인 욕설이 대부분인 대화, 햇볕에 그을려 나이를 짐작하기 어려운, 그러나 하는 일이 무엇인지는 쉽게 짐작할 수 있는 그런 얼굴과 옷차림새들. 겉모습으로 사람을 판단할 일은 아니라 하지만 여자 둘이 들어갔다가 좋은 꼴 보기 힘들 거라는 것은 쉽게 짐작할 수 있는 분위기였다. 되돌아나오려고 하자 뒤에 서 있던 여자가 등을 밀었다.

평범한 얼굴이지만 흰 피부에 말수가 적고, 남의 이야기를 주로 들어주는 듯한 얌전한 인상의 이 서울 여자는 함께 동행하는 동안 가끔 나를 놀라게 했다. 여자의 천성인지 서울 사람의 특성인지 모르겠지만 여자는 작은 불편함도 그냥 참고 넘기지 못했다. 음식이 식었다고, 국수가 불었다고, 식탁이 지저분하다고 여자는 거침없이 불만을 표했고, 대부분의 식당 주인들은 여자의 기세에 눌려 사과하거나 음식을 다시 바꿔주겠다고 했다. 내 정서로는 어림없는 일이었다. 그런 경우 나는 그냥 참았다. 다시 이곳에 안 오면 되지 하는 소심한 복수로 위안하면서. 동행하는 동안 여자의 행동을 보면서 저렇게 해야 하는데 하는 생각이 들면서도 한편으로는 불편했다. 어지간하면 참아 버릇한 비겁한 습성이 아예 천성이 되어버린 탓이었다.

입구에 가까운 이인용 식탁 한쪽에 배낭을 내려놓는 여자를 보며 나는 마음이 조마조마했다. 아니나 다를까 가장 가까이에 앉은 남자가 우리가 자리에 앉자마자 어디에서 왔느냐고 말을 걸어왔다. 여자가 서울에서 왔다고 하자 그 남자는 아주 놀랍다는 투로 남편은 어떻게 하고 혼자 다니느냐고 또 물었다. 희롱하고자 하는 티가 역력한 말투였는데 여자는 이번에도 순순히 남편은 일 때문에 못왔다고 대답했다. 남자는 고개를 길게 빼서 모자 속에 감춰진 나와 여자의 얼굴을 번갈아 들여다보더니 큰소리로 동료들에게 결론을 말했다.

"요즘은 할망들 세상이여."

만 오십 세가 되던 생일에 반세기 동안 무엇을 하고 살았나 생각하니 갑자기 우울해져서 여행을 결심했다는 여자나 여자보다 두 살 위인 나나 어중간한 나이이기는 했다. 아무리 그렇다지만 저런 남자의 눈에 할망으로 보인다는 것은 조금 충격이었다. 어지간한 여자도 할 말을 잃었는지 입을 다물었다. 남자들이 뼈 빠지게 일해서 돈 벌면 다 늙은 할망들만 호강한다는 둥 두 여자를 겨냥한 남자들의 비열한 이야기들이 한참 동안 계속되었다. 남자들 상머리에서 머릿고기를 썰어주며 간간이 대화에 동참하던 주인 여자가 이미 주문을 받아간 터라 일어날 기회조차 날아가버린 꼴이었다.

"머리 위에서 뜨거운 구정물이 한 방울씩 떨어지는 기분이네요."

남자들이 들을세라 여자만 알아들을 수 있게 작은 목소리로 말하자 여자는 피식 웃었다.

"아마 우리가 젊은 처자들이 아니라 실망한 모양이네요. 거기 젊은 오빠들! 우리가 젊은 처자들이 아니라서 미안하우다."

여자가 큰소리로 말하자 남자들은 왁자하게 웃으며 한마디씩 보태더니 더 이상 두 사람을 희롱하는 말도 하지 않고 자신들만의 대화로 돌아갔다.

사람은 평생 배울 것이 있다던 돌아가신 친정엄마의 말이 문득 떠올랐다. 나 혼자 있었더라면 나는 아마 그 상황에서 아무런 내색도 못하고 못들은 척 태연하게 순대국밥을 먹었을 것이다. 부글부글 끓어오르는 모멸감을 짓누르느라 짐짓 더 씩씩하게 순대국밥을 퍼넣었으리라. 그리고는 가슴에 얹힌 밥과 내뱉지 못한 말들 때문에 밤새도록 혼자서 분노하고 후회하면서 잠을 설쳤으리라. 저 여자처럼 저렇게 대응하면 이렇게 웃으며 밥을 먹을 수 있을 것을. 다음에 이런 경우를 만나면 나도 저렇게 해봐야지 다짐하는데 여자가 한마디 보탰다.

"어디나 그렇기는 하지만 제주는 특히나 여자가 질적으로 훨씬 나은 것 같지 않아요?"

남자들이 놀라 뒤돌아볼 만큼 나는 큰소리로 웃었다. 웃다가 하마터면 밥알을 뿜을 뻔하였다.

제주로 내려와 올레길 순례를 하면서 나처럼 혼자 다니는 여자들을 자주 보았다. 이십대 후반에서 삼십대 초반인 젊은 아가씨들이 대부분이었지만 드물게 나와 엇비슷해 보이는 여자들도 있었다. 원하면 함께 동행하였고, 사진을 찍느라고 뒤처지는 일이 잦으면 동행할 의사가 없나보다 하고 혼자 걸었다. 마음이 통한다 싶으면 그 쪽이 머물고 있는 게스트하우스로 옮겨가 함께 지내기도 하였다. 길을 걷다보면 끼니를 놓치기가 일쑤였는데 혼자 다닐 때에는 큰 식당을 들어가는 것이 껄끄러워서 길가의 작은 식당이나 국수집에 들렀다. 종업원 없이 혼자서 주문받고 음식을 내오는 여자들은 늘 보는 일상이라는 듯 아무도 혼자 다니는 나이 먹은 여자에 대한 특별한 감상이 없었다. 자주 접하는 일이라 그런지 몰라도 식당 한구석에 놓여 있는 오래된 접시나 냄비를 보듯 흔연하게 바라봐주는 그런 긍정적인 시선이 있었다. 아마 여자도 그런 분위기를 생각하면서 저 남자들과 그동안 만났던 여자들을 비교하였으리라. 나도 여자에게 찬물을 끼얹는 말을 보태주었다.

"아마 앞으로 거울을 볼 때마다 내가 그렇게 늙은 여자로 보이나 하고 얼굴을 찬찬히 살피는 버릇이 생길 거예요."

이번에는 여자가 크게 웃었다. 처음 기분과는 다르게 뭔가 통쾌하고 유쾌한 기분으로 식당을 나서는데 잠시 잊고 있었던 전화가 다시금 짧게 진저리를 쳤다. 문자가 왔다는 신호였다. 불쾌와 통쾌의 감정을 넘나들면서 잠시 잊고 있었던 사이 전화는 그새 세 통이 더 와 있었다. 같은 번호였다. 이번에는 문자를 확인하였다. 순영이었다. 연락이 없었던 몇 달간 전화번호가 바뀐 모양이었다. 수다스러운 그녀답지 않게 짧은 문자였다.

순영이야. 전화해.

순간 심장이 바닥으로 뚝 떨어졌다.

경식의 전화를 받았을 때 나는 최악의 상황이었다. 남편은 남편대로 아이들은 아이들대로 나와는 상관없는 사람들처럼 겉돌았다. 수년간 대화라고는 밥과 일상에 관한 짧은 말들뿐이었다. 가끔 아이들을 상대로 농담하고 떠들었지만 그건 대화가 아니었다. 진정한 대화란 서로의 마음에 담긴 말을 나누는 것이지 연예인 이야기나 세상 돌아가는 이야기는 아무리 길게 한다 해도 대화가 아닌 법이다. 그 무렵의 나는 내가 생각해도 정상이 아니었다. 나는 끊임없이 욕을 해댔다. 설거지를 하면서도, 청소를 하면서도 누가 곁에 있으면 마음속으로 욕을 하고 아무도 없을 때는 큰소리로 욕을 했다. 상대는 주로 남편이었다. 그러면 답답하던 가슴이 좀 뚫리는 것 같고 미치지 않고 악해지지 않고 살아갈 의욕이 생기는 것 같았다.

오래 전에 남편에게서 차마 들어서는 안 되는 말을 들은 적이 있었다. 겨울이었고 부부동반 모임이 있던 날이었다. 모임이 끝나고 한 차로 두 쌍의 부부가 돌아오던 중이었는데 상대방 부인의 모피코트가 한눈에 보기에도 고급스러웠다. 갓난아기의 볼처럼 부드러운 털도 매혹적이었지만 길지도 짧지도 않은 길이 또한 예사롭지 않아 보였다. 딸아이 시집보내고 허전해하는 부인한테 큰맘 먹고 선물한 것이라고 부부가 함께 자랑을 했다. 너무 좋아 보인다고, 나는 저런 것 안 사주느냐고 한마디 했던 것은 꼭 사달라는 의미가 아니라 부럽다는 완곡한 표현이었다. 그런데 툭 튀어나온 남편의 대답이 기가 막혔다.

"꼴값 떨고 있네."

한순간 차 안이 싸늘해졌다. 말을 뱉은 남편도 아차 하는 표정이었고 그 말을 들은 부부도 당황스러운 기색이 역력했지만 어찌 나만큼 참담했으랴! 아무리 노력해도 표정 수습이 안 되는 나를 보며 안절부절못하던 부부가 내린 뒤 나는 내가 어떤 꼴값을 떨었는지 따졌다. 목소리가 부들부들 떨리고 탁탁 갈라져나왔다. 남편은 굳은 얼굴로 한마디도 하지 않았다. 집에 도착해서도 계속하여 언성을 높이며 따졌으나 남편은 끝내 대꾸가 없었다. 사과도 하지 않았다.

결혼 후에 남편은 단 한번도 내 생일을 챙겨준 적이 없었다. 결혼기념일도 무심히 넘어갔다. 아이들 생일도 마찬가지였고 심지어는 부모님 생일도 내가 챙기지 않으면 모르고 넘어갔다. 서운하기는 하였지만 원래 성격이 그러려니 하면서 참았다. 여동생 부부는 우리와는 정반대였다. 여동생은 그런 것이 뭐 대수냐 이러면서 지나치기 일쑤였고 제부는 그럴 때마다 서운해하며 기념일을 성대하게 챙겼다. 챙겨주면 알뜰히 받는 여동생은 제부에 관련된 기념일엔 무심히 지나치기 일쑤여서 해마다 제부를 서운하게 했는데 그 동생의 해석이 참 기가 막혔다.

"내가 왜 기념일을 못 챙기는 줄 알아? 상대방에 대한 배려, 즉 마음이 없으니까 그런 거야."

아마 형부도 마음이 없어서 그럴 거라고 하는 동생의 말이 차마 믿고 싶지 않았지만 마음 한구석에서는 그것이 진실이라는 것을 깨닫고 있었던 즈음이었다. 마음이 없다는 것은 진즉에 알고 있었지만 그런 말이 순간적으로 튀어나올 만큼 메마른 마음이었다는 것은 큰 충격이었고 세월이 갈수록 깊어지는, 영원히 치유되지 않을 상처였다.

좋지도 싫지도 않은, 타성에 젖은 생활이 스무 해쯤 흘렀을 때 나는 기겁을 했다. 어느 순간 내 입에서 남편의 행동을 볼 때마다 나도 모르게 꼴값한다는 말이 저절로 튀어나오는 것을 발견한 때문이었다. 이십 년 만에 비로소 남편이 어떤 마음으로 내게 그런 말을 했을지 온전히 이해가 되었다. 비참하고 서글픈 자각이었다. 세월이 나를 무디게 하지 않았다면 아마 나도 남편의 면전에 대고 그 말을 했을 것이다. 물론 사과도 안 했을 것이고. 그날 밤 나는 달빛 아래 오도카니 앉아서 밤을 샜다. 차가운 밤바람이 머릿속을 식혀주면서 내 잘못이 무엇인지 한번 더 각인시켜주는 것 같았다. 다 내 탓이라고, 사랑 앞에서 교만했던 내 탓이라고. 정말 사랑했다면 두 눈을 질끈 감았어야 하는 것이라고 찬바람이 내 온몸에 대고 속삭이는 것 같았다.

경식이 전화한 것은 그 무렵이었다.

매사에 분노가 끓어오르고 모든 것이 부정적인 방향으로 귀결되고 만사에 의욕이 없었다. 우울증의 한 형태인 것 같아서 정신과 상담을 받아야 할까 하고 밤마다 고민하던 때였다.

떠나기 전에 한번 만나고 싶어서 전화한다 하였다. 떠난다는 말이 생소하고 불길하여 서둘러 나갔더니 젊은 날 늘 그랬던 것처럼 경식은 먼저 나와서 기다리고 있었다. 오랜만에 보는 데도 마치 어제 헤어진 사람처럼 편안하게 웃고 있는 경식을 보자 그동안 눌러놓았던 온갖 감정들이 죽 끓듯이 팔딱이며 튀어올랐다. 하마터면 요즘 내가 얼마나 힘든지 물색없는 푸념을 늘어놓을 뻔하였다. 대기업은 아니지만 제법 탄탄한 회사에 다니고 있던 경식은 나름 직장에 만족하는 듯 보였는데 이번에 그만두고 고향에 가까운 남쪽 바닷가로 내려간다고 하였다. 너무 뜬금없는 일이라 할 말을 잊고 멍하니 쳐다보는데 경식의 손이 내 머리를 몇 번 쓰다듬었다. 갑자기 눈물이 핑 돌았다. 벌써 오래 전에 내가 속상해하면 경식은 그렇게 나를 위로해주었었다. 오랫동안 잊고 있었던 따뜻함이었다.

"원래 내 꿈이 어부였잖냐? 드디어 그 꿈을 이루어볼까 한다. 이 나이에 가슴 뛰는 일을 한다는 게 얼마나 행복한 일이냐? 그러니 너라도 묻지도 따지지도 말고 잘했다고 칭찬해줘."

오랜만에 경식의 얼굴을 똑바로 쳐다보았다. 약간 야윈 듯한 얼굴은 변한 듯도 싶고 예전 그대로인 듯도 싶었다. 너를 선택했더라면, 내가 우리들의 사랑에 교만을 부리지 않았더라면 오늘 우리는 어떤 삶을 살고 있었을까. 내 시선에 눈을 맞추던 경식이 먼저 고개를 돌렸다.

"나 있는 데 찾아오지 마라. 고생스럽게 찾아오지 말라고 미리 얼굴 보여주러 온 거니까."

그날 우리는 밥을 먹고 차를 마시고 시의 외곽에 있는 공원을 오래 산책했다. 일 년에 한번 보기 힘든 사람이었지만 같은 도시에 살고 있다는 것만으로도 가깝게 느껴졌는데 왠지 팔 하나를 뚝 떼어내는 것처럼 마음이 허했다.

경식이 말기 암 선고를 받고 직장을 그만두고 내려왔다는 소식은 아직도 고향에서 살고 있는 순영을 통해서 들었다. 경식이 다녀간 지 이틀째 되던 날이었다. 경식은 남은 시간을 수술과 항암치료로 고통스럽게 보내고 싶지 않다고 한사코 수술을 거부했다고 했다. 자식들에게도 아픈 모습을 마지막으로 남기기 싫다고 찾아오는 것을 엄하게 막았다고 했다. 고향에 아직 시골집이 그대로 남아 있어도 고향에서 이십여 리 떨어진 바닷가에 자리를 잡은 것도 그 때문이라고 하였다.

헤어질 때 경식은 내가 내민 손을 잡지 않았다. 그냥 내 어깨를 가만히 잡고 "잘 있어"라고 했다. 어부를 꿈꾸고 있는 경식의 표정 어디에도 사형선고를 받은 사람의 절박함은 느껴지지 않았다. 그것도 모르고 나는 가슴이 뛴다는 경식의 말에 진심으로 축하해주었다. 언젠가는 검게 그을린 경식의 얼굴을 보게 되리라 기대하면서.

이번에는 순영이 전화를 받지 않았다. 그러고 보니 나도 번호가 바뀌었다. 바뀐 번호를 순영이 아는지 모르는지 아리송하여 문자를 보내야 하나 망설이는데 순영이 전화를 받았다. 오늘 새벽 네 시쯤 편안히 갔다고 했다. 최근 한 달 동안 고통스러워하던 것에 비하면 정말 편안한 임종이었다고 한다.

"오래 버티기에 기적이라도 일어날 줄 알았더니."

의사는 수술하지 않으면 5개월 정도라고 하였다. 그런데 경식은 이 년을 버텨냈다. 처음에는 전화벨이 울릴 때마다 가슴이 덜컥 내려앉았다. 일 년이 지나면서부터는 기적을 바라면서 저절로 기도하는 마음이 되었다. 산을 지나면 돌탑을 쌓고, 십자가를 보면 걸음을 멈추고 마음으로 빌었다. 그런데 이제 모두 끝났다고 한다. 의사가 단언했던 시간보다 네 배도 더 살았지만 목숨이 끝났다는 말을 듣는 순간 허망하기는 매일반이었다.

"근데 왜 이제야 연락을 해? 오전에 연락했으면 좋았잖아. 이 시간에 제주도에서 비행기 표를 어떻게 구해?"

언제 올 거냐고 묻는 순영에게 나도 모르게 버럭 언성을 높이고 말았다. 참 어찌할 수 없는 천성이었다. 생각보다 말이 먼저 튀어나오고 그 말들이 대부분 부정적인 단언이어서 본의 아니게 다른 사람의 마음을 할퀸다는 것을 알면서도 고쳐지지 않은 버릇이었다. 그 천성 때문에 참 많은 사람들을 잃고 나 자신도 궁지에 몰린 것도 여러 차례였건만 반세기가 넘게 살아도 고쳐지지 않은 것을 보면 아마 죽을 때까지 버리지 못할 모양이었다.

미안하다고 바로 사과했지만 이미 속이 상했는지 순영은 조금 볼멘소리로 자기도 조금 전에야 연락을 받았다고 했다. 집에서 장례를 치를 것인지 읍내 장례식장으로 갈 것인지 얼른 결정하지 못하고 설왕설래하다가 점심 때가 지나서야 장례식장으로 가는 것으로 결정되었고 그래서 연락이 늦어졌다는 것이었다. 제주도는 언제 또 내려갔느냐고 순영이 이번에는 조금 풀린 목소리로 물었다. 마음이 허해서라는 내 대답에 팔자 좋구나 하며 웃는 순영의 목소리를 듣자 비로소 허물없이 아무 말이나 막 해대던 옛 친구 시절로 돌아간 것 같았다.

경식과 나와 순영, 그리고 성희는 기억의 처음부터 함께 해온 친구들이었다. 우리 집을 가운데 두고 경식의 집은 왼쪽에, 순영의 집은 오른쪽에, 그리고 성희의 집은 아래쪽에 있어서 농사일로 바쁜 엄마들은 마당이 넓은 우리 집에 아이들을 데려다놓고 저녁 때가 다 되어서야 찾으러 왔다. 한 엄마의 젖을 여럿이 먹을 때도 있었다고 한다. 엄마들은 늘 그 점을 상기시키면서 친동기간이나 다름없으니 사이좋게 지내야 한다고 강조했다.

동갑내기였지만 생일이 가장 빨랐던 경식은 늘 오빠처럼 굴었고 매사에 의젓했던 순영은 마치 큰언니 같았다. 생일이 가장 늦었던 성희는 늘 약한 체하며 우리를 부려먹으려 들었고 그때마다 나는 심술을 부려서 셋은 언제나 놀부라고 부르며 나를 약 올렸다. 여름이면

개울에서 팬티 하나만 걸치고 멱까지 감던 우리들이 언제부터 각자 겉돌기 시작했는지 기억할 수 없지만 그 시작은 아마 성희였을 것이다. 다른 사람보다 감성의 발달이 늦은 탓인지 나는 우리 사이에 감돌기 시작한 묘한 기류를 눈치채지 못했다. 성희와 순영의 촉각은 경식을 향해 곤두서 있었고 경식의 감정은 나를 향해 있었는데 나는 너무나 둔해서 아무것도 눈치채지 못했다. 초등학교도 남녀공학이던 중고등학교도 함께 어울려 다니며 많은 시간을 함께했건만 사람 마음을 들여다보는 재주는 영 빵점이었던 셈이었다.

경식의 마음을 처음으로 느꼈던 것은 대학에 입학한 때였다. 순영은 전문대를 택했고 우리 중 가장 성적이 좋았던 성희는 서울로 갔으며 나는 내 실력에 맞게 집에서 가까운 지방대를 선택했다. 성희만큼 성적이 좋았던 경식이 나와 같은 대학을 선택하는 것이 의외여서 무슨 일이냐고 묻자 경식이 처음으로 마음을 드러냈던 탓이었다.

"너랑 함께라면 어디든 상관없어."

늘 우리라거나 니들이라거나 하던 복수의 지칭에서 너라는 단독 지칭을 들은 것은 그때가 처음이었다. 나는 묘하게 마음이 설레는 것을 느끼고 비로소 나를 향해 있는 경식의 마음을 느꼈다. 그러나 사랑처럼 이기적인 감정이 또 어디 있을까? 경식의 마음을 받아들이자 비로소 성희의 애타는 마음까지 보고 싶지 않아도 다 보여서 나를 갈등하게 했다. 대학 4년 내내 나는 경식의 배려와 사랑에 한껏 행복해 하면서도 우정과 애정 사이에서 갈팡질팡하였다.

이 사람은 왜 나와 결혼했을까?

아직은 남편에 대한 기대감이 남아 있을 때 내내 내 마음을 떠나지 않던 질문이었다. 살뜰한 것도 아니고 냉정한 것도 아닌 남편의 태도가 나를 혼란스럽게 했다. 신혼 때조차 신혼답지 않게 십여 년 함께 산 부부처럼 맨숭맨숭했고 그렇다고 무관심하거나 그런 것도 아니었다. 단지 뭔가가 늘 부족하게 느껴졌다. 나는 처음에 그것이 무엇인지 몰랐다. 나중에야 남편도 나처럼 사랑하는 아내가 필요했던 것이 아니라 남에게 보여줄 가정이 필요했다는 것을 문득 깨달았을 때 비로소 알았다. 우리에게는 서로를 향한 애틋한 관심이 없었던 것이다.

남편에게는 오래된 여자가 있었다. 아니, 남편은 한사코 여자가 아니고 친구라고 하니 여자가 있다는 표현은 적절치 못할지도 모르겠다. 자기보다 세 살 위인 이 여자를 남편은 거의 숭배하다시피 하였다. 그 여자가 하는 말이나 행동은 무엇이든 다 옳았고 본받을 만한 일이었다. 그 여자 이야기만 나오면 자신도 모르게 편안하고 달콤한 표정을 짓는 남편을 보고 있자면 나는 결코 여자는 아니라고, 사람으로 좋아하고 있는 것이라고 딱 잘라 말하는 남편이 이해가 되지 않았다. 그 여자도 마찬가지였다. 서로의 남편과 아내가 번연히 있는 자리에서 혈육보다 더한 친밀감을 표현하는 여자도, 그런 여자의 행동을 전혀 개의치 않는 그 여자의 남편도 내게는 모두 불가사의였다. 그 사람들 사이에서 나는 의부증 환자나 다름없었다.

그 여자의 집에서 전화만 오면 만사 제치고 뛰어가 충복처럼 온갖 궂은일을 마다하지 않고 하면서 집에서는 여자 일 남자 일 딱 갈라서

자기 일만 하는 남편을 보는 일은 참아내기 쉬운 일이 아니었다. 세상의 잣대로 보면 불륜이 아닐지 몰라도 아내의 잣대로 보면 그것은 엄연히 불륜이었다. 차라리 여자와 바람이라도 피운다면 머리채라도 잡고 흔들며 속 시원하게 싸우기라도 할 텐데 보이지 않은 상대는 어찌할 방법이 없었다. 차라리 모든 것을 다 내버릴까 망설인 적도 수없이 많았다. 그러나 사랑에 교만을 부리면서 내가 선택한 삶이었다. 아이들도 내 발목을 잡았다. 내가 가정을 유지하기 위해서는 모든 기대를 포기하고 남편을 하숙생 취급하며 사는 것 외에는 달리 방법이 없었다. 그러나 부부 사이에 어찌 아무런 기대가 없을 수 있으랴. 나는 어리석어서 번번이 남편에게 기대를 하고 그때마다 마음의 상처를 입었다. 그럴 때마다 나는 점점 포악을 떨게 되었다. 내 감정에 치우쳐 아이들에게도 소리를 지르고 자주 매를 들었다. 남편에 대한 화풀이를 아이들에게 한 셈이었다. 중얼중얼 혼자 욕을 하는 버릇도 어느새 일상이 되었고 남편에게 꼴값을 떤다는 말을 들었던 것도 그즈음이었다.

순영에게 짜증을 부린 마음의 부담이 결국 저가항공에 비하여 네 배 가까이 비싼 프레지던트석을 예약하게 만들었다. 혼자 있기 싫다는 순영을 외면하지 못한 때문이기도 하지만 결국에는 손해를 보고 마는 내 욱한 성미가 만들어낸 결과였다. 공항에는 순영이 마중을 나와 있었다. 순영도 마음이 심란했던지 나를 보자마자 몇 년 만에 혈육을 만난 사람처럼 눈물까지 글썽이며 꼬옥 안았다 놓았다. 애써 외면했던 슬픔이 순영을 보자마자 온몸으로 차올랐다. 장례식장은 공항에서 멀지 않은 곳에 있었다. 저녁참이라 손님이 많을 줄 알았는데 첫날이어서인지 의외로 한산했다. 경식의 친지들인지 나이가 지긋한 남자 여섯 명이 식탁을 두 개 차지하고 앉은 외에 경식의 누나로 보이는 여자들 두 명이 궤연 앞에 앉아서 낮은 목소리로 이야기를 나누고 있을 뿐, 상주도 성희도 보이지 않았다. 예정되었던 죽음 탓인지 우는 사람도 없었다. 어둡기 직전의 석양빛이 작은 유리창으로 들어와 긴 빗살무늬를 만들어 을씨년스러울 만큼 휑뎅그렁한 호실에 더욱더 몽환적인 공간을 연출하고 있었다.

조문을 먼저 하려고 상주를 찾아 두리번거리며 궤연 앞으로 다가가던 나는 순간 욱신거리며 아파오는 가슴을 부여잡느라 걸음을 멈추었다. 거기 환하게 웃는 이십대의 경식이 있었다. 너무도 밝고 환하게 웃고 있어서 오히려 보는 사람의 슬픔을 자극하는 흑백사진이었다. 가방을 한쪽에 놓고 궤연 앞에 서자 그쪽에서 쉬고 있었던 듯, 경식보다는 성희를 더 닮은 듯한 경식의 아들이 후다닥 일어나 상주 자리에 서서 아이고 아이고 곡소리를 내었다. 상주가 곡소리를 내자 한쪽에서 얘기를 나누고 있던 경식의 누나들도 화답이라도 하듯 아이고 아이고 하며 울었다.

예를 마치고 나자 순영이 구석 자리로 나를 끌었다. 상가에서 익숙하게 보는 음식들이 몇 가지 놓여 있었다. 맛도 느끼지 못하고 습관적으로 수저질을 하고 있는데 일회용 커피며 종이컵을 한가득 안은 성희가 들어섰다. 나는 엉거주춤 일어서는 시늉을 하며 아는 체를 했고 성희도 늘 보던 사람 대하듯 심상한 표정으로 고개만 끄덕였다. 순영이 일어나 커피와 컵을 한쪽에 치우는 동안 성희는 저녁에 쓸 밥과 국, 반찬 등을 주문하느라고 분주하였다. 순영이 다시 앞에 와서 앉으며 한숨을 폭 쉬었다.

"사진 볼 때마다 눈물이 나네. 어쩜 저리 환하게 웃고 있냐? 난 저렇게 웃는 경식의 얼굴을 본 기억이 없는 것 같은데."

내게는 낯익은 사진이었다. 결혼하기 전까지 나도 간직했던 사진이니까. 지금도 친정집 사진첩 어디에 저 사진이 있을 것이다. 저 사진에는 나와 경식만 아는 숨은 그림이 있었다. 그날 경식은 지나가던 사람에게 사진을 찍어달라고 부탁했고 헤어질 결심으로 마지막 데이트를 즐기고 있던 나는 함께 찍자는 경식의 말에 응해줄 수가 없었다. 그래서 장난을 치는 척하며 경식의 넓은 등 뒤로 숨어버렸다. 사진 어디에도 내 모습은 없지만 나도 경식도 그 사진 속의 나를 늘 보았을 터였다.

나는 그때 경식에게 뭐라 했던가?

나는 성희만큼 절실하지 않다고 교만을 부렸었다. 평생 변하지 않을 것처럼 경식만 해바라기를 하고 있는 성희를 모른 체하고 둘이 하나가 된다면 아마 우리 셋은 평생 불행할 거라고 내가 양보하는 것이 옳다고 대범한 척했다. 그때 경식은 그렇게 떠나가는 너도, 널 붙잡지 못하는 나도, 자신을 사랑하지도 않는 사람과 평생 살아야 하는 성희도 아마 평생 후회하면서 살 거라고 그랬었다. 경식의 말이 옳았다. 나는 내 사랑에 그토록 교만하지 않았어야 했다. 이렇게 결혼생활 내내 사막 한복판을 걸어가는 것처럼 메마른 시간들이 계속될 줄 알았다면 그렇게 쉽게 사랑하는 사람을 포기하는 교만은 없었을 것이다. 암의 가장 큰 원인은 스트레스라는데 이제 오십을 갓 넘긴 경식이 우리 곁을 떠난 데에는 내 몫이 가장 클 터였다.

"성희만큼은 아니지만 나도 한때는 경식을 좋아했는데."

순영이 혼잣말처럼 중얼거렸다.

"어이그, 그게 자랑이라고 죽은 사람 앞에서 주절거리냐? 너도 나도 그리고 쟤도 그 사람 좋아했었다는 거 온 동네 사람들이 다 안다."

언제 와서 들었는지 성희는 그렇게 핀잔을 놓으며 가져왔던 마른 안주와 맥주를 탁 소리 나게 내려놓았다. 무안해진 순영이 얼른 컵을 챙기고 병따개를 찾으며 부산을 떨었다. 그 모습을 보며 희미하게 웃는 성희의 모습은 왠지 편안해보였다.

"첫째 날이고, 손님들도 올 텐데 술 마셔도 괜찮겠어?"

"무슨 소리. 제일 먼저 너희들하고 한잔 해야지. 저 사람도 함께였으면 좋았을 테지만 보는 것만으로도 흐뭇하겠지."

조심스러운 내 질문에 성희는 그렇게 대답하며 맥주 한 컵을 단숨에 들이켰다. 순영도 질세라 단숨에 비우고 빈 컵을 성희를 향해 내미는데 나만 한 모금 마시고 내려놓았다. 그러고 보니 이렇게 한자리에 모인 것도 참 오랜만의 일이었다. 내가 경식과 어울릴 때는 성희가 함께하려 하지 않았고, 성희와 경식이 결혼한 다음에는 내가 의식적으로 함께하는 자리를 피했었다. 순영과 성희는 마치 경쟁이라도 하듯 서로 따라줘가며 술잔을 비워대고 두 사람의 성화에 못이겨 나도 속도를 맞춰가기 시작했다. 빈속에 급하게 들이켠 때문인지 금방 얼굴들이 벌게졌다.

"근데 저 사진 누가 고른 것이냐? 아주 문상객들 눈물빼려고 작정했구나. 저렇게 환하게 웃고 있으니 더 눈물이 난다."

순영의 말에 성희는 새삼스럽다는 듯 영정을 찬찬히 보았다.

"벌써 이 년 전에 골라놓은 거야. 여기 내려오자마자 저 사진 확대해서 벽에 걸어두고 자기 죽으면 꼭 저 사진으로 영정하라고 신신당부해서. 이십 년 넘게 함께 살면서 한번도 저렇게 환하게 웃는 표정을 본 적이 없어서 도무지 그이 같지가 않아서 걸고 싶지 않았는데 유언이라니 어쩌냐."

"뭐야? 특별한 의미라도 있는 사진이래?"

"자기 인생에서 가장 행복했던 시간과 가장 불행했던 시간이 함께 했던 어느 젊은 날의 긴 하루였다나 뭐라나."

그러면서 성희는 나를 힐끗 보았다. 마치 너는 알고 있지? 하는 표정으로. 술이 올라오자 억지로 눌러놓았던 눈물이 닦아도 닦아도 스멀스멀 올라와 흘러넘쳤다. 순영이 한마디 했다.

"얘! 남의 신랑 문상하러 와서 그렇게 우는 게 아니다"

"넌 남의 신랑 문상 왔냐? 난 친구 문상 왔는데."

순영의 농에 농으로 대꾸하면서도 나는 쉼 없이 눈물을 흘렸다. 남의 상가에서 설움이 가장 많은 사람이 가장 많은 눈물을 흘린다더니 내가 그 꼴이었다. 여자 셋이, 그것도 상주가 한자리에 앉아 술잔을 기울이고 있는 풍경이 그다지 좋은 풍경은 아니었을 테지만 다행히 우리에게 주의를 기울일 만한 손님은 없었다.

"천 년 세월도 지나고 나면 잠깐이라더니 참 허망하다. 무엇을 하며 살았는지 손으로 꼽을 수 있는 것이 아무것도 없네."

성희의 한숨에 순영이도 눈가를 훔치면서 빈 잔에 술을 채웠다.

"사는 것이 다 그렇지. 가고 난 후에 보면 다 똑같지 않더냐? 자식새끼 낳아 기르고 그 자식이 또 자식을 낳아 기르고. 그 자식이 크면 늙은 부모는 세상에서 사라지고."

성희가 잔을 들어 경식의 영정을 향해 건배했다.

"어디 만큼 가고 계시오? 가야 한다고, 가야 한다고 그리 보채면서 시간을 묻더니만."

무슨 소리냐고 눈을 둥그렇게 뜨는 우리 둘을 향해 성희는 자신이 겪은 지난 밤 이야기를 들려주었다.

"마지막 한 달 동안 그이는 너무 힘들어했어. 약 기운에 취해서 가고 싶지 않다고 진통제조차 거부를 해서 통증이 밀려올 때면 이제 그만 가고 싶다고 내 손을 붙들고 눈물을 흘릴 정도였지. 그이가 방문을 걸어잠그고 온몸을 쥐어뜯으며 죽고 싶다고 울부짖을 때면 나도 조용히 눈을 감는 약이 옆에 있다면 주고 싶을 정도였으니까. 그런데 눈을 감기 이틀 전부터는 통증도 없었고, 음식을 전혀 넘기지 못하여 기운이 없었을 뿐이지 정신도 유난히 맑아보였어. 그런데 그도 먹은 것도 없는 사람이 계속 변을 보기에 이제 마지막이 되었나보다 짐작은 했었지. 우리 친정아버지 돌아가실 때 보니까 그랬거든. 아이들 부를까 했더니 싫다고. 그냥 조용히 가고 싶다고.

벽에 걸어둔 저 사진을 내려달라고 하더니 웃는 듯 마는 듯한 표정으로 계속 쳐다보기에 '왜? 다시 젊어지고 싶어요?' 했더니 그건 아니라고 고개를 흔들더라. 낮 동안 내내 누워서 사진을 보고 있던 양반이 저녁 아홉 시쯤 되니까 일어나고 싶다고 일으켜달라고 해서 부축해서 일으켰는데 너무 기운이 없어서 앉질 못해. 그래서 내가 먼저 벽에 기대고 그이를 내 품에 기대게 하는 모양새로 앉아 있었지. 열한 시쯤 되었는데 갑자기 나한테 지금 몇 시냐고 물어서 알려주니까 '가야 되는데, 가야 되는데…' 하고 자꾸 중얼거리는 거야. 그래서 내가 어디를 가려고요? 하니까 집에 가야 한대. 여기가 당신 집인데 무슨 소리를 하느냐 하니까 자꾸 시계를 쳐다보면서 '닭 울기 전에 가야 하는데. 우리 집에 가야 하는데' 이러면서 몇 시나 되었느냐고 묻고, 또 묻고….

그러다가 깜빡 졸고 있는데 그이가 내 얼굴을 가만가만 만지는 것이 느껴져서 정신을 차렸더니 또렷한 목소리로 '고생 많았네. 고맙네. 나 먼저 가네' 이러더라. 이 양반이 이제 진짜 가는가보다 하고 나도 새삼 눈물이 나서 마음속으로 잘 가라고, 좋은 곳으로 가라고 빌면서 토닥토닥 다독이고 있는데 한참만에 그이의 고개가 한쪽으로 스르르 기울더니 그대로 숨이 멈추더라. 시계를 보니 새벽 네 시가 다 된 시간이었어. 그이를 반듯하게 누이고 이불로 얼굴을 가리는데 저 아랫집 어디서 첫 새벽닭 우는 소리가 들리는 거야. 기분이 참 이상하더라. 사람은 죽으면 그대로 끝이라고 생각했는데 그것이 아닌 듯도 싶고, 죽으면 혼백이 정말 있어서 어디 먼 길을 가는 듯도 싶고."

"사람은 죽을 때 자기가 갈 시간을 안다고 하더니 정말인가보네."

경식의 마지막을 듣는 내내 훌쩍이던 순영이 성희와 내 손을 가만히 잡으며 말했다. 나 역시 목이 메면서 가슴이 뭉클했다. 그렇게 갔구나. 닭이 울기 전에 서둘러서 그 먼 길을 홀로 떠났구나.

손님이 들어오기 시작하면서 성희는 자리에서 일어섰다. 나와 순영은 말없이 술잔을 나눴다.

끝이 보이지 않은 길 위에 경식이 혼자 터벅터벅 걸어가고 있는 것만 같았다.

선택

선택

안녕하세요, 한정인 씨.

이렇게 나와주셔서 감사해요. 알아요. 많이 망설였다는 거. 나라도 낯선 사람이 만나자고 전화했다면 거절했을 거예요.

미리 말씀 드렸다시피 나는 교도관이랍니다. 그래요, 알고 있는 것처럼 교도관이란 교도소에서 근무하는 사람이고, 더 정확히 말하자면 죄를 지어 법의 심판을 받는 여자들을 수용, 관리하는 직업이죠. 정인 씨와 무슨 관련이 있어서 나 같은 독특한 직업의 여자가 만나자고 했는지 많이 궁금하겠지만 천천히 내 이야기를 들어주세요. 나도 쉽지 않은 이야기랍니다.

한 달쯤 전에 전화가 왔었답니다. 직업상 안면이 있었던 신경정신과 닥터 강이었어요. 나는 직업 특성상 야간근무를 할 때가 있는데 비번 날은 늘 낮잠을 자지요. 그날도 어수선한 꿈속에서 누군가에게 쫓기고 있는데 전화벨이 울렸어요. 닥터 강은 대뜸 열두 대문 이야기로 말문을 열었어요. 열어도 열어도 끝이 없는, 그렇게 철옹성처럼 닫혀 있는 사람은 처음 만난다구요. 사건 직후 자살을 시도했고 여전히 자살 충동을 버리지 못하여 경찰에서 잠시 의뢰한 환자였는데 경찰에서 주어진 시간이 짧은 탓도 있었지만 그 환자가 너무 마음의 문을 굳게 닫은 탓에 한마디의 말도 들을 수 없었다고, 아무래도 의사 면허증을 반납해야 할 것 같다면서 한숨을 푹푹 쉬더군요. 열두 대문을 겹겹이 닫은 것도 모자라 마지막에 커다란 빗장을 한번 더 굳게 지르고 있는 그 환자는 누군가에게 마음을 열지 못한다면 결국 죽을 거라고 하더군요. 나는 마음이 무거웠어요. 법을 어기고 들어오는 사람들 중 누구 하나 호락호락한 사람 없지만 그 중에서 가장 무서운 사람이 살 의욕이 없는 사람이거든요.

닥터 강은 나에게 신신당부했어요. 스물네 시간 눈을 떼면 안 된다고. 사건 직후부터 실어증에 걸린 사람처럼 한마디도 하지 않는데 혹여 심경의 변화를 일으켜 무슨 말을 하거나 특이한 행동을 한다면 꼭 이야기해달라고, 그 길만이 어쩌면 그 환자를 죽음의 문에서 끌어낼 수 있을 거라고요. 참 감사한 일이지요. 입소자를 상담하고 그 심리 상황을 파악하고 있어야 하는 것이 우리의 주 업무 중 하나인데, 전문가가 옆에서 도와준다면 더 바랄 게 없는 일이잖아요. 머리가 좀 아플 거라고 닥터 강이 겁을 주었는데 머리가 터져나갈 것 같은 경험을 하게 될 줄은 그때는 상상도 못했지요.

무거운 마음으로 출근을 했어요. 가끔 그런 사람을 만나지요. 교도소가 이 세상의 끝이라고 생각하는 사람이요. 그런 사람들은 더 이상 살고 싶지 않다고 생각해요. 그 마음이 돌아설 때까지 무수히 많은 설전이 오고 가지요. 때로는 너무 힘들어서 자유롭게 죽을 수 있는 권리가 있으면 좋을 텐데 하는 생각까지 들 때가 있어요. 그렇지만 그건 내 상상일 뿐이고 만약에 그런 불미스러운 일이 생긴다면 우리는 우리의 임무를 다하지 못한 책임을 피하지 못하지요. 내 얼굴을 보자마자 전날 야근조였던 동료가 미처 인수인계 시간까지 기다리지 못하고 속사포처럼 그 환자의 소식을 숨 가쁘게 전했어요. 옷을 갈아입히려고 하자 달려들어 손목을 물어뜯었다는데 이빨 모양이 선명한 멍자국이 팔목 안쪽에서 불길한 예감을 풍기며 푸르게 번지고 있었지요.

인계부에 쓰인 그녀의 신상을 보았어요. 민희진 28세. 놀라지 않는군요. 뉴스에서 봤다구요? 그러면 그녀가 왜 들어오게 되었는지도 알겠네요?

부탁해요. 앉으세요. 겨우 민희진 씨 소식이나 전해주려고 어렵게 전화한 것이 아니랍니다. 제발요.

지금도 희진 씨를 처음 봤을 때의 충격이 생생히 기억나요. 충격이라니 조금 우습죠. 내가 상상하던 그런 모습이 아니어서 아마 충격이었나봐요. 희진 씨는, 참 예뻤어요. 예쁘다는 표현은 조금 부족하네요. 그래요. 금방이라도 눈물이 흘러내릴 것 같은 커다란 눈에 코와 입이 조그마해서 인형 같았죠. 손바닥으로 가려질 듯한 작은 얼굴에 가냘픈 몸피가 금방이라도 바스라질 것처럼 애처로움을 풍기는 아이였지요. 그런 아이가 어떻게 그런 일을 저질렀는지 믿어지지 않았어요. 입소 첫날 그처럼 난폭한 행동을 하였으리라고는 믿을 수 없을 만큼 희진 씨는 무릎을 곧추세우고 고개를 숙인 얌전한 자세로 조용히 앉아 있었어요. 물론 불러도 대답도 하지 않고 눈도 마주치지 않았지만요. 상담을 하기 위해 나오라고 하자 아무 말도 못들은 사람처럼 가만히 있어요. 결국 내가 손목을 잡아일으키자 마치 연체동물처럼 흐느적흐느적 따라나왔어요. 그러나 그것으로 끝이었지요. 한마디도 하지 않았어요. 눈도 마주치지 않았어요. 닥터 강이 말하던 열두 대문과 마주한 기분이었지요.

닥터 강의 충고대로 우리는 경계를 늦추지 않았어요. 그런데 며칠 동안은 이상하리 만치 조용했어요. 그래요, 폭풍전야 처럼요. 희진 씨가 들어오고 열흘쯤 지났을까요. 그날은 내가 야간조였어요. 선번 근무자와 교대를 한 직후였으니 아마 새벽 두 시가 조금 넘었을 거예요. 갑자기 찢어지는 비명 소리가 온 사동을 뒤흔들었어요. 도저히 사람이 내는 소리라고 믿을 수 없을 만큼 크고 날카롭고 소름이 돋는 비명이었지요. 희진 씨는 두 눈을 부릅뜨고 온몸을 부들부들 떨면서 비명을 지르고 있었어요. 그 자그마한 체구에서 어떻게 그런 악이 나오는지 보고도 믿기지 않을 정도였지요. 주먹을 얼마나 꽉 쥐고 있었는지 나중에 보니 손톱이 살을 파고 들어가 상처가 났더라고요. 그런데 더 끔찍한 일은 그 뒤에 일어났어요. 갑자기 비명이 뚝 끊겼어요. 불안한 침묵이 잠시 흐르는데 갑자기 희진 씨가 두 무릎을 가슴팍에 모으고 몸을 둥글게 말았어요. 태초의 태아 모습 같았죠. 그리고는 이번에는 세살배기 아이가 엄마를 찾아 보채는 것 같은 칭얼거림이 새어나오기 시작했어요. 다 큰 어른이 칭얼거리는 소리는 비명보다 더 듣기가 끔찍했죠. 같은 방을 쓰고 있던 여자들이 하나둘 비명을 지르고 희진 씨를 보이자 하는 수 없이 희진 씨는 그 자세 그대로 병동으로 격리를 했지요. 그건 시작에 불과했어요. 희진 씨는 사나흘에 한번꼴로 같은 희진 씨를 보였고 그때마다 모두들 힘들었어요. 유리 파편처럼 날카로운 비명도 듣기 힘들었지만 어린애처럼 끝없이 칭얼거리는 소리는 아무리 들어도 무뎌지지가 않았어요.

힘든 시간이 스무 날쯤 흘렀는데 뜻밖의 사람이 희진 씨를 면회왔어요. 물론 희진 씨는 아무 반응도 보이지 않았고 손목을 잡아끌어도 이번에는 완강하게 거부했어요. 하는 수 없이 내가 대신 나갔지요. 희진 씨의 상태를 전하고 면회가 불가능하다는 설명을 해주어야 하니까요. 연세가 거의 칠십은 되어보이는 왜소한 수녀님 한 분이 나를 기다리고 있었어요. 희진 씨가 아홉 살 때부터 지냈던 희망원 원장님이라고 하더군요. 희진 씨가 아버지에게 버림받고 희망원에서 자란 것은 알고 있었겠지요?

내가 희진 씨의 상태를 이야기하자 수녀님은 말없이 한숨을 쉬면서 묵주를 굴리셨어요. 나는 닥터 강이 이분을 만나면 도움이 되지 않을까 하는 생각이 들어서 수녀님의 양해를 구하고 닥터 강에게 전화를 하였지요. 물론 닥터 강은 반색을 하였고요. 마침 비번이어서 내가 수녀님을 모시고 닥터 강의 병원으로 갔어요. 두 분이 할 얘기인가 싶어서 자리를 피하려고 하자 닥터 강도 수녀님도 그냥 함께 있으라고 눈짓으로 조용히 만류해서 본의 아니게 희진 씨의 이야기를 듣게 되었답니다.

아홉 살 때까지 희진 씨는 두 살 아래인 남동생과 갓 태어난 여동생을 둔 넉넉한 집안의 부러울 것 없는 맏딸이었다고 하더군요. 그런데 아버지에게 숨겨진 여자가 있다는 것을 엄마가 알게 되면서 가정

불화가 시작되었고 엄마는 어떻게 해서든 아버지의 마음을 돌려보려고 애를 썼으나 끝내 아버지가 그 여자와 헤어질 수 없다고 하자 극단적인 선택을 합니다. 겨우 아홉 살 난 딸에게 갓 백일이 지난 어린 동생을 맡기고 남동생만을 데리고 집을 나갑니다. 아마도 아버지를 힘들게 하면 엄마가 필요하다는 것을 절감할 것이고 그러면 아버지가 잘못했다고 빌고 엄마를 찾아오지 않을까 하는 그런 계산이 있었겠지요. 그러나 아버지는 오히려 그 여자를 집으로 끌어들입니다.

여자는 아버지가 보든 안 보든 희진 씨 자매에게 발길질도 서슴지 않고 어린애에게 먹을 것도 제대로 주지 않습니다. 결국 갓난애는 한 달도 채 지나지 않아 언니 품에서 숨을 거둡니다. 그 당시 절망과 공포로 제대로 울지도 못하고 있던 희진 씨에게 어린 딸이 죽었다는 소식을 듣고 집으로 돌아온 엄마는 오히려 동생을 지키지 못했다고 희진 씨의 머리채를 붙들고 죽일 것처럼 때렸다고 합니다. 그 여자 편만 드는 남편에 대한 배신감과 절망이 어린 딸에게 화풀이를 하게 하였겠지요. 그리고 이번에야말로 엄마는 극단적인 선택을 합니다. 어린 아들의 손을 잡고 함께 강물 속으로 들어가버린 것이지요. 그 일이 있은 후 이웃들의 비난을 감당할 수 없었던 아버지는 결국 야반도주를 했지요. 희진 씨 혼자 남겨 두고요.

그렇게 해서 희망원에 오게 된 희진 씨는 처음에는 사람을 극도로 두려워했어요. 특히나 남자 어른을 무서워했는데 가까이 다가가기라도 하면 비명을 지르다가 기절을 할 정도였지요. 그러나 그런 증상은 조금 지나서 없어졌습니다. 나중에는 희망원 생활에 적응하여 오히려 다른 아이들을 돌보고 보살피기까지 했지요. 천생 여자라 할 만큼 얌전하고 내성적이면서 공부도 곧잘 하여 대학까지 보내주겠다는 후원자가 있었지만 희진 씨는 일찍 자립할 생각으로 여상을 선택했고 여상을 다니는 내내 장학금을 받았으며 졸업하자마자 학교 추천을 받아 제법 탄탄한 중견회사에 취직을 하게 됩니다. 다들 잘 컸다고 칭찬이 자자했지만 처음부터 희진 씨를 지켜보았던 수녀님은 그게 희진 씨의 전부가 아니라는 것을 알고 있었다고 해요.

희진 씨는 어느 누구에게도 자신의 속마음을 결코 이야기하지 않는 아이였고, 그래서 그 아이의 마음속에 무엇이 도사리고 있는지는 도무지 알 수가 없었으니까요. 수녀님은 늘 조마조마한 마음으로 희진 씨를 지켜보고 있었는데 어느 날 같은 회사의 동료라고 하면서 여자아이를 한 명 데리고 왔더랍니다. 희진 씨와는 정반대로 늘씬한 키에 선머슴처럼 활발한 여자였는데 그때부터 희진 씨의 표정이 눈에 띄게 밝아지고 그래서 수녀님도 비로소 안심하였다고 해요. 희진 씨가 그렇게 행복해하는 모습을 본 것은 그때가 처음이었다고요.

두 사람은 매주 희망원을 방문하여 아이들과 함께 놀아주고, 그러고는 늘 뿌듯한 표정으로 돌아가곤 했는데 어느 날부터 남자 한 명이 함께 오기 시작했대요. 처음엔 별다른 변화가 없었는데 어느 순간부터 희진 씨의 표정이 또다시 어두워지기 시작하더래요. 정신을 딴 곳에 둔 사람처럼 멍하니 있을 때도 많았고요. 어느 날은 둘이 다투는 듯도 싶더니 그 다음 주부터는 아예 아무도 찾아오지 않았고 연락까지 끊겼다고 하네요. 아무래도 희진 씨가 걱정되었던 수녀님은 희진 씨의 직장을 찾아가볼까 하면서 차일피일 미루고 있었는데 어느 비 오는 날 저녁 희진 씨와 함께 오곤 하던 친구의 모습을 뜻밖의 장소에서 보게 됩니다.

밤이 깊었는데 어디선가 빗소리에 섞여 울음소리가 들리는 것 같아 밖을 둘러보러 나온 수녀님은 너무 뜻밖의 광경에 넋을 잃게 됩니다. 희망원 입구에는 아기 예수를 안은 성모상이 서 있었는데 거기서 한 여자가 울부짖고 있는 것을 본 거지요. 얼마나 울부짖었는지 목이 쉰 여자는 피를 토하듯 비통한 기색으로 끊임없이 미워, 미워, 미워…. 오직 그 한마디만 하고 있었다지요. 여자는 수녀님이 가까이 다가가자 그대로 어둠 속으로 사라져버렸다고 합니다. 아무래도 마음이 꺼림칙하여 희진 씨의 직장으로 찾아갔더니 희진 씨는 불미스러운 일로 권고사직을 당하였고 희진 씨의 친구 역시 회사를 관뒀다는데 뒤에서 수군거리는 소리들이 친구의 남자친구가 희진 씨를 성폭력하려 하였고 그 일로 그 남자는 경찰의 추격을 피해 도망가다가 차에 치여 숨졌다고 합니다. 그리고 그 일로 희진 씨도 친구도 모두 회사를 그만두고 사라졌다고 하더군요.

그리고 아무런 소식도 없다가 2년쯤 지났을까 희진 씨가 결혼을 한다면서 희망원 출신인 한 남자와 찾아왔다고 합니다. 그 남자는 희진 씨가 고등학교를 다닐 때부터 희진 씨의 보호자를 자처하면서 희진 씨 곁을 맴돌았는데 워낙 희진 씨가 매몰차게 대하자 포기하고 떠났다는데 어떻게 둘이 다시 만나 결혼까지 하게 되었는지는 알 길이 없었다고 하더군요. 그런데 결혼을 하겠다고 찾아온 희진 씨 표정이 너무 어둡게 가라앉아 있어서 수녀님이 결혼을 다시 생각해보는 것이 어떻겠냐고 조심스레 말을 꺼내자 희진 씨는 꺼질 듯한 음성으로 "갈 곳이 없어요, 수녀님" 오직 그 한마디만 하고 입을 굳게 닫아버렸다고 하네요. 그리고 다시 희진 씨 소식이 끊겼는데 채 일 년도 지나지 않아서 방송에서 희진 씨 소식을 듣게 되었던 거구요.

닥터 강은 그렇게 말했어요. 아마도 어릴 때의 기억이 희진 씨에게 영원한 트라우마로 남아 있을 거라고. 자기가 어린 동생을 잘 보살펴서 죽지 않았더라면 어쩌면 엄마도 집으로 돌아와 예전처럼 살 수 있었을 텐데 자기가 어린 동생을 보살피지 못했기 때문에 엄마도 어린 남동생도 모두 그렇게 죽었다고 늘 자책하며 살았을 거라고. 동생을 살리지 못한 희진이는 자신이 어린아이가 되면 엄마를 붙잡을 수 있지 않을까 하는 망상 속에서 그렇게 어린애 흉내를 내는 게 아닌가 싶다고요. 닥터 강은 불안해했지요. 머지않아 희진이가 자신을 해치고 말 거라고요. 수녀님의 이야기를 들은 닥터 강은 희진이의 마음을 열 수 있는 사람은 오직 송정인 씨뿐이라고 생각하고 경찰에 정인 씨의 행방을 의뢰하였습니다. 이제 제가 어떻게 정인 씨를 찾을 수 있었는지 아시겠지요?

소문의 소용돌이 한가운데 서본 적이 있나요?

다들 나에 대해서, 그 사람에 대해서 손가락질하고 수군거리면서도 단 한 사람도 내 이야기는 들으려하지 않는, 그 칼날처럼 잔인한 시간들을 견뎌낸 적이 있나요? 끝내는 사랑하는 사람을 잃어버리고 온 몸으로 슬픔이 차올라 심장이 터져버릴 것 같은데 슬퍼할 겨를도 주지 않는 잔인한 이웃들을 겪어본 적이 있나요? 사람들은 날 위로하는 척하면서 소문을 확인하려고 들고, 희진이를 욕하는 척하면서 그 더러운 소문들을 내게 알려주지 못해 안달을 했어요.

지난 삼 년 동안 나는 날마다 내 자신에게 최면을 걸면서 살았어요. 이해하려고, 이해하자고 내 자신에게 수없이 타이르고 또 타일렀어요. 그래서 용서한 줄 알았어요. 이제는 잊고 살 수 있다 생각했어요. 희진이가 그렇게 된 건 희진이의 몫이니 그것으로 내 위로를 삼지도, 희진이를 불쌍하게 여기지도 않겠다고 내 자신을 납득시켰어요. 그렇게 나는 매일 희진이를 용서하자고, 용서하겠다고, 이제는 용서하였다고 내 자신에게 최면을 걸면서 살아온 꼴이었죠. 그런데 닥터 강과 교도관님의 전화를 번갈아 받으면서 전 비로소 제 가슴에 패여 있는 증오의 깊이를 확인했어요. 크레바스처럼 깊이를 알 수 없는, 영원히 메워지지 않을 증오를 난 여전히 끌어안고 살면서 내 자신을 기만하고 있었던 거지요.

나는 희진이보다 일 년쯤 먼저 그 회사에 입사했어요. 처음에 희진이를 봤을 때 어찌나 가냘퍼보이던지 훅 불면 어디론가 날아가버릴 것만 같았어요. 아무리 옷을 두껍게 입어도 늘 추워보이는 그 얼굴 때문에 아마 내가 먼저 말을 걸고 챙겨주기 시작한 것 같아요. 나는 위로 나이 차가 많은 오빠뿐이어서 동생 같은 희진이가 좋았어요. 희진이가 지나치게 나를 의지하는 게 부담스러울 때도 있었지만 희진이의 사정을 듣고 난 후에는 안쓰러움 때문에 더 많은 정을 그 애에게 주려고 노력했어요. 그 사람, 세훈 씨가 우리 사이에 끼기 전에는 아무 문제도 없는 듯싶었지요. 희진이는 남자를 싫어했어요. 싫어했다는 표현보다 무서워했다는 표현이 더 적당하겠네요. 회사에서도 희진이에게 관심이 있는 남자 사원들이 많았는데 희진이는 남자들이 관심을 표하면 뾰족한 목소리로 거절하고는 화장실로 들어가 문을 잠그고 오들오들 떨면서 나오지를 못했어요. 그런 일이 반복되니까 이상하게 보는 눈들이 많아졌지만 워낙 일을 야무지게 잘하고 여자로 보지 않은 사람들에게는 상냥하게 잘 웃고 하니까 별다른 마찰은 없었지요.

어느 날 세훈 씨가 다른 회사에서 스카우트되어 입사했어요. 나는 첫눈에 그 사람이 좋아졌어요. 세훈 씨도 마찬가지였고요. 처음에 희진이는 세훈 씨도 잘 따르고 서운해하기는 하였지만 내 형편을 이해해주는 듯싶었어요. 그런데 갈수록 이상해지기 시작했어요. 처음엔 당치도 않는 말로 세훈 씨의 흉을 보기 시작했어요. 그게 거짓으로 밝혀져서 혼을 내자 아예 드러내놓고 질투하기 시작했어요. 세훈 씨를 만나러 가는 눈치가 보이면 아프다고 꾀병을 부리는 것은 예사였고, 때로는 울고 소리를 지르고…. 나는 점점 더 감당하기 힘들어졌어요. 어느 때부터인가는 희진이가 부담스럽다 못해 무섭기까지 했어요. 그래서 의식적으로 희진이를 멀리했어요. 그러다 보면 희진이도 마음을 가라앉히고 냉정해질 거라고 생각했죠.

희진이는 생각보다 빨리 우리 관계를 포기하는 듯싶더군요. 그런데 그건 나만의 착각이었어요. 어느 날부터 회사에 이상한 소문이 돌기 시작했어요. 늘 그렇듯이 소문은 그 주인공이 가장 늦게 아는 법이죠. 온 회사 사람들이 죄다 수군거릴 때쯤에야 비로소 나는 소문을 들을 수 있었어요. 희진이와 세훈 씨와 제가, 알지도 못하는 사이에 삼각관계가 되어 있더군요. 세훈 씨에게 물으니 희진이가 만나자고 청해서 두어 번 만났는데 만날 때마다 희진이가 말없이 울기만 해서 별 일 없이 헤어졌다고 하더라고요. 그런데 왜 그런 소문이 돌고 있었을까요? 나는 희진이가 일부러 소문을 만들어냈다고 생각했어요. 우리 둘 사이를 갈라놓고 싶었겠죠. 나는 일부러 모르는 척 침묵을 지켰어요. 두 사람의 마음만 굳건하다면 소문 따위는 금방 없어질 거라고 생각했죠.

그런데 어느 날 그 사람이 죽었대요. 희진이를 성폭행하려다 미수에 그치고 경찰에게 쫓기다 차에 치어 숨졌다나요. 그럴 리가 없는 사람이라는 것을 내가 누구보다 잘 아는데 사람들은 소문을 불리고 또 불리기에 급급해서 아무도 내 말을 들으려고 하지를 않았어요. 나는 희진이를 찾아가 진실을 밝히라고 종용했어요. 세훈 씨를 그렇게 죽게 내버려두지 말라고 사정했어요. 그런데 희진이는 진실을 밝히지 않은 채 도망치듯 사라져버렸어요. 가엾은 세훈 씨는 그렇게 억울하게 죽은 것도 모자라 죽은 후에도 사람들의 입에서 난도질이 된 채 한번 더 죽는 꼴이 되었지요.

교도관님은 어느 쪽인가요? 무엇을 확인하고 싶어서 물어물어 나를 찾아온 건가요? 살리려고 애쓰는 사람이라고요? 그럼 나는 살리지 않으려고 애쓰는 사람이 되고 싶군요. 나는 희진이가 너무너무 미웠어요. 희진이보다 내가 더 미웠어요. 누구보다 희진이를 잘 알고 있던 내가 제대로 세 사람 일을 마무리했더라면 최소한 세훈 씨는 그렇게 죽지 않았을 텐데. 세훈 씨를 그렇게 만든 사람이 바로 나라는 자책감에 밤마다 내 자신을 죽이고 싶은 충동 때문에 미칠 것 같았지요. 그 시간들을 어떻게 견뎌냈는지 아세요? 언제든지 끝낼 수 있다는 일념으로 내 자신을 몰아세우고 또 몰아세우면서 살았답니다. 나까지 세상을 버리면 세훈 씨의 억울함이 사실이 되어버릴까봐 그래서 이를 악물고 참아냈답니다. 정 못견디면 세상을 놓아버릴 작정을 하니까 어느 순간부터 살아지더라고요.

뉴스에서 희진이의 소식을 접했을 때도 이상하리 만큼 담담했어요. 그냥 올 것이 왔다는 그런 정도? 희진이가 미울 때마다 그 애는 나보다 더 힘들겠지 하고 생각했지만 그런 생각이 위안이 되지는 않았어요. 살인자가 된 희진이의 소식이 위안이 되었다는 것은 더더욱 아니에요. 그렇지만 희진이가 불행해지기를 바란 적은 없었던 것 같아요. 밉고 미워서 혹여 먼발치에서라도 볼까봐 두려울 정도였지만 나는 내 자신을 추스르기에도 벅찼으니까요.

수녀님이 그러시더군요. 물건을 훔친 자는 한 사람에게만 죄를 짓지만 잃어버린 사람은 수많은 사람에게 죄를 지을 수도 있다고. 뉘우친 죄인보다는 교만한 의인이, 자비를 구하는 가해자보다 증오를 일삼는 피해자가 훨씬 더 그 죄가 깊다고.

그러니 가서 희진이의 손을 잡아주라는 건가요? 아니요! 나는 다시는 그 아이를 만나고 싶지 않아요. 또다시 그 애와의 인연을 이어가고 싶지 않아요. 그 애가 그곳에 있는 건 그 아이의 업보겠지요. 교도관님도 수녀님도 다시는 볼 일이 없기를 바랍니다. 안녕히 가세요.

나는 정인 언니를 사랑해요. 그렇다고 나를 이상한 눈으로 보지 말아요. 레즈비언은 절대 아니니까. 나는 태어나서 단 한번도 누군가의 사랑을 느낀 적이 없어요. 수녀님이요? 그래요, 그분도 나름 나를 사랑하셨을 거예요. 하지만 내가 느낀 것은 동정이었어요. 내가 좋다고 다가오는 남자들도 나를 사랑하였는지 모르죠. 하지만 내 겉모습만 보고 사랑한다는 사람들 말은 다 거짓이에요. 정인 언니만 유일하게 나를 사랑했어요. 내가 사랑받고 있다고 느끼게 해줬어요. 내 상처를 망설임 없이 털어놓을 수 있는 유일한 사람이었어요. 그 상처를 쓰다듬어주고 같이 아파해주는 단 한 사람을 내가 어찌 사랑하지 않을 수 있겠어요? 정인 언니는 내게 엄마였고 친구였고 내 심장이었어요.

겨우 아홉 살이었는데 엄마도 아빠도 나를 버렸어요. 그냥 버린 게 아니라 처참할 정도로 가혹하게 버렸죠. 아직 어린아이가 눈을 뜨니 텅 빈 집에 혼자 남은 것을 알았을 때 어떤 기분이 들었겠어요? 나는 나를 버리고 떠난 아빠보다 엄마가 더 원망스러웠어요. 왜 엄마는 나를 데리고 가지 않았을까요? 내게도 가자고 했으면 나는 아마 기꺼이 엄마를 따라갔을 거여요. 그때부터 나는 사람이 무서웠어요. 아무에게도 마음을 줄 수가 없었어요. 특히 남자는 절대 믿을 수 없는 사람이라는 생각이 나이를 먹어도 바뀌지를 않았어요.

그런데 세훈 오빠가 나타났어요. 나는 처음엔 세훈 오빠도 무서웠어요. 언니를 불행하게 만들 것만 같았어요. 그런데 두 사람은 서로 행복해했어요. 그 모습을 보면서 나는 또 무서웠어요. 언니를 영원히 빼앗길 것만 같았어요. 언니가 없다면 나는 다시 혼자가 되겠지요. 한번 따뜻함을 맛본 영혼은 다시는 홀로 살 수 없다고 발버둥쳤어요. 나는 세훈 오빠를 두 번이나 만났지만 차마 언니하고 헤어져달라고 말을 할 수가 없었어요. 정인 언니의 행복을 깨면 정인 언니가 다시는 나를 보지 않을 것만 같았어요. 그래서 세훈 오빠와 나와 정인 언니가 삼각관계라는 소문을 고의로 흘렸어요. 사람들은 잘도 믿더군요. 그런데 정작 정인 언니만 꿈쩍도 하지 않았어요. 두 사람이 결혼한다는 소식까지 들리자 나는 더 이상은 참을 수가 없었어요. 세훈 오빠를 만났죠. 처음엔 울면서 사정할 생각이었어요. 내게서 정인 언니를 빼앗지 말아달라고요. 그런데 오히려 세훈 오빠는 나를 설득하려 했어요. 우리는 모두 다 어른이니 어린아이와 같은 감정은 금세 지나갈 거라고 정인 언니의 행복을 위해서 내가 더 성숙해져야 한다고 나를 타일렀어요. 세훈 오빠의 말은 다 옳았지만 내 감정은 그것을 받아들일 수가 없었어요. 울며불며 온갖 말을 다해도 세훈 오빠는 흔들리지 않았어요. 나는 미칠 것 같았어요. 감정이 격해진 나는 내 옷을 잡아 뜯으며 소리소리 질렀어요. 세훈 오빠는 나를 안고 진정시키기 위해 안간힘을 썼지만 내 악을 당해내지 못했어요.

그때 누군가가 경찰에 신고했는지 경찰관 두 명이 다가왔어요. 무슨 상황인지 묻는 경찰관에게 나는 일부러 아무 말도 하지 않았어요.

그냥 울기만 했지요. 세훈 오빠가 상황을 설명하려고 하자 구경꾼들이 큰소리로 야유를 했어요. 어떤 사람은 증거 영상을 찍었다고 경찰관에게 보여주기까지 했어요. 경찰관은 나와 세훈 오빠를 함께 경찰차에 태우려 했어요. 세훈 오빠가 먼저 타고 내가 타려고 하는데 갑자기 세훈 오빠가 나를 밀치고 차에서 내리더니 도망쳤어요. 경찰관이 쫓아가고 아직도 흩어지지 않고 상황을 지켜보고 있던 구경꾼들이 세훈 오빠를 막아서자 다급해진 세훈 오빠는 차도로 뛰어들었어요. 그리고 나는 세훈 오빠의 마지막 모습을 지켜보아야만 했지요.

내가 더 비겁했던 것은 나는 끝까지 진실을 말하지 못했다는 거예요. 내 앞에서 또 사람이 죽었어요. 나는 너무 무서워서 진실을 말할 수가 없었어요. 말을 해야 하는데 실어증에 걸린 것처럼 한마디도 할 수가 없었어요. 그래서 도망쳤죠. 아무 데도 갈 곳이 없었어요. 그때 남편이 어떻게 알았는지 다가왔어요. 갈 곳이 없었던 나는 남편에게 의지할 수밖에 없었어요. 그 선택이 그 사람에게도 나에게도 치명적일 수도 있다는 것을 알면서도 나는 다른 선택을 할 수가 없었어요.

우리 침대엔 늘 네 사람이 함께 있었죠. 나는 정인 언니를 생각하는데 남편은 세훈 오빠를 생각했어요. 나 때문에 죽은 세훈 오빠는 죽어서도 날마다 남편에게 모욕당하고 욕을 먹었어요. 나는 그게 참을 수 없었어요. 차라리 나를 때리고 욕했다면 나는 얼마든지 감수했을 거예요. 그런데 그 사람은 나중에는 정인 언니까지 모욕했어요. 나는 그 사람이 무섭고 싫었어요. 죽이고 싶도록 미웠어요.

언니를 꼭 한번 보고 싶었어요. 세훈 오빠에게는 하지 못했지만 언니에게는 꼭 얘기해주고 싶었어요. 세훈 오빠의 결백을요. 물론 정인 언니는 내가 말하지 않아도 알고 있었겠지만 그래도 난 꼭 언니에게 말하고 잘못했다고 무릎 꿇고 빌고 싶었어요. 이제 내가 죽게 되면 세훈 오빠를 만나게 되겠지요. 세훈 오빠에게는 그때 가서 용서를 빌 거예요. 뻔뻔하다고 받아주지 않으면 어쩌지요?

정인 씨.

잘 지내고 있나요? 정말 내키지 않았을 텐데 결국 희진 씨를 만나러 와주신 점 다시 한번 감사드려요. 덕분에 희진 씨의 속마음을 들을 수가 있었어요. 정인 씨를 만나고 난 후 희진 씨의 표정은 더없이 편안해 보입니다. 발작도 거의 하지 않아요. 그 날 두 사람은 한마디도 하지 않았지만 나는 두 사람의 마음이 다 들리는 듯싶었어요. 왜 이렇게밖에 못살았냐고 질책하셨지요? 네가 불행해지기를 바란 적은 결코 없었다고, 그러니 잘살았어야 한다고 그렇게 말하고 있었지요?

정인 씨를 만나고 온 희진 씨는 모든 짐을 내려놓은 사람처럼 홀가분한 표정으로 운동시간이 되면 해바라기를 합니다. 어제는 자기가 언제 죽게 되는지 물어보네요. 아마 희진 씨는 사람을 죽인 사람은 모두 사형을 받게 된다고 생각하고 있나봐요. 아니라고 설명하자 희진 씨는 잠시 멍한 표정이 되더니 해맑게 웃습니다. 그리고 말합니다. 난 괜찮아요. 무엇이 괜찮다는 것인지 이해했기에 꼭 안아주었습니다. 그리고 마음으로 빌었습니다. 살아달라고, 힘들어도 제발 삶의 끈을 놓지 말라고요. 그 아이는 여전히 죽음에 대해서 담담하고 아무렇지 않아 합니다. 정인 씨를 만나면 좀 달라질까 기대했건만 여전한 것 같아 마음을 졸입니다. 그래도 간간히 속마음을 털어놓으니 다행입니다. 불행했던 시간들은 까맣게 잊은 듯 행복했던 시간들만 이야기합니다. 주로 정인 씨와 함께했던 시간들입니다.

그렇지만 희진 씨의 기분은 여전히 들쑥날쑥입니다. 날씨가 좋은 날은 덩달아 기분이 좋아서 재잘대지만 비가 오는 날은 무릎 사이로 머리를 집어넣고는 꼼짝도 하지 않습니다. 그럴 때는 금방이라도 발작을 할 것 같아서 조마조마합니다. 어느 비 오는 날 너무 답답해해서 사무실로 불렀더니 한 시간을 말없이 앉아 있다가 불쑥 이렇게 말합니다.

"나는 시간이 멈춘 것 같아요. 세훈 오빠가 죽은 그 시간에서 한 발짝도 나오지 못하고 매일매일 상처 입고 신음하고 피 흘리면서 내가 지은 죄를 반복해서 곱씹고 있는 것 같아요. 정인 언니는 나한테 왜 그렇게밖에 살지 못했냐고 야단을 치는 듯했지만 나는 오히려 정인 언니가 부러웠어요. 정인 언니는 아마 나에 대한 미움 때문에 오히려 살 수 있었을 거예요. 그런데 나는 붙잡을 것이 아무것도 없었어요."

가장 아픈 시간에서 한 발짝도 나오지 못하고 피 흘리며 자책한다는 희진 씨의 말을 들으며 나는 속으로 눈물을 삼켰습니다. 죄는 미워도 사람은 미워하지 말라던 말이 뼛속 깊이 느껴지던 날이었습니다.

정인 씨.

이제 그만 희진 씨에 대한 미움을 놓아버리세요. 그 아이가 씻지 못할 커다란 잘못을 저질렀다 해도 그 아이를 미치게 한 그 고통으로 충분한 대가를 치렀다고 생각해주세요. 이제 정인 씨도 편안해질 차례입니다. 부디 평화가 정인 씨와 늘 함께하기를 빕니다.

수녀님!

결국 희진 씨를 지키지 못했습니다. 그날 티브이에서 재미있는 코미디 프로를 방송하고 있었지요. 다들 티브이에 빠져 웃고 있는 사이 희진 씨는 혼자 화장실로 들어갔습니다. 그 방에 희진 씨를 빼고도 여섯 명이나 앉아 있었음에도 희진 씨의 극단적인 선택을 막지 못했습니다. 희진 씨는 유서 한 장을 남겼습니다. 앞부분에 커다랗게 미안합니다! 라고 썼습니다. 그리고 작은 글씨로 유품은 수녀님께 보내달라 하고 정인 씨에게는 알리지 말아달라고 썼습니다. 마지막에도 다시 커다란 글씨로 미안합니다! 라고 썼습니다. 다른 말은 아무것도 없었지만 나는 그 한마디로 희진 씨의 마음을 다 들을 수 있었습니다. 희진 씨는 정말 미안해서 더 이상 아무 말도 할 수 없었던 것입니다. 그렇게 갈 수밖에 없는 자신이 모두에게 너무 미안해서 차마 아무 말도 하지 못했을 것입니다.

오래도록 그 불쌍한 아이를 잊지 못할 것 같습니다. 지켜주지 못해 죄송합니다.

희진 씨의 유언에 따라 유품을 보냅니다.

정인 씨에게는 희진 씨의 죽음을 알리지 않았습니다.

내내 평안을 기원합니다.

사람, 그 쓸쓸함에 대하여

사람, 그 쓸쓸함에 대하여

태풍 링링이 한반도를 강타했다.

정확히는 서해안 쪽으로 지나가는 바람에 태풍 오른쪽에 위치한 한반도는 그 피해가 막심하게 생겼다고 뉴스에서 며칠 전부터 떠들어대던 터였다.

뉴스를 들었을 때는 류가 사는 동네에 태풍의 눈이 지나갈 정도로 위험한 일이라 하였어도 그때는 아무 느낌이 없었다. 남의 이야기인 것만 같았다. 그러나 이제 뉴스에서 말하는 태풍의 위력이 어떤 것인지 직접 체험하는 중이었다. 바로 앞에 아름드리 가로수가 뿌리째 뽑혀 옆 가로수에 비스듬히 걸쳐 있었다. 그 덕에 그 가로수도 기우뚱하고 있는 상태였다. 빗방울이 간간히 흩날렸지만 우산을 꺼낼 엄두도 내지 못하였다. 바람은 사방에서 불었다. 걸음을 옮길 수가 없을 만큼 앞에서 불다가 마치 떠밀 듯이 뒤에서 불고 그런가 하면 얼굴이 따가울 정도로 굵은 모래알을 뿌리면서 옆에서 불어대기도 하였다. 때로는 나뭇가지들이 위협적으로 바로 옆을 스쳐가기도 하였다.

거리는 마치 깊은 적막에 잠긴 것처럼 한산하였다. 이 도시에 살기 시작한 지 벌써 반백 년이 다 되어가지만 이렇게 적막하고 한산한 도시 풍경을 보는 것은 단연코 처음이었다. 늘 차가 빽빽이 지나가던 큰길에는 이따금 지나가는 승용차와 더 드물게 보이는 시내버스가 전부였다. 커다란 나뭇가지가 아슬아슬하게 승용차를 비켜갔다. 운전자도 놀랐는지 휘청대며 끼익 멈춰섰다. 차를 가져오지 않은 것은 정말 잘한 결정이었다. 아직 일 년도 채 되지 않은 새 차인데 눈먼 돌멩이나 나뭇가지에 생채기라도 나면 속은 속대로 상하고 돈은 돈대로 들 터였다. 류는 쯧! 혀를 찼다. 조금 더 살펴보고 탔으면 이 고생은 하지 않았을 터였다. 찬찬하지 못한 성격 때문에 평생토록 몇 번이나 곤란에 처했으면서도 이 나이 되도록 여전히 고치지 못하는 천성에 한없이 무기력한 기분이었다. 바람에 이리저리 차이면서 걸어가고 있는 사람은 류 혼자뿐이었다. 하긴 제정신이라면 이런 날씨에 집안에 안전하게 있는 것이 정상적인 사람일 터였다.

자정이 다 되어가는 시간이었다. 류가 비몽사몽 헤매고 있는데 휴대폰이 진저리를 치기 시작했다. 수면에 방해를 받지 않으려고 진동으로 해뒀더니 그게 더 지지거리며 잠을 깨웠다. 짜증 섞인 한숨을 쉬면서 휴대폰을 열었더니 육초회 회원들이 정숙 여사의 아들이 죽었다는 소식을 듣고 다들 한마디씩 하고 있는 중이었다. 위암 말기 환자였으니 예상했던 죽음이기는 했으나 그래도 서른아홉이라는 나이는 애석함을 자아냈다. 이미 늦은 시간이었으니 문상을 가려면 내일 하루밖에 시간이 없었다. 저녁에는 사람들이 더 많을 터이니 낮 시간에 다녀오자는 의견이 대부분이었으나 하필 그 시간에 태풍이 지나간다는 소식에 다들 걱정을 보태고 있었다. 다행히 장례식장이 시내버스가 자주 지나가는 큰길 옆에 있으니 차를 두고 대중교통을 이용해서 오전 열한 시쯤 만나기로 합의를 하였다.

태풍이 아니었으면 서로서로 연락해서 자동차로 모였을 터였다. 늘 자동차로 움직였던 터라 시내버스를 탄 지가 언제인지 기억도 나지 않았지만 다행히 교통카드를 겸할 수 있는 은행카드가 있어서 버스비가 얼마였더라 하고 고민할 필요는 없었다. 버스가 늦게 오면 어쩌나 하고 걱정했더니 정류장에 도착하자마자 버스 한 대가 기다렸다는 듯이 멈춰섰다. 큰 글자로 쓰인 행선지도 가고자 하는 방향과 일치했다. 오늘 일진이 좋을 모양이다 하며 냉큼 탔는데 목적지로 가기는 가는데 빙 돌아가는 버스였다. 차라리 내려서 이십여 분쯤 걷는 것이 제 시간에 갈 수 있는 방법이었다. 운 좋다고 멋대로 단정하면서 찬찬히 살피지 않았던 부주의가 바로 지금 류가 태풍에 이리저리 차이면서 걸어가는 사태를 만든 것이었다. 안경을 썼어도 눈으로 흙먼지가 들어와 고개를 숙이고 걷는데 길 위에 뒹구는 알밤이 보였다. 그 와중에도 여자는 햇밤을 주워 호주머니에 넣었다. 돌잡이아이 볼처럼 탱글탱글한 밤은 네 개였다. 주위를 이리저리 살펴보아도 더 이상 눈에 띄지 않았다. 다섯 개면 공기를 할 수가 있는데 하고 생각하다가 혼자 흐흐 웃었다.

언제적 버릇인가, 고만고만한 물건 다섯 개만 있으면 늘 공기놀이를 하곤 했던 딸아이 때문에 언제나 다섯 개를 채우려던 버릇은 딸아이가 벌써 마흔이 다 되어가는 이 시간에도 여전히 류의 의식을 지배하고 있었다. 밤을 호주머니에 넣었다. 갑자기 큰소리가 들렸다. 어디선가 날아온 입간판이 가로등에 부딪쳐 내는 소리였다. 저런 물건을 정통으로 맞는다면 아마 병원이나 혹은 장례식장에서 육초회 회원들을 만나야 하지 않을까 하는 생각이 들자 더럭 겁이 나면서 심장이 조였다. 링링은 홍콩에서 어린 소녀를 사랑스럽게 부르는 애칭이라고 얼핏 들은 기억이 났다. 도대체 소녀의 어디가 이렇게 흉악한 것일까. 지름길로 가려고 골목으로 들어섰더니 군경합동묘지의 붉은 대문이 바람 탓인지 활짝 열려 있는 것이 보였다. 평소에는 닫혀 있거나 살짝 열려 있는 정도라서 들어가볼 생각을 하지 않았는데 활짝 열려 있는 것을 보자 류는 자신도 모르게 대문 안으로 슥 들어섰다.

가을이라고는 하지만 아직도 한낮에는 반소매가 어울리는 날씨 탓인지 빗물에 씻긴 잔디는 초록빛으로 빛났고, 회색 비석, 분홍 조화와 어우러져 한 장의 엽서처럼 정갈하고 예뻤다. 내친 김에 조금 더 위로 올라가 비석들을 읽어보았다. 소령 000, 대위 000 …. 일병이나 이병도 가끔 눈에 띄었다. 류는 내일 땅에 묻힐 서른아홉의 나이를 생각하고 청춘에 생을 마감했을 저 비석들의 주인들을 헤아려 보았다. 숙연한 마음 탓인지 혼자여도 무섭지는 않았다. 빙 둘러진 담장 탓에 태풍도 비켜가는지 거센 바람도 느껴지지 않고 아늑했다.

해찰을 부린 탓에 류의 도착이 가장 늦었다. 회원들은 벌써 장례식장 로비에 모여 웅성대고 있었다. 가까이 다가간 류는 회원들과 마찬가지로 이상한 점을 바로 눈치 챘다. 정숙 여사의 성정으로 보건대 이곳에서 가장 큰 특실을 예약했어야 마땅했다. 그런데 정숙 여사의 아들은 이곳에서 가장 작은 6호실에 있다고 전광판이 알려주고 있었다. 게다가 날씨 탓인지 이곳 장례식장에는 정숙 여사의 아들뿐이었다. 넓은 로비에는 육초회 회원 말고는 아무도 없어 그렇지 않아도 스산한 장소가 더욱 괴기스러웠다.

뭔 일이래? 나직이 묻는 류에게 다들 고개를 흔들었다. 일단 올라가보자는 류의 말에 누군가 봉투는? 하고 물었고 다른 누군가가 관례대로 해야지 하고 단호하게 일단락을 지었다. 6호실은 이층 구석진 곳에 있었다. 도착하자마자 누구라고 할 것도 없이 다들 헉! 하고 놀랐다. 어디서 저런 사진을 구했을까? 흑백의 영정 사진 속에는 정숙 여사의 아들이 광기어린 표정을 지은 체 들어오는 사람들을 쏘아보고 있었다. 표정이 너무 생생하여 소름이 돋았다. 늘 단정한 모습으로 웃고 있던 선량한 인상의 청년으로 기억하고 있던 회원들에게는 너무 낯선 모습이었다.

사인용 탁자가 대여섯 개 놓여 있는 실내에는 아무도 없었다. 어디선가 목탁 두드리는 소리와 함께 독경이 들려 두리번거리니 영정 사진 아래쪽으로 누군가의 휴대폰이 놓여 있었고 거기에서 나는 소리였다. 독경이라니? 정숙 여사는 절과는 거리가 먼 사람이었다. 오히려 교회 쪽을 기웃거렸다고 보는 것이 옳았다. 기웃거렸다는 표현은 그렇지만 본인이 필요할 때만 교회를 찾았으니 그리 틀린 말은 아니었다. 결혼은 하였으나 발병하자마자 이혼하였고, 자식도 없었으니 상주가 없는 것은 그렇다 치더라도 아무도 없는 것은 너무도 괴이쩍었다. 다들 얼굴만 마주 보다가 누군가가 떠밀기라도 한 것처럼 허겁지겁 로비로 내려왔다.

"정숙 여사는 어디 간 거야?"

"초상났다는 얘기는 어떻게 알게 된 거야?"

질문이 동시에 터져나왔다. 다들 서로의 얼굴만 쳐다보고 있는 중에 막내가 기어 들어가는 목소리로 말했다.

"금호언니가 연락이 와서요."

육초회는 이름으로 부르는 경우보다 사는 곳이나 별명으로 부르는 경우가 더 많았다. 금호언니도 이름이 아니라 금호아파트에 살아서 금호언니였다. 그 이름을 듣자 류의 가슴 안쪽에 답답한 실금이 살짝 그어졌다. 사실 오면서 내내 마음이 편치 않았던 것은 초상 탓도 있었지만 금호언니를 만나면 어떤 표정을 지어야 하나 하는 답답함이 내재되어 있었기 때문이었다.

"그런데 금호는 왜 안 왔어?"

회장이 조금 누그러진 목소리로 다시 물었다. 금호언니는 육초회뿐만 아니라 모두와 두루 친했고 그 덕분에 마당발이라는 별명에, 자타가 공인하는 소식통이었다.

"자기도 누구한테 들었다고 장례식장과 발인 날짜만 알려주던데요."

막내의 자신 없는 대답에 '일단 여기서 나갑시다' 하고 누군가가 말했고 다들 같은 심정이었기에 얼른 밖으로 나왔다. 태풍은 여전히 기승을 부리고 있었고 안개 같은 이슬비가 이리저리 흩날리고 있었다. 장례식장 옆으로는 스크린골프장이, 그 옆으로는 제법 운치 있게 꾸며진 전통찻집이 있었다. 이심전심으로 그 찻집에 들어선 모두는 또다시 헉! 하고 한숨을 들이쉬었다. 금호언니를 비롯한 일가친척으로 보이는 사람들이 다들 그곳에 모여 있었다. 정숙 여사의 남편도 검은 양복을 입은 체 두 손으로 머리를 감싸고 한쪽 구석에 앉아 있었는데 어디에도 정숙 여사의 모습은 보이지 않았다. 무엇 때문인지 금호언니는 육초회 회원들을 아는 체하지 않았다. 금호언니의 성격을 익히 아는 모두는 뭔가 일이 있나보다 하고 손님처럼 한쪽 테이블에 자리를 잡았다. 비바람이 몰아치기 시작해서 나갈 수도 없었다.

"언니는 일을 이 지경으로 만들어놓고 혼자서 정신줄 놔버리면 뒤처리는 누구더러 하라는 건지 원."

시누이로 보이는 여자가 나직하게 타박하는 소리가 들렸다. 그러나 그 목소리는 극히 낮았다. 머리를 감싸고 앉아 있는 오빠마저 자극하고 싶지 않은 듯싶었다.

"그 사진이라도 바꾸지, 꿈자리 사나울까봐 어디 앉아 있겠니?"

"죽은 애가 꼭 그 사진으로 해달라고 유언을 남겼다잖아."

자기네들끼리 수군대고 있었지만 흥분한 탓인지 목소리가 뾰족하여 한자리 건너 탁자에 앉아 있는 육초회 회원들도 얼추 알아들을 수 있었다. 정숙 여사가 정신줄을 놓다니. 회원들은 하나같이 얼이 빠져서는 대추차가 눈으로 들어가는지 입으로 들어가는지도 모를 지경이었다.

"평생을 혼자 똑똑하고 잘나서 아이들이고 남편이고 손아귀에 쥐고서 저 입맛대로 휘둘러대더니. 서경이가 외국으로 내뺄 때 내 언젠가는 이렇게 풍비박산이 날 줄 알았지."

시누이가 또다시 이죽거렸다. 더 이상은 듣기 싫었는지 정숙 여사 남편이 벌떡 일어나 밖으로 나가버렸다. 바람은 아직도 날카로운 소리로 울고 있었지만 비는 그쳐 있었다. 가까운 피붙이만 온 모양인지 겨우 여남은 명밖에 안 되는 친척들도 따라서 나갔다.

그렇게도 말할 수 있구나. 류는 혼자서 주억거리며 생각했다. 한때 정숙 여사는 모든 어머니들의 표본이었다. 자식을 위해서 모든 것을 희생하고 헌신하는 어머니의 표본. 그것이 꼭 옳다고는 할 수 없겠지만 젊은 나이에 정교수가 된 자식들을 보노라면 미상불 그렇게 살아야 제대로 된 어머니라고 할 수 있을 것 같았다.

육초회는 지금은 폐교된 초등학교 자모회원들이 모여서 만든 모임이었다. 당시 삼학년부터 육학년까지의 하나나 둘의 자녀를 두고 자모회라는 명목으로 만나 친해진 엄마들이 자식을 다 키우면 육십구 세까지 풀처럼 싱싱하게 살면서 봉사하며 살자는 뜻으로 만든 모임이었다. 왜 육십구 세까지냐면 칠십 세가 되면 다 내려놓고 자신을 위해서 살아야 한다는 어느 회원의 말에 다들 공감했기 때문이었다. 그런 까닭에 회원들은 정숙 여사가 자식을 위하여 얼마나 많은 것을 쏟아부었는지 다 알고 있었다. 정숙 여사는 자식을 키우는 것이 아니라 관리한다고 뒤에서 수군대는 사람도 있었지만 아이들은 정숙 여사의 뜻에 부응하여 일류고를 나오고 일류대학을 나와서 해외유학을 가고 박사가 되고 순조롭게 유명한 대학의 교수가 되었다. 남의 눈에는 순조롭게 보일지 몰라도 거기에 들어간 정숙 여사의 어마어마한 노력은 다른 사람은 몰라도 류는 알고 있었다.

아이들을 학교에서 학원으로, 학원에서 개인 과외선생님에게로 데리고 가는 것은 기본이고 아이들이 대학을 졸업하여 각자의 길을 찾을 때까지 정숙 여사의 모든 촉각은 아이들의 교육을 향해 곤두서 있었다. 무남독녀였던 정숙 여사는 친정부모에게 적잖은 시골 땅을 물려받았다. 만약 정숙 여사가 아이들을 위하여 그 땅을 팔지 않고 지금껏 두었더라면 그녀 세대뿐만 아니라 자식 세대까지 펑펑 쓰면서 살아도 남았을 터였다. 남편의 직장이 정숙 여사의 시골집 근처여서 류는 시골 땅을 처분할 때마다 정숙 여사가 부모님 산소에서 한참을 울다가 간다는 것을 알고 있었다. 그런 정숙 여사의 여린 심정을 알지 못하는 사람들은 앞에서는 정숙 여사의 교육열을 칭찬하면서 뒤에서는 너무 그악스럽다고 흉을 보았다.

정숙 여사가 왜 정숙 여사인가. 물론 이름이 정숙이기도 하였지만 평생 큰소리 한번 내지 않으면서 할 말은 절대 참지 않고 또박또박 말하는, 그러면서도 절대 상스럽거나 거친 표현은 쓰지 않은 정숙 여사의 모습이 마치 백조 같다고, 물 위에서는 우아하게 떠 있지만 수면 아래서는 그 우아함을 유지하려고 필사적으로 두 발을 휘젓고 있는 그 이중성이 마치 정숙 여사 같다고 누군가가 말한 다음부터 서경이 엄마라고 불리던 정숙 씨는 정숙 여사가 되었다. 누군가가 정숙 여사! 하고 부르면 다들 백조를 떠올렸고 서로 마주보며 비밀스러운 미소를 주고받았다. 어쩌면 정숙 여사의 흉내도 내기 어려웠던 대단한 교육열에 대한 열등감을 그런 식으로나마 위안받고자 했는지도 몰랐다. 한번도 내색은 하지 않았지만 정숙 여사도 어쩌면 자신이 왜 그렇게 불리는지 알고 있었을 것이라고 류는 생각했다. 다만 치졸해서 다투려하지 않았을 거라고.

정숙 여사의 생애나 다름없는 그 업적들이 그렇게도 평가될 수 있다는 생각에 류는 진심으로 씁쓸했다. 친척들이 나가자 금호언니가 바로 일행에게로 왔다. 얼굴이 굳어 있었다.

“정숙 여사가 일이 있어서 잠깐 집에 왔다간 사이에 아들이 혼자 죽어 있었대. 날씨가 더워서 시신이 이미 부패돼 있었고. 그 모습을 혼자 목격한 정숙 여사가 너무 놀라서인지 정신이 오락가락해서 할 수 없이 병원에 입원시켰대.”

바로 화장장으로 가자고 친척들이 설득했는데 아들을 그렇게 보낼 수는 없다고 남편이 고집을 부려서 저렇게 분향소를 설치하고 독경을 틀어놨다는 것이었다. 독경을 틀어놓은 이유가 기가 막혔다. 남편도 정숙 여사에게 원망이 많았는지 뭐든지 정숙 여사가 했을 것이라고 짐작되는 행동과 반대되는 행동만 한다는 것이었다. 다들 할 말을 잃고 서로의 얼굴만 쳐다보았다. 비록 끝이 좋지 않았다 하더라도 정숙 여사의 한평생이 이렇게 폄하되어도 되는 것인가? 끝이 개운치 않고 씁쓸한 여운이 남는 영화 한 편을 막 감상하고 나오는 기분이었다. 마당발답게 금호언니는 정숙 여사의 병원 호실까지 알고 있었다. 조만간에 한번 찾아가야겠지만 지금 당장은 아니어서 다들 애꿎은 찻잔만 만지작거리고 있었다.

류는 금호언니 쪽을 의식적으로 쳐다보지 않았다. 시선을 마주치고 싶지 않았다. 이미 결별 쪽으로 마음을 굳힌 이상 더 이상 얽히고 싶지 않았다. 정숙 여사가 없는 지금 궤연 쪽으로 다시 갈 이유가 없었으므로 다들 바람 속으로 흩어졌다. 헤어지기 전에 금호언니가 류에게 데려다줄 수 없냐고 물었지만 류가 대답을 망설이는 동안 아무도 차를 가져오지 않았다고 누군가가 대답하자 회장과 함께 귀가하기로 마음먹은 것인지, 아니면 회장에게 또 따로 할 이야기가 있는지 금호언니는 회장의 팔짱을 끼고 보란 듯이 류의 앞을 지나쳐갔다. 신경쓰지 말자 하면서도 류의 마음은 무거웠다.

금호언니는 육초회 회원 중 류와 가장 친한 언니였다. 남편들도 선후배 사이로 사정을 잘 알고 있었고 그러다보니 자주 어울리게 되고 어느새 가장 돈독한 사이가 되었다. 두 집 모두 하나를 받으면 둘을 주어야 마음이 편한 그런 성격이어서 이십여 년 동안 얼굴 한번 붉히지 않고 살았다. 좋고 싫은 것이 너무 분명한 탓에 가까운 친구가 없었던 류에게 금호언니는 더할 나위없는 이웃이었다. 친형제보다 더 가깝다고 느꼈고 그런 이웃이 있다는 것을 더없는 행운으로 생각했었다. 좀 늦게 만나기는 했지만 죽을 때까지 변하지 않으리라 믿었고 그럴 자신도 있었다. 그러나 사람과 사람과의 인연은 과신하면 안 되는 거였다. 동아줄처럼 튼튼하다고 믿었던 정은 실상 아무것도 아닌 일로도 변할 수 있는 허무하고도 쓸쓸한 것이었다.

육초회 회원들이 예능적인 특기 하나쯤 가져보자고 오카리나를 시작한 것이 그 발단이었다. 다 같이 배우는데도 그것도 재능 차이가 있는지 반 년쯤 지나자 실력이 들쑥날쑥해지기 시작했다. 가장 뛰어난 사람은 금호언니였다. 어렸을 때 아버지에게 배운 기억이 있는 류도 금방 익숙해졌다. 그런데 어느 날부터인가 뭔가가 자꾸 석연치 않았다. 다 같이 둘러앉아 오카리나를 부는데도 마치 혼자서만 불고 있는 느낌, 그런 싸한 기분을 몇 번 맛본 후에야 그 석연치 않음이 무엇인가를 깨달았다. 평생교육원생을 대상으로 하는 예능발표를 앞두고 맹연습을 하던 때였다. 금호언니가 중심이 되어 하나의 노래를 완성해가는데 불협화음이 날 때마다 다른 사람들에게는 하나하나 어디가 틀렸다고 정성스럽게 알려주다가 류가 틀리면 사정없이 타박을 하는 것이었다.

어느 날 참다못해 '언니! 왜 나만 혼내는 거야? 설마 내가 너무 잘할까봐 견제하는 거 아니지?' 하고 농담반 진담반 한마디한 것이 화근이 되었다. 표정이 완전히 굳어진 금호언니는, 농담이었다고, 그렇지만 조금은 서운했었다고 진심을 털어놓으며 잘못했다고 사과하는 류에게 한마디도 하지 않았다. 다음날도 그 다음날도 마찬가지였다. 류는 모든 회원들의 눈치를 보면서 연습을 할 수 밖에 없었다. 육초회는 오카리나합주로 당당히 대상을 받았다. 그러나 금호언니는 류의 기웃거림을 계속 모르쇠했다. 직접 듣지 않았으니 다 믿지는 않았지만 오히려 이 사람 저 사람 붙들고 류의 험담을 한다고 하였다. 한 달도 되지 않아 류는 성격이 모나고 이기적이고, 남의 선한 마음을 이용하는 위선자가 되었다. 남편까지 동원해보았으나 한번 닫힌 마음들은 예전처럼 스스럼없는 관계로 돌아가지 않았다.

답답한 류는 대학에서 심리학을 가르치는 사촌에게 전화를 했다. 사촌은 심상하게 말했다. "그 사람, 평소에 너한테 열등의식이 있었던 거 아닐까? 그러다가 모처럼 자기가 잘할 수 있는 일을 만났는데 네가 또 앞서려고 하니 시기심이 생겼던 거 같아. 옛날로 다시 돌아갈 수 있냐고? 힘들지. 왜냐면 너한테 그 졸렬한 속마음을 들켜버렸잖아."

사촌의 말을 다 알아들을 수는 없었지만 다시 옛날로 돌아갈 수 없다는 것은 알아들었다. 사람 관계가 이렇게 허무할 수 있을까 생각하며 류는 오랫동안 우울하게 지냈다. 금호언니 탓만 아니라는 것은 누구보다 류 자신이 잘 알고 있었다. 사촌의 말을 듣는 순간부터 금호언니와의 관계를 쉽게 포기해버린 사람이 바로 류 자신이었으니까.

이날 금호언니는 류에게 몇 달 만에 처음으로 말을 걸었다. 사람과 사람의 관계라는 것은 참 아이러니하다. 이미 일그러진 인연은 깨진 질그릇 붙이는 것과 뭐가 다를까 싶어 류가 마음을 내려놓자 이번에는 금호언니가 류의 주변을 기웃거리기 시작하는 것일까. 그렇게 생각하니 마음이 더 싸해졌다.

발인이 끝난 다음 날 회장에게서 전화가 왔다. 회원들이 모두 몰려가기도 그렇고 하니 회장과 부회장, 총무 이렇게 셋이서만 정숙 여사에게 다녀오자는 것이었다. 알았다고 했는데 막상 면회날이 되니 부회장은 갑자기 일이 생겨서 오지 못하고 회장하고 둘이서 정숙 여사의 면회를 가게 되었다. 태풍이 지나간 탓인지 며칠 동안 날씨가 감탄이 나올 만큼 좋았다. 류가 운전을 하고 회장이 옆에 앉았다.

"금호랑은 영 화해가 안 되는 거야?"

"마음에 이미 얼룩이 잔뜩 묻었는데…. 힘들겠죠."

회장은 그렇겠지? 혼잣말처럼 반문하며 고개를 끄덕였다.

"두 사람 지내는 걸 보며 참 부러웠는데, 사람 관계가 참 쓸쓸하네."

면회시간을 미리 알고 간 까닭에 정숙 여사는 금방 볼 수 있었다. 생각보다 추레하지는 않았다. 평소 둥글었던 얼굴이 살이 빠져 말간 게 오히려 보기 좋았다. 두 사람을 보자 억지로 웃을 듯 입꼬리를 올리더니 금시 포기하고 모든 것을 체념한 무표정으로 돌아갔다.

"의사가 나한테 다 내려놓고 다 얘기하면 마음이 편해질 거라고, 그래야 살 수 있다고 자꾸 그러는데 의사한테는 아무 얘기도 하고 싶지 않아. 아마 의사도 우리 남편이나 시누이나 아니 내 자식들처럼 내가 너무 극성이었다고 잘못한 거라고 그렇게 말하겠지. 그래서 난 말하고 싶지 않아. 꼭 얘기해야 한다면 차라리 나를 잘 아는 사람들에게 하고 싶어."

회장이 정숙 여사의 손을 잡고 몇 마디 위로의 말을 건네는 찰나 전화벨이 울렸다. 발신자를 보더니 회장은 전화기를 들고 급히 면회실 밖으로 나갔다. 정숙 여사가 씁쓸하게 웃었다.

"나는 죽을 것처럼 힘든데 다들 잘 살고 있구나. 억울해. 내가 뭘 잘못했을까? 아니, 어디서부터 잘못되었을까?"

회장의 통화는 쉬이 끝날 성싶지 않았다. 손짓발짓 다 동원하는 것이 뭔가 심각한 문제가 있는 모양이었다. 류는 정숙 여사의 손을 잡았다. 정숙 여사가 류의 손을 마주 꼭 잡아왔다.

"그래. 류야. 네가 오기를 바랐어. 내가 얼마나 애들을 지극정성으로 키웠는지 옆에서 봐왔으니까 너는 나를 이해하겠지?"

류는 고개를 끄덕였다. 내친 김에 시누이의 말에 얼마나 마음이 좋지 않았는지도 얘기했다. 정숙 여사의 두 눈에 눈물이 고이는가 싶더니 금시 볼을 타고 흘러내렸다. 그러나 정숙 여사는 소매를 들어 얼른 눈물을 훔쳐버렸다.

"내가 어디서부터 잘못했을까? 정성스럽게 키웠으니 그 보답을 받아야겠다고 생각했던 그 순간부터였을까? 아님 놀 시간도 주지 않고 공부만 시켰던 그때부터 잘못되었던 것일까. 힘들게 뒷바라지해서 박사 만들어놓으니까 외국으로 내빼면서 서경이가 그러더라. 자기는 추억이 하나도 없다고. 갖고 있는 기억이라고는 공부하라고 내몰던 독살스럽던 내 표정밖에 없대. 제 오빠 결혼 반대하는 것을 보고 나도 엄마 곁에 있으면 끝까지 엄마의 마리오네트로 살겠구나 싶어서 도망간다고 하더라."

정숙 여사가 아들 결혼을 반대하며 행동했던 일은 유명했다. 상대방 여자는 집안도, 학벌도, 재산도 빠지지 않았다. 다만 그 엄마가 한때 유명인이었던 남자의 첩이라는 것이 문제였다. 실제로 여자는 미혼모인 엄마의 호적에 올라 있었다. 아들이 마음을 돌리지 않자 정숙 여사는 날마다 여자를 찾아갔다. 학교로 집으로 스토커보다 더 지독하게 여자를 찾아갔다. 마침내 진저리가 난 여자가 모든 것을 접고 외국으로 떠날 때까지 집요하게 찾아가서 말 한마디 하지 않고 쳐다만 보고 있었다고 했다. 그때 마음의 상처가 큰 탓이었는지 아들은 내내 결혼을 미루다가 서른 중반이 넘어서야 결혼을 했다. 그러나 결혼을 하고 일 년도 채 되지 않아 발병하는 바람에 이혼을 하고 말았다. 아들이 위암 말기라는 사실을 확인하자마자 며느리는 바로 이혼을 요구했다고 했다.

"나도 알아. 암이 발생하는 가장 큰 원인이 스트레스라는 거. 암세포가 너무 급성으로 번져서 수술을 해도 생존확률이 20%도 채 되지 않는다고 하니까 수술을 포기하더라. 해보는 데까지 해보자고 그렇게 설득했는데 이번에는 엄마 말 안 듣겠대. 마지막이니 자기 하고 싶은 대로 하다가 죽겠다더니 결국 강원도에 있는 치유의 숲이라는 곳으로 들어갔어. 아들이니 나 몰라라 할 수도 없어서 좋다는 약이니 음식이니 다 싸들고 찾아갔지. 갈 때마다 나를 붙들고 원망을 하더라. 엄마 때문에 이렇게 되었다고. 이렇게 될 줄 알았으면 좋아하는 여자하고 다만 몇 달이라도 살아볼 것을 그랬다고. 아니, 그 여자하고 살았으면 이렇게 병에 걸릴 일도 없었을 거라고. 갈수록 상태가 나빠져서 결국은 내가 함께 있을 수밖에 없었는데 어느 날은 엄마 미안해요, 하다가 어느 날은 온갖 짜증을 부리고 진상 짓은 다하고. 그날도 전 날 저녁부터 힘이 들어 그랬는지 밤새도록 잠 한숨 자지 않고 짜증을 부리기에 그래, 너 혼자 한번 살아봐라. 그래야 어미 귀한 줄을 알지하는 마음에 발끈해서 집으로 내려온 게…."

정숙 여사는 목이 메여 말을 잇지 못했다. 내 손을 얼마나 꽉 움켜쥐었는지 아파서 쥐가 날 지경이었다. 그 다음부터 이어지는 말은 알아듣기가 힘들었다. 한마디, 한마디 이어질 때마다 손이, 몸이 부들부들 떨렸다.

후회로 자식보다 더 미칠 지경이었지만 그래도 너무 괘씸하기도 하고 몸도 힘들어서 일주일쯤 전화도 하지 않고 찾아가지도 않았다고 한다. 남편이 전화를 받지 않는다고 걱정해도 애가 삐져서 그러는 거라고 그렇게 생각했다. 일주일이 지나니까 슬슬 걱정이 되어서 이것지것 싸들고 그 통나무집을 찾아갔다. 막 문을 열려는데 뭔가 움직이는 것이 보였다. 이게 무엇인가 하고 자세히 보았더니 문틈 사이로 끊임없이 나오는 통통한 구더기였다. 기절초풍한 정숙 여사는 문을 열 생각도 못하고 우선 관리인을 불렀다. 관리인은 당연히 두 모자가 여전히 기거하는 줄 알고 들여다보지 않았다고 한다. 언제 죽은 것일까. 아들은 없고 구물거리는 하얀 구더기만 방 한쪽에 수북하였다. 정숙 여사는 기절하였고 며칠 동안의 기억이 없었다. 의사의 말에 의하면 계속 '저리 가, 저리 가!' 하면서 무엇인가를 쫓는 시늉을 하면서 자꾸 구석으로 도망을 갔다고 한다.

이야기를 끝낸 정숙 여사는 마침내 통곡하기 시작했다. 애간장이 끊어지는 듯 비통한 울음이었다. 놀란 회장이 전화를 끊고 달려왔다. 류는 손짓으로 그녀를 만류했다. 아마 정숙 여사는 처음으로 소리내어 울 터였다. 한 손으로는 내 손을, 한 손으로는 회장 손을 잡고 정숙 여사는 목이 쉬도록 울었다. 함께 눈물을 흘리면서도 정숙 여사가 울 수 있어 다행이라고 여기는 마음이 너무 싫어서 류는 고개를 돌리고 입술을 깨물었다.

돌아오는 길에 양희은이 부르는 〈사랑, 그 쓸쓸함에 대하여〉가 라디오에서 흘러나오고 있었다. 그 노래가 너무 마음에 스며들어 저녁 내내 류는 그 노래를 듣고, 듣고 또 들었다. '참 쓸쓸한 일인 거 같아' 하고 가수가 노래를 부를 때마다 마음이 아려와 눈물이 흘렀다.

여자, 엄마

여자, 엄마

여자가 마침내 고향집으로 내려간 것은 맹위를 떨치던 더위가 갑작스럽게 한풀 꺾이던 팔월의 마지막 날이었다.

여자가 살고 있던 도시에서 고향집까지는 거의 네 시간이 걸렸다. 그렇게 긴 시간동안 운전을 해본 적이 없던 여자는 고향집 마당에 차를 주차한 순간 그대로 눕고 싶을 만큼 몸도 마음도 지쳐 있었다. 오랫동안 사람이 살지 않은 집은 엄마가 가끔 내려와 쓸고 닦고 풀을 뽑았다고는 하지만 여전히 스산스러웠다. 이제 짐을 정리하고 엄마를 맞이할 준비를 해야 하는 당장 급한 일이 코앞에 있음에도 쉽사리 움직여지지가 않았다.

두 개의 방과 부엌, 그리고 마루를 지탱하고 있던 기둥 중 하나에 나무좀이 슬어 집이 무너지게 생겼다고 엄마가 전화로 여러 번 성화를 대더니 남동생이 그예 사람을 시켜 기둥을 바꾸어놓았는지 네 개의 기둥 중 하나만 색깔이 달랐다. 그 기둥 때문인지 집이 더 낯설고 우중충해 보였다. 벼를 말리기 위해 시멘트로 포장해버린 마당이 그 중 가장 보기 흉했다. 사람이 살지 않은 동안 질기디 질긴 잡초들은 단단한 시멘트의 틈새로 싹을 틔우고 몸통을 키워 마침내 시멘트를 깨부숴버렸다. 남동생이 그랬는지 엄마가 그랬는지 너무 억세서 뽑아지지 않은 잡초를 낫으로 베어낸 흔적과 더불어 깨진 시멘트 조각들이 그렇지 않아도 심란한 여자의 마음처럼 어수선했다.

"오메! 진짜 왔네."

담장 너머에서 들려온 느닷없는 목소리가 아니었으면 언제까지 그렇게 망연자실 서 있을 뻔했던 여자는 소스라치게 놀라며 소리가 나는 쪽을 쳐다보았다. 낯익은, 그러나 기억보다 훨씬 늙어버린 얼굴이 담장 너머에서 이가 빠져 합죽한 모양새로 웃고 있었다. 아직까지도 고향을 지키며 살고 있는 몇 안 되는 동네 사람 중 하나인 숙이네였다. 숙이는 여자의 막내여동생과 친구이니 숙이네도 아마 지금쯤 팔십이 넘었을 터였다. 뭐라고 딱히 할 말이 없어서 비죽이 웃는 것으로 인사를 대신한 여자에게 숙이네는 "큰맘 먹었지, 암만" 하며 고개를 주억거렸다. 여자도 숙이네가 아직도 옆집에서 건재해 있는 것이 큰 선물을 받은 것처럼 마음이 푸근해지면서 안심이 되었다.

"온단 말 듣고 내가 마당에 풀 좀 비라고 했등만 그렇게 풍신나게 해놨네."

마당의 풀은 남동생도 엄마도 아닌 옆집 숙이아버지가 벤 모양이었다.

"세월이 무상타. 느그 집이나 우리 집이나 식구가 많아서 여름에 자고 일어나면 온몸이 땀에 젖고 땀띠가 가실 날이 없었을 때도 있었는디."

숙이네가 그렇게 말할 때 여자는 저도 모르게 고개를 끄덕였다. 여자가 스산한 집을 보며 내내 생각했던 것이 바로 어릴 때 식구가 많아서 안방에 다 못 앉고 마루까지 앉아서 밥을 먹었던 그 풍경이었던 것이다. 그 많던 식구들은 다 어디로 간 것일까? 그때는 몰랐다. 언제까지 이 집에 사람이 넘쳐날 줄 알았다.

여자는 마루 한쪽에 바짝 말라서 굴러다니는 걸레를 집어들어 우물가로 갔다. 갑자기 가슴이 뻐근해지면서 눈물이 핑 돌았다. 물이 넘치지 않게 살짝 높인 가장자리를 따라서 채송화가 색색의 모습으로 피어 있었다. 그녀가 어릴 적 아직은 젊었던 아버지가 어디선가 가져다 심은 것이었다. 한번 심어놓으니 채송화는 해마다 그 자리에서 꽃을 피웠다. 그 채송화가 식구들 다 떠난 빈집에서, 시멘트 마당까지 깨부순 잡초들 사이에서 아직까지 꽃을 피우고 있었다. 혹시나 하는 마음으로 장독대 쪽을 바라보던 여자는 이번에는 가만히 미소를 지었다. 역시나 있었다. 노랑꽃이 너무 예뻐서 친구에게 얻어왔다며 둘째언니가 심은 손바닥 선인장 역시 깨진 항아리를 제 집 삼고 몇 십 년이 지났음에도 여전히 그 자리에 있었던 것이다.

여자는 갑자기 마음이 바빠졌다. 부지런히 걸레를 빨아서 마루부터 닦기 시작했다. 가림막이 없이 외부에 자리한 마루는 흙먼지로 보얗게 덮여 있어서 방으로 들어가려면 마루를 먼저 닦아야 했다. 걸레를 하나 더 찾아 번갈아가며 몇 번이고 닦은 뒤에야 마루는 비로소 제 모습을 드러냈다. 그새 마루 틈새는 한층 더 넓어져 있었다. 마루를 닦고 엄마와 함께 기거할 큰방을 닦는 동안 여자는 땀으로 흠뻑 젖었다. 아침저녁으로 서늘해졌다고 해도 아직은 팔월이었다.

여자가 엄마를 모시고 시골집에서 살겠다고 하자 남동생은 아파트를 돌아다니며 이사 간 사람들이 버린 작은 장롱이나 서랍장을 주어다 시골집에 옮겨놓았다. 장롱은 장롱대로, 서랍장은 서랍장대로 제각각 다른 색상이고 형태여서 그 부조화가 그렇지 않아도 낯설게 느껴지는 집안 곳곳을 더 두리번거리게 했다. 그래도 없는 것보다는 낫다고 여자는 스스로를 위로했다. 이거라도 없었으면 당장 이 짐들을 다 어디에 두었을 것인가. 심지어 티브이도 있었다. 엄마가 아직 이 집에 살고 있을 때 개량한 부엌 한쪽으로 작은 목욕탕이 딸려 있어서 여자는 찬물로 목욕을 했다. 물은 처음에는 괜찮다가 나중에는 심장이 떨릴 만큼 차가웠다. 옷을 갈아입고 마루로 나와 누웠다. 앞뒷문을 열고 시원함을 만끽했던 어린 날이 생각나서 큰방에 딸린 뒷문을 열고 싶었으나 바깥 쪽에서 못질을 해버렸는지 뒷문은 열리지 않았다. 남향집이어서 아침에는 햇빛이 들지만 오후에는 그늘이 지는 마루에 누우니 시원함이 지나쳐 서늘할 지경이었다.

마침내 돌아왔다고 여자는 가만히 중얼거리면서 눈을 감았다. 한가해지자 생각들이 많아지면서 다잡은 마음이 다시금 어지러워졌다. 엄마가 오시기 전에 잠깐이라도 눈을 붙이고 싶었으나 생각의 소용돌이는 끝내 여자를 잠들지 못하게 방해를 하고 결국 자리에서 일어나게 만들었다. 어차피 시멘트 마당은 기대하기 힘드니 치워야 했다. 여자는 천천히 시멘트 조각들을 들어서 한쪽에 차곡차곡 쌓았다. 깨진 시멘트 조각들이 제법 날카로워서 엄마가 잘못 밟기라도 하면 다치기 십상이었다. 몸을 움직여도 생각이라는 녀석은 떠날 줄을 몰랐으나 그래도 가만히 있는 것보다는 움직이는 것이 머릿속이 덜

어지러웠다. 한동안 그렇게 무념무상으로 일을 하다가 여자는 소스라치게 놀라 비명을 지르며 털썩 주저앉았다. 작은 손이 그녀의 바짓가랑이를 잡아당긴 때문이었다. 정말이지 처음에는 아기 귀신인 줄 알았다. 아니면 어떻게 빈집에 저렇게 작은 아이가 혼자 올 수 있겠는가. 식은땀이 버썩 솟고 정신이 혼미해졌다. 여자의 비명 소리가 들렸는지 숙이네 목소리가 들렸다.

"아이구! 개똥이 저 녀석이 또 사람을 놀랬켰구만. 괜찮아. 아랫집 애기인디 배고프면 불쑥불쑥 아무 집이나 들어가서 밥 달라고 보채는 놈이야. 겁도 없어."

여자의 비명 소리에 놀랐음직도 하건만 개똥이라 불리는 사내아이는 놀란 기색도 없이 한손가락을 입에 물고 여자를 빤히 쳐다보았다. 서너 살쯤 되었을까, 햇볕에 그을린 갈색 피부와 통통한 볼이며 팔다리가 볼수록 귀여운 아이였다. 비명을 지른 것이 미안해서 여자는 손을 털고 아이를 안으려고 팔을 내밀었다. 의외로 아이는 주춤 몸을 뒤로 빼더니 그대로 달아나버렸다. 아니, 달아난 줄 알았더니 멀리 가지 않고 돌담 뒤에 숨어서 빼꼼 여자를 살피고 있었다. 여자가 손짓해도 결코 가까이 오지 않았다. 여자도 아이를 무시하고 마저 마당을 치우기 시작했다.

할 일이 태산이었다. 시멘트 조각을 걷어낸 마당은 잡초의 뿌리들로 뒤엉켜 있었다. 거기에 걸려 넘어지지 않으려면 힘이 들어도 그 뿌리를 다 걷어내야 할 것 같았다. 찻소리가 들렸다. 동생이 도착한 모양이었다. 동생의 부축을 받아 차에서 내리는 엄마를 방으로 모시려고 하자 엄마는 고개를 저었다. 여자가 몇 번을 닦아 반질거리는 마루에 아까 여자처럼 길게 누운 엄마는 한 손을 이마에 올린 채 마치 잠이라도 든 양 한참을 미동도 없었다. 동생이 여자를 한쪽으로 불렀다.

"누님! 고생하시겠소!"

동생이 찡그린 얼굴에 억지웃음을 지으며 말하는 것을 보면서 여자는 장남으로서 도리를 못하고 누나에게 부모를 떠안기는 동생의 고통을 보았다고 생각했다. 동생은 그런 일에 민감한 사람이었다. 그러나 올케의 성화가 더 힘들었을 것이다.

"괜찮아, 내가 하겠다고 한 일이야."

손을 휘휘 저으며 말하는 여자에게 매달 생활비는 보태주겠노라고 말하고 어두운 표정으로 동생은 차에서 엄마의 짐들을 내렸다. 이미 대부분의 짐들이 먼저 와 있던 탓에 짐들은 많지 않았다. 오히려 담아서 보내준 김치라든가 밑반찬들이 가지가지 많아서 올케가 많이 미안하긴 했다보다 싶었다.

작년부터 엄마는 가벼운 치매 증상을 보이기 시작했다고 한다. 자꾸만 과거로 돌아가서 엉뚱한 얘기들을 한다고 동생은 걱정을 했다. 올케는 노골적으로 형제들에게 불만을 표시했다. 치매노인을 모실 수는 없다는 것이었다. 직장을 나가는 올케이니 이해를 못할 바는 아니지만 지나치게 민감하게 구는 올케가 서운하다 못해 밉기까지 했는데 엄마가 가스 불을 켜두고 잊어버려서 집을 홀랑 태워먹을 뻔했던 일이 두 번이나 있었다는 말을 듣고는 서운함마저도 접었다.

형제들이 많았지만 그 지경인 엄마를 모시겠다고 선뜻 나서는 사람은 없었다. 큰아들 집에 살면서 버스를 세 번이나 갈아타야 올 수 있는 고향집에 엄마는 틈만 나면 내려왔다고 했다. 사람 훈김이 없으면 집은 금방 못쓰게 된다고, 언젠가는 내려와 살 것처럼 집안 구석구석을 쓸고 닦았다. 그 때문에 차라리 고향집에 엄마를 모시면 어떻겠냐는 의견이 돌았지만 동네 사람들 눈이 무서워서라도 엄마 혼자 내려보낼 수는 없었다. 여러 달을 고민한 끝에 여자는 결단을 내렸다. 무엇인가 서로에게 도움이 필요한 시기였다. 엄마에게도, 그리고 형제들에게도.

동생이 짐을 다 내리자 보고 있었던 것처럼 엄마는 그만 올라가라고 손을 저었다. 동생은 하룻밤 자고 갈 요량이었던지 못들은 체 집안으로 들어가 여기저기 살피고 있었다. 엄마가 여자를 불러 느그 동생 얼른 보내라고 채근했다. 여전히 이마 위에 한 손을 얹고 눈은 꼭 감은 체였다. 아까 둘러보았는데 손 볼 곳은 딱히 없더라는 말로 여자는 동생의 등을 떠밀었다. 사실이었다. 가스도 연결되어 있었고, 부엌살림도 골고루 다 갖춰져 있었다. 동생도 심기가 불편했는지 다음 주에 내려와서 더 손을 봐주겠다는 말로 간다는 인사를 대신하였다.

동생이 떠나자마자 엄마는 '배고파' 했다. 힘이 하나도 없는 목소리였다. 여자는 아까 밥부터 해놓지 않은 것을 후회하며 혹시나 하고 사왔던 빵이며 과일 등을 간식거리로 내놓고 급하게 저녁준비를 하였다. 잠시 후에 엄마가 누군가에게 도란도란 얘기하는 소리가 들려 여자는 엄마의 치매기가 또 시작됐나 싶어 가슴이 철렁 내려앉았다. 부엌에서 마루로 통하는 문을 열자 뜻밖에도 아까 그 아이가 엄마의 무릎에 앉아 빵을 먹고 있었다. 저 한 입 먹고 엄마 한 입 넣어주고. 사이좋은 조손 같은 풍경에 여자는 가슴을 쓸며 픽 웃고 말았다.

"엄마 아는 아이야?" 하고 묻자 "그럼!" 하고 엄마는 호기롭게 대답했다.

"사실 내가 요 녀석이 보고 싶어서도 자주 내려왔지. 올 때마다 요 녀석 주려고 과자도 사오고. 세우야! 작은할머니한테 인사해야지?"

세우?? 아까 숙이네는 개똥이라던데. 여자의 혼잣말을 들은 엄마는 혀를 찼다. 요 이쁜 녀석한테 개똥이가 뭐여? 엄연히 이름이 있는데. 그래도 세우라는 이름은 좀… 하고 여자가 혼잣말을 하자 아이가 또렷하게 말했다.

"나, 이시우야. 이, 시, 우."

그러면서 할머니! 나 새우 싫어! 하고 고개를 흔든다. 시우나 새우나 그게 그거고만. 엄마의 혼잣말을 들으며 여자는 웃고 말았다. 시우라는 이름을 듣고 엄마는 새우를 연상했음이 틀림없다. 근래 들어 듣고도 금방 잊어버리는 엄마가 아이의 이름을 욀 수 있었던 것은 바로 그 때문인 듯했다.

저 혼자 먹지 않고 어른도 챙기는 아이가 여자의 맘에 쏙 들었다. 시우, 저녁도 먹고 갈 거지? 하고 돌아서는데 숙이네가 논도랑 치면서 미꾸라지를 잡았다며 냄비에 추어탕을 들고 들어왔다. 여자는 숙이네도 저녁 먹고 가라고 붙잡았다. 네 사람이 이른 저녁을 먹고 있는데 들에서 일하던 차림 그대로인 젊은 여자가 시우를 부르며 들어섰다. 시우의 겉모습을 보고 다문화가정의 아이인가보다 하고 지레 짐작했는데 역시나 작은 키에 까무잡잡한 피부가 베트남 출신 같았다. 여자는 시우엄마도 손짓해 불렀다. 시우엄마는 손사래를 치고 아빠 밥 준비를 해야 한다고 약간 어설픈 한국말로 얘기했다. 시우는 제 엄마가 부르거나 말거나 엄마의 무릎에서 내려올 생각을 하지 않았다. 엄마도 아무 말도 못들은 사람처럼 열심히 시우 입에 밥을 떠넣었다. 숙이네가 이따 갈 때 데려다주마고 하자 시우엄마는 늘 있었던 일이었는지 웃는 얼굴로 고개를 숙여 보이고는 돌아섰다.

"조선족인지 뭔지 중국에서 온 애들보다 베트남에서 온 애들이 더 부지런하고 싹싹하고 서방한테도 잘하고. 말을 잘못하는 것 빼고는 버릴 게 하나도 없다니까."

그러면서 숙이네는 늙은이들 천지인 동네에 시우가 있어서 얼마나 좋은지 모르겠다고 한숨을 쉬었다. 뭐니뭐니해도 사람꽃이 젤 이쁜 법잉께.

엄마와 함께 사는 것은 각오했던 것보다 어렵지 않아 긴장했던 것이 오히려 무안할 정도였다. 아침저녁 옷섶으로 파고드는 바람이 나날이 차갑게 느껴져서 감기 걱정을 하게 되는 10월이 시작될 때까지도 엄마는 가스를 켜둔다든가 하는 실수는 하지 않았다. 아니 아예 부엌 쪽으로는 얼씬도 하지 않았다. 날이 부연해지면 엄마는 어느새 일어나 마당으로 나갔다. 엄마가 혹여 다칠까 싶어 시멘트 조각들만 우선 치운 마당에 앉아 엄마는 날마다 잡초뿌리를 뽑고 그 자리를 꾹꾹 밟았다. 하나 뽑아내고 꾹꾹 밟고, 또 하나 뽑아내고 밟고. 여자는 간섭도 하지 않았고, 도와주지도 않았다. 여자도 할 일이 많았다. 좀 늦은 감이 있었지만 오자마자 배추 모종을 사다가 심었고 무도 두어 고랑 심었다. 새언니나 다른 형제들이 틀림없이 김치를 보내 줄 것을 알면서도 그렇게 하고 싶었다. 촌에 살면서 땅을 비워두는 것은 죄를 짓는 것이라고 했던 엄마의 말이 생각나서이기도 하지만, 어쩌면 엄마처럼 뭔가 할 일을 갖고 싶었는지도 몰랐다.

골목길 지나는 사람들 눈에 집안이 보이지 말라고 키보다 높이 쌓은 담장 아래 텃밭이 있어서 텃밭에 앉아 있으면 혼자 같았다. 처음엔 엄마가 걱정되었지만 며칠 아무 일 없이 지나자 심상해져서 두 사람은 그렇게 시간을 보냈다. 시우는 여자의 집에서 거의 살다시피 했다. 고양이손이라도 빌리고 싶다는 농번기여서 집집마다 사람이 없었다. 여자가 이사 오기 전에는 골목에 쭈그리고 앉아 흙장난을 하거나 들일하는 제 엄마를 따라서 하루 종일 지루하게 시간을 보냈을 아이는 언제나 사람이 있는 집이 너무 좋은 모양이었다. 남동생이나 다른 형제들이 찾아오는 주말에 여자는 차를 몰고 읍내로 나가서 시우에게 줄 일주일 분의 간식을 사오곤 했다.

시우는 엄마의 무릎에 앉았다가 여자의 품속에 기댔다가 뜻 모를 말들을 주절거리며 하루를 보내고 잠이 든 후에야 제 집으로 내려갔다. 잠이 들지 않으면 안 가려고 떼를 썼기 때문이었다. 어차피 아침에 눈만 뜨면 바로 여자의 집으로 올라올 녀석이라 두고 가라고 말려도 시우엄마는 기어이 애를 안고 내려갔다. 때때로 호박이며 가지, 오이 같은 찬거리들이 담장 위에 올려졌다. 시우엄마가 놓고 간 것이었다. 여자는 한 톨 거짓 없는 마음으로 시우를 예뻐하듯 그 엄마의 정성도 사양하지 않고 받았다. 늘 미안해할 시우엄마의 마음을 그렇게라도 편하게 해주고 싶었다. 나이 먹어서 좋은 것은 그렇게 사람 마음이 헤아려지고, 또 그 마음을 받아줄 수 있는 여유가 아닌가 하는 생각이 들었다.

쌀이, 고구마가, 다른 잡곡들이 여자의 방 한쪽에 빼곡히 찼다. 시우아빠가 갖다놓은 것들이었다. 웬비 내는 거냐고 여자가 농을 하자 '고마워서요. 그냥 정이라고 생각해 주세요' 하며 웃는 시우아빠는 마흔이 훨씬 넘어보였다. 시우엄마하고는 이십 년도 더 차이가 나보이는 얼굴이었다. 숙이네 말처럼 선량함이 복을 받아서 시우엄마 같은 복덩이와 산다고 하더니 정말 순박한 사람이었다. 이제 시우는 말도 곧잘 했다. 말이 서툰 엄마와 무뚝뚝한 아빠에게서 말을 배우느라 말이 늦었던 것이지 아이가 영민하지 않았던 것은 아니었는지 여자가 형제들에게 부탁해서 받은 그림책도 곧잘 이해하고 숫자도 금방 기억했다.

남도에서도 끝이라 기온이 영하로 떨어지는 일은 드물었지만 바다가 가까운 탓에 바람이 거셌다. 유선방송을 보지 않으면 티브이를 볼 수 없는 시골이라 덕분에 티브이만 켜고 있어도 하루가 심심하진 않을 만큼 채널이 다양했다. 밖으로 나갈 수 없는 계절에 시간을 보내기 안성맞춤이었다. 엄마와 시우는 〈전국노래자랑〉 프로를 제일 좋아했다. 출연자들과 함께 엄마는 박수치며 노래하고 시우는 춤추고. 같은 내용을 몇 번씩 봐도 질리지 않은 모양이었다. 머릿속에 들어오지 않은 책을 멍하니 들여다보며 여자는 그 멈춘 것 같은 시간을 즐겼다. 언젠가는 이런 기억들이 따뜻한 추억이 될 터이지 생각하며.

엄마의 시간들이 엉망으로 꼬이기 시작한 것은 겨울철에 보기 드물게 며칠 동안 비가 내려 그 빗속에서 오가던 시우가 감기에 걸려 열흘이 넘게 여자의 집에 모습을 보이지 않고 있던 때였다. 처음에 엄마는 왜 시우가 안 오는지 하루에도 몇 번씩 여자에게 물었다. '감기가 걸려서 못 온데요' 하고 같은 대답을 여자도 몇 번이나 되풀이했다. 처음에는 심상하게 생각했다. 여자도 허전한데 엄마는 오죽 허전할까 하고 자꾸만 되묻는 엄마의 심정을 이해했다.

열흘이 지나자 엄마는 더 이상 시우에 대해서 묻지 않았다. 그 대신 시간들이 꼬이기 시작했다. 시집가기 전의 시간에서 아직 아기를 낳지 않았던 새댁으로, 아버지가 바람피우며 속 썩이던 젊은 날로, 큰아들을 군대 보내고 눈이 짓무르도록 울었던 날로 시간들이 뒤죽박죽되면서 그때마다 여자는 엄마의 친구였다가 비슷한 시기에 시집온 아랫집 새댁이었다가 철천지원수인 아버지의 작은댁으로 변했다.

이렇게 바람이 불던 초봄이었지, 아마? 니도 기억나재? 엄마가 이야기를 시작했다. 엄마의 시간은 갓 시집온 열여덟 살로 돌아가 있는 모양이었다.

"우리 그때 쑥 캐러갔다가 쑥은 많이 못 뜯고, 춥기는 하고 배도 고프고, 집에 가서 시어매한테 혼날 생각하니까 친정이 그립고. 그때 니가 그랬잖아, 우리 처녀로 돌아가보자고. 그래서 다들 쪽 졌던 머리 풀어 땋아내리고. 그러니까 정말로 처녀 시절로 돌아간 것 같아서 기쁘기도 하고 서글프기도 해서 누가 먼저 노래를 시작하니까 다들 따라부르면서 바구니 휘휘 내두르면서 춤도 추고 그랬지. 나중에는 누가 먼저랄 것도 없이 훌쩍훌쩍 울고."

여자는 얼른 대꾸해준다. 벌써 몇 번이나 들어서 외우고 있는 얘기니까.

"그게 하필 제일 말 많은 내산댁한테 들켜서 그날 다들 서방들한테 치도곤 당하고 담날 우물가에서 여기저기 멍든 얼굴들 쳐다보면서 피식피식 웃었잖아."

"그래. 그래도 그때는 젊어서 그 꼴을 하고도 좋다고 깔깔대고 웃고 그랬는데. 그때는 시어매가 왜 그리도 무서웠는지 몰라."

엄마는 아들 못 낳는다고 구박하던 시어머니 얘기를 주저리주저리 늘어놓는다. 그 잘난 아들을 낳아주고 엄마가 어떻게 했는지 여자는 기억하고 있다. 그것이 여자의 최초 기억이기에 더 강렬하게 남아 있는지도 모르겠다. 여자 아래로 딸을 두 명이나 더 낳은 뒤에 엄마는 드디어 아들을 낳았다. 여자가 여덟 살 때의 일이었다. 딸만 낳는다고 엄마를 구박하긴 했지만 할머니는 손녀들을 끔찍이도 챙겼다. 학교가 끝나고 교문 밖으로 나서자 기다리고 있던 할머니가 여자의 손을 잡고 덩실덩실 춤을 추었다.

우리 집도 이제 아들이 생겼단다. 아들이 생겼어. 할머니의 손을 잡고 집에 도착하니 금줄이 대문 앞에 걸려 있었다. 숯과 붉은 고추가 사이사이 끼워진, 할머니가 너무나 걸고 싶어했던 모양의 금줄이 떡하니 걸려 있었다. 여자를 기다리는 동안 할머니는 소고기도 샀나 보다. 금시 부엌으로 들어가시더니 소고기를 넣은 미역국과 수북이 쌓은 흰쌀밥을 챙겨서 들고 나오셨다. 그 밥이 얼마나 먹음직스러웠는지, 엄마가 남기면 얻어먹을까 싶어서 여자는 엄마를 부르며 문을 열었다. 엄마는 누운 채 아기에게 젖을 물리고 있다가 일어났다. 할머니가 엄마 앞에 흡족한 표정으로 밥상을 놓았고, 엄마가 아기를 내려놓고 밥상 앞에 앉자 홍얼거리면서 아기를 안아들었다. 그리고 엄마는, 밥상을 들고 밖으로 나갔다. 밥상을 마루에 놓고 토방에 내려선 엄마는 그 귀한 소고기 미역국을 들고 그대로 구정물통에 쏟아버렸다. 열린 문으로 그 꼴을 보고 있던 할머니와 여자가 동시에 새된 비명을 질렀다.

여자는 밥마저 그렇게 버릴까봐 아깝고 놀라워서 소리를 질렀고, 할머니는 엄마의 행동이 큰 충격이었으리라. 그러나 엄마는 밥은 버리지 않았다. 여자에게 남겨주지도 않았다. 그 많은 밥을 반찬도 없이 찬물에 말아 꾸역꾸역 한 톨도 남기지 않고 다 드셨다. 나중에 나이가 든 뒤에 그 기억이 떠오르면 여자는 혼자서 고개를 끄덕이곤 했다. 여자 위로 언니가 둘 있었는데 언니들 낳을 때만 해도 소고기는 아니었지만 미역국은 끓여주었던 할머니가 여자와 아래의 두 동생을 낳았을 때는 밥도 제대로 주지 않았다고 들었다.

"쌀이 익었으니께 너 같은 것이 먹어도 아프다 안 하제, 니가 뭘 한

게 있다고 밥상머리에 앉아 있다냐?"

할머니가 걸핏하면 엄마에게 하던, 아들을 낳지 못하는 며느리는 사람 구실을 못했으므로 밥을 먹을 자격이 없다는 말이었다. 딸만 내리 다섯을 낳는 동안 엄마는 늘 주눅 들어서 할머니의 눈치만 보고, 아이를 낳았어도 사흘을 채 쉬지 못하고 논밭으로 내몰리곤 했다. 그랬던 엄마가 그 귀한 소고기미역국을 할머니 보는 앞에서 구정물통에 쏟아버리고도 눈 하나 깜짝하지 않는 것이었다.

할머니도 저, 저, 저 하고 삿대질만 할 뿐 평소처럼 악다구니를 쏟아내지 못하였다. 아들 하나가 엄마를 저처럼 당당하게 하다니 여자는 그저 신기하면서도 한편으로는 그렇게 해줄 수 없었던 자신의 처지가 우울하게 다가왔다. 딸만 내리 낳은 것을 한풀이라도 하듯 엄마는 이번에는 아들만 내리 셋을 낳았다. 할머니는 더는 엄마에게 날을 세우지 못했고 엄마의 어깨는 날이 갈수록 힘이 들어갔다. 아들이 셋이나 되니 다섯이나 되는 딸들도 더 이상 천덕꾸러기가 아니었다. 오히려 남동생들을 보호해줄 든든한 버팀목이라는 기대까지 받았다.

큰언니와 작은언니는 늘 함께 왔다. 큰언니는 멀리 서울에 있고 작은언니는 가까운 곳에 살고 있었는데도 서로 연락하고 만나고 오는지 늘 함께였다. 언니들이 오는 주말이 여자에게는 휴가나 다름없었다. 맘 편히 엄마를 맡기고 볼 일을 봤다. 꼭 남편들을 대동하고 오는 여동생들은 손님이나 진배없었다. 남동생들도 마찬가지였다. 혼자 오건 부부가 함께 오건 여자 입장에서는 결국 손님이었다. 엄마도 여자와 마음이 같은지 동생들이 오면 데면데면 앉아 있다가 언니들이 오면 얼굴이 환해지면서 말이 많아졌다. 언니들이 함께 호응을 해주는 까닭이었다. 엄마와 가장 많은 시간을 공유한 언니들은 다른 사람들보다도 엄마와의 추억이 많았다.

"내가 사학년이었던가 운동회를 했는데 머리에 공을 얹고 달리는 게임을 했어. 근데 엄마가 나 못한다고 막 화를 내더니 혼자서 집으로 휭하니 가시는 거 있지."

"다 잘하는데 너만 계속 떨어뜨리고 혼자만 못하니까 속이 상해서 그랬지."

서로 맞장구치면서 주거니 받거니 하는 엄마와 언니들을 보면서 여자는 마음이 푸근해지곤 했다. 그동안 몰랐던 엄마의 젊은 시절과 언니들의 어린 시절 이야기를 듣고 있노라면 불쑥 눈시울이 뜨거워질 때도 있었다. 이 집이 사람의 온기로 가득 차 있었던, 아무런 근심 걱정 없던 어린 날로 돌아간 것만 같아 마음이 애틋해진 탓이었다. 겨울이 되어 바깥 활동을 하지 못하니 엄마의 상태가 더 나빠진다고 언니들은 격주마다 내려왔다. 언니들은 내려오면 으레 엄마를 모시고 목욕탕을 갔다.

자주 가니 낯익은 얼굴들도 생겼다. 갈 때마다 부딪치던 아랫동네 할머니 한 분이 한동안 안 보이더니 유방 한 쪽이 없어진 모습으로 나타났다. 여자는 괜히 얼굴을 마주칠 수가 없어서 슬그머니 외면을 하는데 뒤따라나오던 엄마는 할머니를 가만히 안아주고 있었다. 아팠지? 고생 많이 했네. 가만가만 등을 두드리며 하는 엄마의 말에 할머니는 웃었다. 그래도 살았잖아요. 웃는 할머니 얼굴에 눈물이 번졌다. 암만, 살았다는 게 제일 중하지. 고개를 끄덕이는 엄마의 눈도 젖어들었다.

"어쩔거나? 니 아부지 금방 집에 오면 날 잡아죽이려고 할 텐디."

엄마의 시간은 또 어디론가 줄달음질치고 있었다. 밖은 겨울바람 소리가 요란했다. 여자는 고구마 껍질을 벗겨 엄마에게 내밀면서 또 뭔 일을 저질렀는데? 하고 맞장구를 쳤다.

"아까 니 아부지가 들어올 시간이 지났는데 안 들어오길래 또 그년 집 갔나 싶어서 살그머니 안 가봤겠냐. 그랬더니 아니나 다를까 둘이 방에 앉아 하하호호 깨가 쏟아지더라. 이것들을 어떻게 골탕먹여야 내 속이 풀릴까 하고 부엌으로 들어갔는데 마침 가득 차 있는 물동이가 보이데. 그래서 문을 살짝 열고 '아나, 천벌이 여기 있다' 하고 동이째 물을 안방에 부어버렸지. 기겁을 해서 이리 뛰고 저리 뛰고 하는 꼴을 보니까 삼 년 묵은 체증이 내려간 것처럼 속이 후련하더라. 그래놓고 막 도망을 왔는디 어디 숨어야 할까나?"

여자는 자기도 모르게 아하하하 하고 사내처럼 크게 웃었다. 한겨울에 솜이불 두르고 정담을 속삭이다가 졸지에 물벼락을 맞았을 아버지와 작은댁을 생각하니 웃음이 그쳐지지 않았다. 잘했어, 엄마!! 여자가 엄지를 치켜들며 엄마를 칭찬했다.

"그쟈? 잘 했지?"

엄마도 흡족히 웃었다. 오늘은 니 아부지한테 맞아도 하나도 안 아플 것 같다면서. 엄마는 무뚝뚝한 성격이었다. 성격도 올곧았다. 아무리 힘들어도 돌아갈 줄을 몰랐다. 곁눈 파는 법 없이 한길로만 갔다. 그런 만큼 남들도 올곧기를 바랐다. 아버지는 그런 엄마를 숨 막혀했다. 어렸을 적 여자는 바람피우는 아버지를 이해한다고 생각했다. 그러나 결혼상대로 아버지와 정 반대되는 사람을 고르는 자신을 보면서 엄마와 똑같은 상처가 자신의 영혼에도 새겨져 있음을 비로소 깨달았다. 주말에 온 언니들에게도 엄마의 이야기를 들려주자 다들 배꼽을 잡고 웃었다. 잘했어, 엄마!! 언니들도 엄마에게 엄지를 치켜세웠다. 그러나 엄마의 시간은 벌써 다른 곳으로 달음질친 뒤여서 엄마는 어리둥절한 표정으로 그러나 어린애처럼 천진하게 웃었다.

봄이 되었지만 시우를 자주 볼 수 없었다. 어린이집에 다닌다고 했다. 노란 버스가 시우를 데리러 오고 데려다주었다. 시우는 같은 또래 친구들에게 푹 빠졌다. 여자랑 엄마랑 노는 것은 시시한 모양이었다. 조금 놀다 먹을 것만 먹고 휑하니 내뺐다. 그때마다 엄마는 혀를 끌끌 찼다. 겨울을 지나면서 엄마의 기력도 많이 떨어졌다. 식사량도 현저히 줄었다. 걱정이 된 여자가 수저를 들어 억지로 들이밀면 입안이 깔깔하다고 고개를 저었다. 어떤 때는 꼭 넋이 나간 사람처럼 멍하니 앉아서 오래오래 먹고 있을 때도 있었다. 그러나 그때조차도 먹은 양은 아주 적었다. 그 대신 잠이 많아졌다.

봄이 되자 마당은 작년에 떨어진 씨앗 때문에 다시 잡초밭이 되었다. 햇볕이 좋다고 호미를 들고 마당으로 나간 엄마는 어느 틈에 졸다가 앞으로 푹 고꾸라지곤 했다. 걱정이 된 여자가 제발 방에 계시라고 신신당부해도 엄마는 어느 틈에 수건을 머리에 두르고 마당으로 나왔다. 엄마가 지나간 길에는 잡초가 절반만 뽑힌 채 그대로 남아 있곤 했다. 엄마는 잡초를 매는 게 아니었다. 호미로 콩콩 땅을 치면서 그 장단에 맞춰 노래를 흥얼거렸다. 끊어질 듯 이어지는 느릿한 노래를 듣고 있노라면 숙연한 기분이 되곤 했다. 엄마의 노래를 듣고 있노라면 원치 않아도 지나왔던 시간들이 머릿속에 떠올랐다. 천 년 세월도 지나고 보면 잠깐이라더니 정말 덧없는 삶이었다.

어느 날부터인가 엄마의 흥얼거리는 소리가 혼잣말로 바뀌었다.

"이제 가려나 본디 우리 세희를 무슨 낯으로 볼 거나!!"

세희가 누군가? 처음 듣는 이름이었다. 왠지 엄마에게 묻는 것이 꺼려졌다. 언니들이 오자마자 여자는 세희가 누구인지부터 숨 가쁘게 물었다. 둘째언니는 얼굴을 찌푸리며 고개를 돌렸고 큰언니가 마지못한 표정으로 그 이름 정말 오랜만에 듣네! 하고는 끝이었다. 여자가 궁금해서 자꾸 캐묻자 '엄마가 돌아가시려나보다. 그 이름을 입에 올리는 것을 보니' 했다. 큰언니는 더 이상 말을 하고 싶어하지 않은 눈치였고 결국 작은언니가 말을 해주었다.

"너 위에 딸이 하나 더 있었어. 일곱 살 때 죽었기 때문에 너는 아마 기억하지 못할 거야. 셋째 딸이라고 세희라고 지었는데 세희 죽은 뒤로 엄마가 그 이름만 꺼내면 어찌나 히스테리를 부리시는지 거의 금기되다시피 하다가 다 잊어버리고 있었지."

그러고 보니 여자에게도 까맣게 잊고 있었던 기억이 하나 떠올랐다. 몇 살 때였을까. 여자가 엄마한테 셋째 딸은 얼굴도 안 보고 데려간다는데 나는 왜 셋째 딸인데 다섯 중에 가장 못났나 하고 물어보았던 일이 있었다. 그때 엄마는 여자의 머리를 사정없이 쥐어박았다. 어디서 그런 개소리를 듣고 다니느냐고. 어찌나 손이 매웠던지 여자는 눈물이 찔끔 났었다. 그러니까 여자는 셋째 딸이 아니었던 셈이었다. 세희는 예뻤을까? 여자의 마음을 짐작이라도 한 듯 말없던 큰언니가 혼잣말처럼 덧붙였다. '참 예뻤었는데. 오죽하면 귀신이 시샘해서 데려갔다고 했겠어.' 왜 죽었는지 묻자 감기인줄 알았는데 시름시름 앓다가 죽었다고 한다.

죽은 언니가 있었다는 얘기는 기분을 묘하게 했다. 자식은 가슴에 묻는다더니 죽은 언니는 아직도 엄마의 가슴 한편에 남아 있는 모양이었다. 아니면 엄마의 시간이 여전히 그곳에서 떠나지 못하고 있는지도 몰랐다. 엄마는 그 뒤로도 가끔 한탄 같은 소리로 세희야, 세희야 하고 부르는 일이 있었다. 그때마다 이루 말로 표현하기 힘든, 회한이 엄마의 얼굴을 덮었다. 엄마를 자극하지 않기 위해 심상한 목소리로 세희가 누구야? 하고 물었더니 엄마는 고개만 흔들었다.

죽은 죽어도 싫다고 늘 밥만 고집하던 엄마가 급기야 죽도 넘기지 못했다. 연하게 끓인 된장국물이나 요구르트를 몇 숟갈 받아먹는 게 고작이었다. 시간도 뒤죽박죽이 되어 여자가 누구인지 알아보지 못할 때가 많았다. 기운이 없어서 요강에 앉을 수도 없게 되자 엄마가 그토록 싫어하던 기저귀를 채울 수밖에 없었다. 먹는 것이라고는 멀건 국물밖에 없는데 이상하게 엄마는 변을 보기 시작했다. 냄새도 별로 없는 노란 변이었다. 마침 전화를 해온 큰올케한테 그 말을 했더니 올케가 깜짝 놀라면서 아무래도 돌아가실 것 같다고 형제들에게 미리 연락을 해두는 것이 좋을 것 같다고, 자신도 남편 퇴근하면 바로 내려와보겠다고 했다. 여자는 아직은 괜찮으신 것 같으니 바쁜데 오가지 말고 연락하면 와도 된다고 만류했다. 그러나 아들 없는 집의 장녀로 친정엄마를 모시고 있다가 그 임종을 지켜본 올케는 친정엄마도 돌아가시기 전에 그런 증상을 보이더라고 꼭 형제들에게 연락하고 잘 지켜보라고 신신당부하면서 전화를 끊었다.

여자는 잠시 정신이 멍했다. 엄마의 건강이 급격하게 나빠지기 시작하면서 엄마의 죽음을 생각하지 않았던 것은 아니었다. 그래도 이렇게 빨리 닥칠 줄은 몰랐다. 여자는 언니와 여동생에게 전화를 걸어 나머지 형제들에게 연락해줄 것을 부탁하고 엄마 옆에 쭈그리고 앉았다. 엄마 손을 가만히 잡아보는데 엄마가 눈을 뜨고 여자를 바라보았다. 오랜만에 보는 맑은 눈이었다. 엄마 괜찮아? 하고 묻자 엄마는 다 연락했냐? 하고 되물었다. 아마 여자의 통화를 들은 모양이었다. 여자는 고개를 끄덕였다.

"누가 가장 보고 싶어?"

엄마한테 눈물을 보이고 싶지 않아서 여자가 어린애처럼 애교를 부리며 물었다. 엄마도 웃었다.

"다 보고 싶지."

언니들이 가장 먼저 도착했다. 작은언니는 예전부터 신기가 있다는 말을 들을 정도로 꿈이 잘 맞았는데 어젯밤에 천정에서 기다란 검은 줄이 내려오더니 엄마를 꽁꽁 묶는 꿈을 꾸었다고 한다. 그 꿈을 깬 순간 아, 엄마가 돌아가시려나보다 하는 생각이 들어서 큰언니에게 연락하고 내려오던 중이었다고 했다. 언니들을 보자 엄마는 대번에 생기가 돌았다. 큰언니가 권하는 죽을 순순히 반 그릇이나 비웠다. 그날이 다 가기 전에 형제들이 빠짐없이 모였다. 엄마는 흐뭇한 표정으로 여덟이나 되는 자식들을 둘러보며 늘 하던 감탄을 하셨다.

"아이고! 이렇게 집채만 한 것들이 어떻게 내 뱃속에서 나왔을까, 믿어지지 않네."

"엄마 저렇게 말씀하는 거 보니까 안 돌아가시겠다."

남동생 농담에 형제들이 다들 웃었다. 여자 형제들은 좁은 대로 엄마와 함께 자고 남자 형제들은 만난 김에 밤 늦게까지 술자리를 갖고는 그 자리에 쭈그리고 누워 하룻밤을 보낸 다음 각자 직장이나 집으로 흩어졌다. 엄마가 의외로 기운을 차려서 금방 돌아가실 것 같지 않았기 때문이었다. 언니들만 남았다. 형제들이 떠난 뒤 엄마는 오래도록 주무셨다. 남은 딸 세 명도 엄마 옆에서 낮잠을 잤다. 뭔가 꿈자리가 뒤숭숭해서 눈을 뜨니 두 언니도 잠에서 깨 엄마를 들여다보고 있었다. 엄마는 숨을 깊게 들이쉬면서 아직도 주무시는 중이었다.

"아무래도 심상치 않다. 돌아가시기 전에는 저렇게 숨을 깊게 쉰다는데."

큰언니가 그렇게 말하고는 혀를 츠츠 찼다.

"그래도 오래 사셨지. 늘 얼른 죽고 싶다고 버릇처럼 말씀하신 거에 비하면."

둘째언니가 말하는데 엄마가 갑자기 손을 허공에 내저으면서 세희야! 세희야! 하고 불렀다. 놀란 여자가 엄마의 두 손을 잡고 엄마, 엄마하고 부르자 눈을 뜬 엄마는 어리둥절한 표정으로 딸들의 얼굴을 하나하나 쳐다보았다. 이윽고 실망한 표정의 엄마는 길게 한숨을 쉬었다. 세희가 왔었는디, 금시 가버렸구나.

큰언니가 미음을 가져와서 입에 넣어주자 엄마는 두어 숟갈 받아먹고는 고개를 흔들었다. 일어나고 싶다고 하자 언니들은 담요를 둘둘 말아 엄마의 허리에 받쳐서 엄마가 벽에 기대어 앉을 수 있게 해주었다.

"세희가 데리러왔구나. 저 죽인 어미도 엄마라고."

엄마 눈꼬리에 눈물이 고였다.

"엄마 탓이 아니랬잖아. 그냥 걔 명이 그것밖에 안 되었던 거라고."

큰언니가 엄마의 어깨를 가만히 안으며 다독였다.

"내가 죽인 거나 진배없지. 어떻게 한 탯줄에 딸만 다섯이 줄줄이 나오는지. 나도 기가 막혔지만 네 할머니는 나보고 사람도 아니라고, 돼지새끼도 그러지는 않는다고 어찌나 구박을 하시던지. 시어매 시집살이에 서방 바람기에 날마다 맘고생을 하니 니들까지 뵈기 싫어서 내가 늘 절대 해서는 안 될 욕을 입에 달고 살았었지. 나이가 어린 딸들이 고만고만하니 모여 있으니 당연히 싸우기도 하고 시끄럽기도 할 것인데 그때는 그게 왜 그리 보기 싫었던지. 니들이 싸우고 울고 하면 내가 늘 머리 쥐어박으면서 그랬지. 나가 죽으라고. 하나라도 솎아내자고.”

큰언니가 엄마를 더 꼭 안았다.

“엄마만 그랬나? 그때 자식 많았던 엄마들은 다 그런 욕을 하고 살았지.”

엄마는 고개를 흔들었다.

“그때 그 늙은 의사가 그러더라. 이 쪼끄만 게 살고 싶은 의지가 없다고. 그래서 병이 낫지 않는 거라고. 의사 생활을 그리 오래했어도 이렇게 작은 애가 살 의지가 없는 것은 처음 겪어본다고. 세희 그 어린 것이 하나나 솎아내자는 지 엄마 말이 가슴에 사무쳐서 엄마 소원 들어준답시고 살고 싶지 않았던 게지.”

자식 죽이고도 다른 자식 핑계로 뻔뻔하게 참 오래도 살았다. 한숨처럼 그렇게 말하고 엄마는 다시 눈을 감았다. 엄마를 자리에 눕혀드리고 세 딸은 밖으로 나왔다. 가슴이 먹먹했다. 그 와중에 둘째언니는 큰언니에게 언제부터 알고 있었느냐고, 왜 나한테까지 말을 안 했냐고 따지듯 묻고 있었다. 큰언니가 한숨을 쉬었다.

“엄마가 세희 잃고 몇 번이나 농약병을 집어들었는지 니들은 모르지? 나는 늘 엄마가 어떻게 될까봐 한시도 엄마한테서 시선을 뗄 수가 없었어. 엄마가 농약병을 집어들 때마다 내가 엄마한테 매달리고 울었어. 우리도 자식이라고. 엄마 없이 어떻게 살겠냐고. 그때마다 엄마도 울면서 농약병을 내려놓으셨지. 남동생이 태어나고 더 이상 그런 일이 없어서 이제 다 잊었나보다 했더니 잊은 게 아니라 가슴 깊이 묻고 사셨네.”

엄마의 그 뼈저린 아픔을 아무리 친한 형제라도 어떻게 얘기를 할 수 있었겠느냐고, 한 사람 알게 되면 두 사람 알게 되고 자연히 여러 사람이 알게 되었을 텐데 그러면 엄마가 과연 살 수 있었겠느냐는 큰언니의 말에 작은언니도 주억거리며 더 이상 말을 하지 못했다. 한바탕 감정의 격랑을 겪고 나니 언니들도 피곤했는지 옆방에서 한숨 자겠다고 누웠다. 여자는 버릇처럼 한 손을 이마 위에 얹고 잠을 자는 엄마를 쳐다보다 밖으로 나왔다. 딱히 할 일이 있는 것은 아니었지만 심란해서 텃밭이라도 맬 요량이었다.

아직도 제법 따가운 가을햇살 아래서 호미질을 하다보니 마음이 차차 진정되면서 동시에 슬픔이 밀려왔다. 늘 엄마에게서 받으려고만 했었다. 남자 형제들과 차별하는 것 같아서 서운해할 때도 많았다. 그때마다 엄마는 열 손가락 깨물어서 안 아픈 손가락이 어디 있느냐고 했지만 여자는 자기는 늘 안 아픈 손가락 같아서 엄마의 사랑을 믿지 못하였다. 이번에 엄마를 모시고 내려온 것도 자식으로 당연한 일이었음에도 큰일이나 해주는 것처럼 형제들 앞에서 선심을 썼다. 그 속에는 너희들이 못하는 것을 나는 한다는, 나만은 엄마에게 받은 사랑을 돌려주고 있다는 자만심도 적잖이 있었다. 엄마의 눈물을 보면서 여자는 여전히 엄마의 사랑을 갈구하고 있었던 자기 안의 어린애를 보았다. 엄마의 사랑을 갚기 위해서 모시고 있었던 것이 아니라 혼자만이 오롯이 엄마의 사랑을 독차지하고 싶었던 유치한 마음으로 내내 엄마를 모시고 살아왔던 것이었다. 이제라도 자식 노릇해야 하는데 엄마는 기다려 주실까? 그렇지 못할 것이라는 것을 알기에 여자는 끅끅 속으로만 울었다.

한참을 울다보니 조금 가슴이 뚫린 것 같았다. 여자는 점심을 준비하려고 손을 씻고 안으로 들어왔다. 습관처럼 엄마가 누워 있는 방을 들여다보는데 엄마가 이상했다. 여자는 언니들!! 하고 외마디 비명으로 아직도 잠에 취해 있는 언니들을 깨우며 엄마에게 다가갔다. 엄마는 여자를 보더니 무엇이라고 간절한 표정으로 얘기를 하는데 이미 목이 잠기기 시작했는지 아무리 귀를 가까이 갖다대도 무슨 말인지 알아들을 수가 없었다. 언니들이 허겁지겁 방으로 들어와 엄마의 머리맡에 앉았다. 엄마는 계속 무언가 말을 하고 싶어하고 언니들이 차례로 귀를 갖다댔지만 아무도 제대로 알아듣지 못했다.

어느 순간 엄마가 깊은 한숨을 쉬었다. 그것으로 끝이었다. 턱이 벌어지고 순식간에 손톱 발톱이 시퍼렇게 변하더니 진득한 땀이 온몸에서 송송 솟아올랐다. 그러더니 피라는 피는 다 빠져나간 것처럼 얼굴이 창호지처럼 창백해졌다. 엄마!! 언니들이 엄마를 붙들고 통곡하는 소리가 자신과는 상관없는 남의 일인 양 실감이 나지 않아 여자는 주저앉아 멍하니 엄마를 바라보다 문득 마지막으로 하고 싶었던 말이 임종을 지키지 못해 마음이 무거울 장남을 걱정하는 게 아니었나 하는 생각이 들어 전화기를 들었다.

"집에 도착했어? 얼른 와. 엄마 돌아가셨어."

십 년 넘게 마음속에 품고 있던 엄마를 이제야 떠나보냅니다.

엄마, 안녕!!

안녕, 끝과 시작

— 강경희 소설집 『고향』

김나정/ 소설가

궁지에 몰린 삶, 사람들

끝자락에 다다랐다. 궁지에 내몰렸다. 더는 갈 수 없을 땐, 멈춰야 한다. 머물며 주위를 살피고 걸어온 길을 되짚는다. 회상은 회한을 부르지만 되풀이를 막는 방법을 일러주기도 한다. 또한 어떻게 살아왔느냐를 묻는 것은 남은 시간을 어떻게 살아가야 할까라는 질문과 맞물린다.

강경희의 소설집 『고향』은 작별과 만남을 이야기한다. 등장인물들은 끝자락과 새로운 출발점에 서 있곤 한다. 가을의 끝자락과 겨울의 시작, 장례식, 귀향과 만남, 이별과 그 끝에서 새로 맞는 풍경들을 펼쳐낸다.

소설집 세 번째에 놓인 「가을비는 겨울을 재촉한다」의 여자는 공들여 화장을 한다. 민낯을 가리는 과정은 길게 서술된다. 의식을 집전하듯 세안하고 온갖 화장품을 순서에 맞게 얼굴에 바른다. 하지만 여자는 제 얼굴을 제 뜻대로 꾸미는 게 아니다. 시어머니의 목소리가 그녀를 꼭두각시처럼 조종한다. 시어머니는 그녀가 눈화장을 하면 덕지덕지 발랐다고 못마땅해 하고, 화장을 지우면 민얼굴이 가당키나 하냐고 혀를 차댄다. 공들여 화장을 하고 가니 얼굴에 돈 좀 들였구나,라고 빈정댔다. 여자가 어떤 노력을 하건 인정해주지 않는다. 이런 관계에서 여자의 노력은 무용하다. 아무리 애써본들 소용없다. 부부 생활도 어그러졌다. 힘든 삶에서 달아나고자 결혼을 택했으나 남편은 남 같았고 아들과도 데면데면하다. 게다가 위로를 주던 지인들과도 서먹서먹해졌다. 살뜰히 챙겨주던 오 여사가 여자를 따돌린다. 믿었던 만큼 아프다. 뜻대로 움직이지 않는 인간관계가 그녀를 막다른 골목으로 내몬다.

하지만 그 무엇보다 쓰라린 건, 알면서도 이 관계들에게 놓여나지 못한다는 것이다. “어쨌든 혼자인 것보다는 훨씬 나았으니까.” 여자는 모임에서 시어머니 흉을 보면서 숨통을 틔우곤 했다. 하지만 시어머니가 요양원에서 다른 여자들에게 며느리 흉을 본다는 걸 알게 된다. 자신이 시어머니와 다를 바가 없다. 아득하다. 아들은 결혼을 반대하는 아버지를 설득해달라고 한다. 생전 처음 어미라고 도움을 청했는데 들어줘야 할 것 같다. 하지만 아들의 연인이 실은 돈을 받고 남편과 잠자리를 같이 했다는 사실을 알게 된다. 이러한 사실들이 여자를 끝자락으로 내몬다. 겨우겨우 지탱해나갔던 여자의 세계는 산산조각이 나버린다. 소설의 말미에서 여자는 빗속에 혼자 서 있다.

여자는 찬비가 내리는 거리를 천천히 걸었다. 아무리 궁리해도 갈 곳이 없었다. 갑자기 꿈 생각이 났다. 그래! 꿈속에서도 나는 비를 맞고 있었어. 그런 나를 엄마가 보고 있었지.

'엄마! 가을비야.' 어린애처럼 외치는 나를 보며 엄마가 혀를 찼어. '가을비는 겨울을 재촉한단다. 이 비가 그치면 겨울이 빚쟁이처럼 들이닥칠 텐데 그 추위를 어찌 견디려고 철없이 그 비를 맞고 있구나!'

—「가을비는 겨울을 재촉한다」 중에서

돌아갈 곳이 없다. 마음을 놓아둘 자리는 사라졌다. 비 오는 거리에 홀로 남았다. 물이 넘치는 순간, 자신을 간신히 달래며 지낸 시간이 실은 자기 기만의 연속일 뿐이라는 걸 깨달았을 때 사람은 어디로 가야 할까. 가던 길을 멈추고 돌아본다. 시간은 거꾸로 흐르기 시작한다.

회상, 삶의 복기

무엇이 잘못되었을까. 사는 게 녹록치 않다면, 인간관계가 비틀렸다면 되묻게 된다. 도대체 어디서부터 잘못된 것일까? "나는 죽을 것처럼 힘든데 다들 잘 살고 있구나. 억울해. 내가 뭘 잘못했을까? 아니, 어디서부터 잘못되었을까?"(「사람, 그 쓸쓸함에 대하여」 중에서)

궁지에 몰린 인물들은 회상을 통해 살아온 과정을 복기한다. 「어느 특별했던 보통날」에서 화자는 남편에게 여자가 생겼다는 사실을 알게 된다. 남편에게 기대를 품지 않았기에 실망하지 않았다고 하지만, 이 사건은 화자가 자신의 삶을 되돌아보는 계기로 작용한다. 화자는 자신의 인생 전체를 되돌아본다. 그녀에게 삶은 한순간도 수월치 않았다. 아버지는 무능했다. 엄마는 고된 일과 병든 아버지의 화풀이를 고스란히 견뎌야 했다. 딸인 화자는 병원비를 감당하느라 청춘을 잃었다. 화자는 살아남기 위해 그저 일에 매달렸다. 하지만 직장에서 승승장구해도 늘 결핍에 시달렸다. 도피처로 선택한 결혼생활은 사막과 같았다. 화자는 자신이 어쩌다 이런 지경에 이르렀는지를 알게 된다.

술 취한 엄마가 딸에 대한 원망을 쏟아내자, 화자도 취한 척 속말을 쏟아낸다. "사랑도 받아본 사람이 준답디다. 언제 엄마 사랑을 받아봤어야지. 나는 가슴에 사막을 품고 사는 것 같아. 날마다 넓어져가는 사막이 내 가슴 한가운데 배배 꼬여서 나를 이렇게 이기적이고 못된 사람으로 만드는 것 같아." 자신의 삶을 되돌아본 끝자락에 화자는 자신이 잃은 것이 무엇인지를 깨닫게 된다. 살기 위해서 이런 삶의 방식을 택했다. 그런데 주위엔 아무도 남지 않았다. 끝없이 채찍질하던 삶에서 놓여나 황야에 홀로 선다. 지금까지 보지 못한 것들이 보이기 시작한다.

과거를 되짚다보면 이제껏 맺었던 인간관계의 새로운 면이 보이기 시작한다. 「어느 특별했던 보통날」의 화자는 과거 일을 되새기다가 남편도 인정받는 것을 좋아하는 사람이었다는 걸 깨닫는다. 그 순간, 남편이 나를 소원하게 대하는 것도 내 존재가 자신의 존재를 흐리게 하는 때문이었나 하는 생각에 이른다. 「사람, 그 쓸쓸함에 대하여」에서 류는 절친했던 금호언니와 서먹해진다. 어쩌다 이렇게 관계가 뒤틀렸을까. 그 시작 지점을 되짚는다. 오카리나를 불 때마다 자신을 타박하는 금호언니에게 류는 “언니! 왜 나만 혼내는 거야? 설마 내가 너무 잘할까봐 견제하는 거 아니지?”라고 농담반 진담반으로 건넨 말이 화근이 되었다. 금호언니는 류를 이기적인 인간, 위선적인 인간으로 몰아간다. 심리학을 전공하는 사촌은 “그 사람, 평소에 너한테 열등의식이 있었던 거 아닐까? 그러다가 모처럼 자기가 잘할 수 있는 일을 만났는데 네가 또 앞서려고 하니 시기심이 생겼던 거 같아. 옛날로 다시 돌아갈 수 있냐고? 힘들지. 왜냐면 너한테 그 졸렬한 속마음을 들켜버렸잖아”라고 일러준다. 하지만 류는 이제야 사촌언니의 말을 듣고 금호언니와의 관계를 놓아버린 자신에게도 잘못이 있다는 걸 깨닫는다. 회상은 성찰을 낳는다. 과거의 자신을 거리를 두고 바라보는 데서 새로운 생각이 움튼다.

「길 위에 서다」에서 교만 때문에 사랑을 놓친 여자는 뼈아프게 후회한다. 자신을 사랑했던 경식의 죽음을 알게 되고, 화자는 자신이 놓친 것이 무엇인지를 깨닫게 된다. “이렇게 결혼생활 내내 사막 한복판을 걸어가는 것처럼 메마른 시간들이 계속될 줄 알았다면 그렇게 쉽게 사랑하는 사람을 포기하는 교만은 없었을 것이다.” 하지만 후회한들 돌이킬 수 없다. 그때는 보이지 않던 것들이 이제는 보이지만 그 풍경 속으로 돌아갈 순 없다. 결국 모두가 가는 길을 고인이 앞장섰을 뿐이라고 자신을 달래는 수밖에. “사는 것이 다 그렇지. 가고 난 후에 보면 다 똑같지 않더냐? 자식새끼 낳아 기르고 그 자식이 또 자식을 낳아 기르고. 그 자식이 크면 늙은 부모는 세상에서 사라지고.” 이별과 엇갈림, 죽음은 아침이 오면 닭이 울듯, 자연스러운 것이라고 받아들일 수밖에 없다. 회상의 끝자락에서 인물은 쓸쓸한 삶의 진실과 마주하게 된다.

「무섭고 더럽고 슬픈 이야기」에서 부모님 제사에 모인 네 자매들은 할머니의 이야기를 떠올린다. 할머니는 옛날 이야기를 해주다가 밑천이 떨어지면 호랑이가 똥 싸고 죽은 이야기를 해주었다. “자식도 형제도 친구도 아무도 만날 수 없는 자신의 처지가 마치 무섭고 더럽고 슬픈 저주에 빠진 것 같다고.” 큰언니와 막내는 예지몽을 꾸곤 하는데, 꿈으로 예지를 받았다고 해서 피해가거나 막지는 못했다. 아무런 해결책도 없이 그저 일어날 일만 예고해주는 꿈이 무슨 소용이람. 과거를 회상하는 일도 이와 다를 바 없다. 떠올린들 이미 벌어진 일을 바꿀 순 없다. 하지만 과거에 대한 새로운 이해는 미래의 새로운 삶을 꾸리는 자산이 되어준다. ‘큰언니. 성당에 나가서 제일 좋은 게 뭐야?’ 하고 물었을 때 큰언니가 망설이지 않고 ‘남을 위해 기도해줄 수 있다는 것이 제일 좋아’ 하고 대답했다. 네 자매의 남자 형제는 말썽만 부린다. 하지만 피붙이기에 차마 등질 순 없다. “아무리 미워하고 보고 싶지 않다 하더라도 한 나무의 가지들이라는 사실은 어쩔 수가 없는 모양이었다. 할머니의 옛날 이야기처럼 무섭고 더럽고 슬픈 진실이었다.”

표제작 「고향」은 자신의 과거 시간이 고인 자리를 찾아가는 것이다. 공간의 회귀는 자연스레 회상과 맞물린다. 고향에 돌아가니 가슴이 뭉클하다. 세상에, 한 세월이 거기 다 모여 있었다. 동네 아낙들은 허리가 굽어 늙은이 대접을 받으며 앉아 있다. 가족들의 사연도 모여든다.

자리에 눕자 셋째언니가 할머니 이야기를 꺼낸다. 다들 한마디씩 한다. 좋았던 이야기, 서운했던 이야기들이 줄줄이 쏟아져 나온다. 내가 아는 이야기들도 있고 내가 모르는 이야기들도 있다. 그런가 하면 같이 겪었던 상황이었는데도 보는 시각이 달라서였는지 내 기억과 전혀 엉뚱한 이야기도 나온다.

—「고향」 중에서

장례식은 고인을 떠올리며 그와 연관된 추억을 호출하는 자리다. 돌아가신 할머니는 딸만 내리 셋 낳았다고 어머니를 박대했다. 하지만 아픈 기억과 더불어 할머니가 만들어주던 쑥버무리를 다신 먹지 못한다는 사실이 쓰라리다. 무엇보다 할머니의 반대로 맺어지지 못한 인섭도 떠오른다. 하지만 이제 둘 다 세상을 떠났다. 장례식은 사람과 작별하는 자리만이 아니라 그들과 연관된 기억과도 헤어지는 자리를 마련한다. 여실히 기억해주고 떠나보내주는 자리가 되는 것이다. 죽음과 작별을 치르고 난 뒤, 비로소 새로운 출발을 할 마음도 고여든다. "끝내는 게 겁나지 않으니 시작 또한 겁나지 않다고 말하리라. 내 생활이 있는 곳, 그 생활을 함께할지도 모를 사람이 있는 곳, 이제 태어날 내 자식들의 탯자리를 묻을 또 다른 고향을 향하여 간다."

비워내야 채워진다. 받아들여야 사로잡히지 않는다. 과거를 말하는 것은 되풀이를 막겠다는 의지의 소산이다. 또한 고여 있는 것을 넘쳐흐르게 하는 출발점이 된다.

한참 동안 그렇게 핸들에 머리를 묻고 있다가 나는 결연히 시동을 걸었다. 더 늦기 전에 남편과 이야기를 해봐야겠다. 아직 여지가 남아 있는지, 남아 있다면 다시 시작할 수 있는지 진지하게 이야기를 해봐야겠다. 희망이 없다면 늦기 전에 돌아가야 할 길을 찾아봐야겠다. 그렇지 않다면 나도 언젠가 엄마처럼 특별했던 보통날을 만들지 않으리라는 장담을 어찌하겠는가?

—「어느 특별했던 보통날」 중에서

고백, 풀어내기

고통과 울분이 쌓여간다. 가슴에 맺힌 말은 풀어내야만 한다. 「길 위에 서다」의 화자는 가족과 제대로 된 대화를 나누지 못한다. 쌓이기만 하고 풀려나오지 못하는 말은 사람을 괴롭힌다. 말의 막힘은 삶의 걸림돌이 된다. 하여 화자는 끊임없이 욕을 해댄다. "설거지를 하면서도, 청소를 하면서도 누가 곁에 있으면 마음속으로 욕을 하고 아무도 없을 때는 큰소리로 욕을 했다. 상대는 주로 남편이었다. 그러면 답답하던 가슴이 좀 뚫리는 것 같고 미치지 않고 악해지지 않고 살아갈 의욕이 생기는 것 같았다."

「어느 특별했던 보통날」에서 '나'는 불만이 쌓여가도 아무 말도 하지 못한다. 마음속에 하고 싶은 말들이 커다란 둑처럼 쌓여갔지만 나는 끝내 한마디도 표현을 하지 못하였다. 하여 남편과 남처럼 지내게 된다.

소설 속 인물들은 욕하고 절규하고 주정하며 자기 속내를 털어놓고자 한다. 「사람, 그 쓸쓸함에 대하여」는 아들을 잃은 엄마의 넋두리를 받아적는다. 육초회 멤버인 정숙 여사의 아들이 숨을 거뒀다. 화자 '류'는 태풍을 뚫고 장례식장으로 향한다. 상주인 정숙 여사는 정신을 놓았다고 했다. 정숙 여사는 모든 어머니들의 표본이었다. 아이들을 위해 희생을 아끼지 않았고 아등바등해도 겉보기엔 백조처럼 우아했다. 그런데 아들의 죽음으로 그녀의 노력은 허사로 돌아갔다. 정숙 여사는 아들의 결혼을 극심히 반대했고 그 일로 인한 스트레스로 아들이 암에 걸렸다고 생각한다. 죽음을 앞둔 아들은 어머니를 볼 때마다 자신의 행복을 막았다며 원망한다. 정숙 여사는 자식을 위해 모든 걸 바쳤다. 그러나 그 노력은 광기어린 표정으로 사람들을 쏘아보는 아들의 영정 사진으로 귀결되었다. 무엇을 잘못한 걸까. 노력이 죄가 된 걸까. 정숙 여사는 '류'에게 하소연한다.

> 내가 어디서부터 잘못했을까? 정성스럽게 키웠으니 그 보답을 받아야겠다고 생각했던 그 순간부터였을까? 아님 놀 시간도 주지 않고 공부만 시켰던 그때부터 잘못되었던 것일까. 힘들게 뒷바라지해서 박사 만들어놓으니까 외국으로 내빼면서 서경이가 그러더라. 자기는 추억이 하나도 없다고. 갖고 있는 기억이라고는 공부하라고 내몰

던 독살스럽던 내 표정밖에 없대. 제 오빠 결혼 반대하는 것을 보고 나도 엄마 곁에 있으면 끝까지 엄마의 마리오네트로 살겠구나 싶어서 도망간다고 하더라.

—「사람, 그 쓸쓸함에 대하여」 중에서

부모와 자식의 관계는 뜻대로 풀리지 않는다. 원인과 결과는 엉뚱하게 맺어진다. 그 인간관계의 지난함은, 쓸쓸함을 자아낸다. 도대체 뭘 어떻게 했어야만 하는가. 정숙 여사의 울음 섞인 독백은 독자를 향해 던져진다.

강경희의 소설은 서간문 형식을 취하여 인물의 내면을 적극적으로 토로하게 만든다. 편지는 듣는 사람을 설정하고 자신의 사정과 마음을 적어내는 글이다. 내밀한 고백이 펼쳐진다. 누구에게 말하든, 독자는 화자의 목소리를 가까이서 듣는 수신자가 된다.

「그 여자의 창窓」의 화자는 이모에게 자신을 옭아맨 '살煞'의 이력에 대해 토로한다. 얼굴에 피를 묻히고 태어난 화자는 재수 없는 아이로 낙인 찍혀 친할머니에게 버려졌다. 입양되었지만 친자식이 생겼다는 이유로 양아버지에게 버림을 받는다. 사고로 양아버지의 아들을 숨지게 했다. 이런 지난한 삶은 '살煞'이란 한 글자로 설명된다. 자신이 어쩔 수 없는 운명, 원죄라는 것이 인물의 현재까지 영향을 미치고 있다. 이러한 저주는 화자가 사랑하는 사람에게 다가가는 걸 막는다. 목숨보다 간절히 원하는 사람까지 불행하게 만들고 싶지 않기 때문이다. 이모에게 털어놓은 이러한 속내는 일종의 살풀이가 된다. 과거를 말하면서, 과거에서 놓여나는 것이다.

또한 회상과 고백은 거리두기를 가능케 한다. 사건의 중심에서 비껴나간 자리에서 과거를 복기함으로써 그러한 상황이 왜 발생했는지를 바라보게 해주는 자리를 마련케 한다. 이런 비극을 낳은 원점에는 '살煞'이라는 미신과 남아선호사상, 혈연 중심의 사고방식이란 구습이 자리잡고 있다. 작가는 이러한 터무니없는 믿음이 사람의 인생을 얼마나 뒤틀 수 있는지를 보여줌으로써 이에 대한 비판을 수행한다.

「선택」은 교도관과 죄수 민희진의 친구였던 정인과의 편지로 전개된다. 서간문의 경우, 발신자와 수신자를 누구로 두느냐에 따라 인물과 독자 사이의 거리가 달라진다. 이 소설은 편지의 발신자를 중심인물인 희진이 아니라 그녀를 돌보는 교도관으로 설정함으로써 비극적인 운명에 감정적으로 휘말려드는 것을 막는다. 독자는 교도관인 화자란 과속방지턱을 거쳐 민희진이란 인물의 고통스러운 과거를 알게 된다. 새 엄마의 학대, 남동생과 집을 나갔던 어머니의 자살 등의 과거는 희진에게 트라우마로 남았다. 더군다나 희진은 자기가 어린 동생을 제대로 돌봐주지 못했기 때문에 이런 일이 벌어졌다는 죄책감마저 떠안았다. 하지만 희진은 자신의 트라우마 때문에 또 다른 비극을 낳게 된다. 피해자이면서 가해자가 된 것이다. 편지의 수신자인 정인은 친구 희진에 의해 연인을 잃었다. 교도관은 정인에게 희진 대신 용서를 구하지만 정인은 단호하다.

희진이가 그렇게 된 건 희진이의 몫이니 그것으로 내 위로를 삼지도, 희진이를 불쌍하게 여기지도 않겠다고 내 자신을 납득시켰어요. 증오의 깊이를 확인했어요. 크레바스처럼 깊이를 알 수 없는, 영원히 메워지지 않을 증오를 난 여전히 끌어안고 살면서 내 자신을 기만하고 있었던 거지요.

—「선택」 중에서

과거의 비극이 인물을 이해하는 실마리가 될지언정 면죄부가 될 수는 없다. 일어난 일에 대해 사후에 이해는 가능하다. 하지만 그런 행동을 했다는 사실 자체는 바꿀 수가 없다. 의무감에 의해 용서하기보다는 자기 속에 날뛰는 증오심을 온전히 간직하겠다는 정인의 말은 적어도 정직하다. 과거가 낳은 과거, 과거를 계속 이어받은 대물림은 끊겠다는 자세로 읽힌다.

「여자, 엄마」에서 치매에 걸린 엄마는 잡초를 솎아내며 노래한다. 엄마의 노래를 흥얼거리는 혼잣말로 바뀐다. 엄마의 혼잣말은 지나간 시간들을 떠올리는 주술 같다. 엄마는 자기 가슴 속에 묻어두었던 가장 아픈 기억을 풀어낸다. 사는 게 힘들었을 때 엄마는 아이들의 머리를 쥐어박으며 "나가 죽으라고 하나라도 솎아내자고"고 말했다. 그리고 그 말을 들은 어린 자식은 병을 앓다 숨졌다. "그때 그 늙은 의사가 그러더라. 이 쪼끄만 게 살고 싶은 의지가 없다고. 그래서 병이 낫지 않는 거라고. 의사생활을 그리 오래했어도 이렇게 작은 애가 살 의지가 없는 것은 처음 겪어본다고. 세희 그 어린 것이 하나나 솎아내자는 지 엄마 말이 가슴에 사무쳐서 엄마 소원 들어준답시고 살고 싶지 않았던 게지." 그 미안한 마음은 끝까지 숨겨두고 싶은 마음이면서, 끝내는 내뱉어야만 하는 말이었다. 엄마는 그 말을 피울음처럼 뱉어내고 나서야 세상과 작별할 수 있었다. 또한 그 말을 듣고 나서야 나는 "십 년 넘게 마음속에 품고 있던 엄마"를 떠나보낼 수 있었다.

고백은 마음의 앙금을 풀어내면서 동시에 자신을 묶어왔던 것을 바라보게 만든다. 말은 상황을 선명하게 그려낸다. 머릿속에 구름처럼 엉겨 있던 것들은 활자로 풀려 나온다. 안에 있던 것들이 밖으로 나와 모습을 드러낸다.

끝의 시작

> 회상과 말하기는 마음의 독기를 빼낸다. "넷째야, 인자는 인섭이도 없고 할매도 없다. 아직도 가슴에 박힌 못이 있거들랑 그만 빼버려라. 엄마는 벌써 빼서 던지셨나보더라. 아까 인섭이 엄마 보지 못했냐?"
>
> —「고향」 중에서

소설집의 마지막에 놓인 「여자, 엄마」는 엄마를 보내주며 나를 놓아주는 이야기다. 치매에 걸린 엄마와 시골집에서 함께 산다. 시간이 뒤죽박죽 섞여버린 엄마는 한 생애를 다시 산다. 아이가 되고 청춘이 된다. 그 곁에서 나는 자신의 과거와 화해하는 시간을 갖는다.

서로 맞장구치면서 주거니 받거니 하는 엄마와 언니들을 보면서 여자는 마음이 푸근해지곤 했다. 그동안 몰랐던 엄마의 젊은 시절과 언니들의 어린 시절 이야기를 듣고 있노라면 불쑥 눈시울이 뜨거워질 때도 있었다. 이 집이 사람의 온기로 가득 차 있었던, 아무런 근심 걱정 없던 어린 날로 돌아간 것만 같아 마음이 애틋해진 탓이었다.

—「여자, 엄마」 중에서

과거의 기억이 송두리째 회한으로 가득 찬 것만은 아니다. 그 시절의 따뜻한 기억은 마음속에 온기로 남았다. 화로 속의 재를 뒤지다 발견한 발긋발긋한 불씨들. 그 따뜻함의 기억은 겨울의 끄트머리를 덥혀줄 것이다. 과거를 회상하여 앞으로 살아갈 힘을 얻는다.

낡은 집은 황량하다. 풀만 무성하다. 하지만 송두리째 폐허는 아니다.

그 채송화가 식구들 다 떠난 빈집에서, 시멘트 마당까지 깨부순 잡초들 사이에서 아직까지 꽃을 피우고 있었다. 혹시나 하는 마음으로 장독대 쪽을 바라보던 여자는 이번에는 가만히 미소를 지었다. 역시나 있었다. 노랑꽃이 너무 예뻐서 친구에게 얻어왔다며 둘째언니가 심은 손바닥 선인장 역시 깨진 항아리를 제 집 삼고 몇 십 년이 지났음에도 여전히 그 자리에 있었던 것이다.

—「여자, 엄마」 중에서

과거를 회상하다보면 삶은 슬픔과 기쁨이 갈마드는 자리임을 깨닫게 된다. "자기 인생에서 가장 행복했던 시간과 가장 불행했던 시간이 함께했던 어느 젊은 날의 긴 하루였다나 뭐라나."

삶은 허무하다. 살아간다는 건 쓸쓸한 노릇이다. 하지만 그것이 받아들여야만 하는 삶의 진실일는지도 모른다. 나이를 먹는다는 것이 반드시 서럽지만은 않다. "늘 미안해할 시우엄마의 마음을 그렇게라도 편하게 해주고 싶었다. 나이 먹어서 좋은 것은 그렇게 사람 마음이 헤아려지고, 또 그 마음을 받아줄 수 있는 여유가 아닌가 하는 생각이 들었다." 한 시절이 지나면 다음 시절이 온다. "아까 그 아이가 엄마의 무릎에 앉아 빵을 먹고 있었다. 저 한 입 먹고 엄마 한 입 넣어주고. 사이좋은 조손 같은 풍경에 여자는 가슴을 쓸며 픽 웃고 말았다."

강경희의 소설은 끝자락에 선 사람들의 작별인사를 전한다. 마지막 작품의 마지막 구절은 엄마에게 전하는 인사말로 마무리된다.

"십 년 넘게 마음속에 품고 있던 엄마를 이제야 떠나보냅니다. 엄마, 안녕!!"

먼저 떠나간 사람들의 뒷모습이 보인다. 이별의 순간은 끊어내기가 아니라, 보내주고 떠나가는 움직임이 만나는 자리다. 안녕,이란 말은 작별인사이며 또한 새로운 시작을 반기는 말이기도 하다. 겨울은 가장 추운 계절이며 동시에 봄의 전조이듯. 끝은 그렇게 시작과 이어진다.

강경희 소설집
고향

지은이_ 강경희
펴낸이_ 조현석
펴낸곳_ 북인
디자인_ 푸른영토

1판 1쇄_ 2021년 12월 15일
출판등록번호_ 313 - 2004 - 000111
주소_ 121 - 842 서울 마포구 서교동 467 - 4, 301호
전화_ 02 - 323 - 7767
팩스_ 02 - 323 - 7845

ISBN 979 - 11 - 6512 - 041 - 2 03810

후원 군산시 문화예술진흥기금으로 제작되었습니다.